Darleen Terhardt
Drachenfeuer

Die Drachenreiter I

Darleen Terhardt

Drachenfeuer

Fantasyroman

www.facebook.de/_darleen_autorin

Bibliografische Information der Deutschen Nationalbibliothek: Die Deutsche Nationalbibliothek verzeichnet diese Publikation in der Deutschen Nationalbibliografie; detaillierte bibliografische Daten sind im Internet über dnb.dnb.de abrufbar.

Herstellung und Verlag: BoD – Books on Demand, Norderstedt

Coverdesign by A&K Buchvover

Bildlizenz: vostrikov stocks.mail.ru@depositphotos.com

ISBN: 978-3-7519-3252-3

Von allen Geschenken, die uns das Schicksal
gewährt, gibt es kein größeres Gut als die
Freundschaft – keinen größeren Reichtum, keine
größere Freude

–Epikur von Samos

Prolog

Seit Anbeginn der Zeit existiert neben der Menschenwelt auch eine weitere Welt. Eine Welt, die sich zwar nicht groß von der Menschenwelt unterscheidet, aber doch anders ist. In dieser Welt existiert Magie.

Drachen, Elfen, Magier und noch viele andere magische Wesen.

Sie wissen von der Existenz der anderen Welt, doch die Menschen sind unwissend und sollen es auch bleiben. In der Welt der Magie herrscht eine Königsfamilie.

Es gibt Portale in die Welt der Menschen, aber es ist verboten sie zu benutzen.

Seit dem großen Krieg der Drachen herrschte ein Tyrann über dieses Land. Viele erinnerten sich immer wieder zurück, in die Zeit, als noch Frieden herrschte und der Himmel von Drachenschwingen bedeckt war.

Drachenreiter beschützten die Menschen vor Unheil, bis ein Drachenreiter mehr Macht haben wollte. Mit einem Trick lockte er seine Leute in einen Hinterhalt und griff sie an. Viele starben bei diesem Angriff, doch einige konnten fliehen.

Drei Jahre wurde ein Krieg geführt, bis er alle Reiter getötet hatte. Auch seinen König. Mit ihren Reitern starben auch die Drachen.

Die wilden Drachen jagte er, da er ihre Macht brauchte. Doch diese versteckten sich und irgendwann war er der Meinung, er hätte alle Drachen getötet.

Im Kampf gegen die anderen Reiter verlor er seinen Drachen. Seitdem kann er selbst keinen Drachen mehr reiten und will auch, dass es niemand anderes tut.

Er jagte die Drachen und die Nachfahren der Drachenreiter, bis er der Letzte war. Das sollte auch so bleiben.

. . .

„Mein Herr." Eine schwere Tür öffnete sich und eine Wache trat in das Arbeitszimmer. Sven hob seinen Kopf und betrachtete ihn mürrisch.

„Was gibt es, dass du so in mein Zimmer hineinstürmst?" Die Wache zuckte zusammen. Man konnte deutlich sehen, dass sie Angst hatte.

„Ich wollte Ihnen nur Bescheid sagen, dass ihr Gast eingetroffen ist." Ein teuflisches Lächeln zierte das Gesicht von Sven.

„Schickt sie rein." Die Wache nickte, verbeugte sich und verließ das Zimmer. Kurz darauf betrat eine Frau das Zimmer. Sven stand auf, um sie zu begrüßen.

„Fiona, es ist mir immer wieder eine Ehre, dich zu sehen."

„Mein König. Wie ich hörte, darf ich zur Geburt Eures Kindes gratulieren." Sie verbeugte sich leicht.

„Rede nicht darüber, Fiona. Dafür bist du nicht hier."

„Womit kann ich Euch heute wieder dienen?", fragte sie nach und wies den Tee ab, den Sven ihr anbot.

„Du sollst in meine Zukunft schauen, was denn auch sonst?" Sven nahm ihr gegenüber wieder seinen Platz ein.

„Wenn es weiter nichts ist." Fiona griff nach der Hand von Sven und schloss ihre Augen. Sie fing an, unverständliche Worte zu murmeln, bis sie plötzlich ihre Augen aufriss. Ihre Pupillen waren schwarz und sie schaute Sven an.

„Du hast sie nicht alle erwischt. Es wird einen neuen Reiter geben. Er wird mächtiger als jeder andere, der dir begegnet ist. Deine Zukunft ist schwarz, Sven. Du…" Bevor sie weiterreden konnte, riss Sven seine Hand aus ihrer.

„Was sagst du da?!", schrie er wütend. Fiona richtete ihre Haare und schaute Sven an.

„Es wird einen neuen Drachenreiter geben. Du scheinst sie nicht alle erwischt zu haben." Sven fing an, in seinem Zimmer auf und ab zu laufen. Er überlegte, bis es ihm wieder einfiel.

„Das kann nicht sein. Ich habe sie geprüft. Keiner von ihnen trug Drachenblut in sich." Fiona seufzte.

„Du redest von seiner Familie, habe ich recht? Von seinem Bruder. Du hast ihn und seinen Sohn vielleicht getestet, aber nicht seine Tochter." Svens Blick schnellte zu Fiona.

„Was sagst du da? Seine Tochter?" Fiona nickte.

„Ich konnte sehen, dass es ein junges Mädchen ist. Er scheint sich nicht an deine Befehle zu halten." Sven schlug wütend auf seinen Tisch.

„Er wird schon merken, was passiert, wenn man sich nicht an meine Befehle hält", sagte Sven wütend. Fiona grinste ihn an.

„Ja du solltest es ihm noch einmal zeigen. Die Kleine ist jung und besitzt sehr starke Kräfte. Jetzt kannst du noch einschreiten, bevor sie dir gefährlich wird." Sven dachte nach.

„Du hast recht. Du warst mir wie immer eine Hilfe, liebste Fiona. Doch jetzt muss ich mich leider entschuldigen. Ich habe noch etwas vor." Sven verließ sein Arbeitszimmer. Auf dem Flur rief er sofort nach seinen Wachen.

„Mach die Pferde bereit. Wir haben etwas zu erledigen." Die Wache vor ihm salutierte und rannte wieder weg. Sven machte sich auf den Weg ins Verlies.

„Brown, ich habe eine Aufgabe für dich." Etwas Großes hob seinen Kopf und senkte ihn dann wieder zu einer Verbeugung.

„Ja, mein Herr." Sven grinste teuflisch. Ja, er hatte nicht alle Drachen getötet.

Er konnte zwar keinen mehr reiten, aber befehligen konnte er sie trotzdem noch. Er benutzte sie für seine Sache.

Er verließ das Verlies wieder, nachdem er die Ketten gelöst hatte, und lief auf den Hof zu seinem Pferd. Seine Männer warteten schon auf ihn. Als dann das mächtige Gebrüll von Brown am Himmel ertönte, ritten sie los.

. . .

Der Himmel war komplett rot gefärbt. Alles brannte und Menschen rannten umher. Alle versuchten ihre Familien und ihre Liebsten zu retten.

„Wir müssen da lang!" Eine Frau mit langen schwarzen Haaren trieb ihren Sohn vor sich her. Auf dem Arm trug sie ein kleines Mädchen.

Hinter ihnen lief ein Mann, der sich immer wieder umdrehte, um zu gucken, ob sie verfolgt wurden.

„Achtung!" Genau vor ihnen schlug ein Feuerball ein.

„Los weiter!", rief der Mann und drückte seine Familie vorwärts. Sie rannten in einen Wald. Kreuz und quer durch die Bäume, bis der Mann eine Höhle entdeckte.

„Los Kate, da rein!" Der Mann scheuchte seine Frau und seinen Sohn in die Höhle. Er blieb noch einmal kurz stehen und schaute sich um. Als er sich sicher war, ging er selbst in die Höhle.

„Papa, wann ist es vorbei?" Die Stimme des Jungen war von Angst gefüllt. Der Mann hockte sich vor ihn und legte eine Hand an die Wange seines Sohnes.

„Bald. Du brauchst keine Angst zu haben Luca. Ich werde auf euch aufpassen." Er nahm seinen Sohn kurz in den Arm und stellte sich dann wieder aufrecht hin.

„Warum tun die das, Jan?" Jan schaute seiner Frau in die Augen. Danach ging sein Blick zu seiner Tochter.

„Er wird von ihr erfahren haben und somit habe ich meinen Befehl missachtet.

Jedes Kind von mir sollte auf Drachenblut getestet werden. Obwohl das erst viel später zum

Vorschein kommt." Er streichelte seiner Tochter über die Haare.

„Das heißt, er ist hinter ihr her, obwohl sie keine Kräfte hat?"

„Er glaubt, wir würden sie verstecken." Bevor Jan noch weiterreden konnte, stürmten drei Männer in die Höhle.

„Nein!" Kate wehrte sich. Das kleine Mädchen fing an zu weinen und auch Luca stand kurz davor, in Tränen auszubrechen. Die Männer zerrten sie nach draußen und ließen sie dort in den Dreck fallen.

Jan schaute hoch und sah sofort in das Gesicht von Sven.

„Sven, was willst du von meiner Familie?" Jan stand auf und stellte sich vor seine Familie. Sven stieg von seinem Pferd und ging auf Jan zu.

„Niemand kommt ungestraft davon, wenn er meine Befehle missachtet." Sein Blick ging zu dem kleinen Mädchen.

„Deine Tochter ist ja noch eine ganz Kleine."

„Lass die Finger von ihr", knurrte Jan wütend. Sven schaute wieder zu ihm und lachte.

„Du hast deine Tochter vor mir verheimlicht. Hast du wirklich geglaubt, dass ich es nicht herausfinden würde?" Jan schaute auf den Boden.

„Es tut mir leid Sven, aber bitte lass meine Familie da raus. Du kannst sie testen und dann können wir in Ruhe weiterleben." Wieder lachte Sven.

„So einfach lasse ich dich nicht davonkommen. Du musst endlich lernen, was es für Folgen hat, wenn man meine Befehle missachtet. Dafür wird nicht nur dein Dorf leiden.

Nehmt sie mit." Einer seiner Männer lief auf Kate zu. Sie ging ein paar Schritt zurück und drehte ihre Tochter zur Seite, doch der Mann war zu stark.

Jan wollte dazwischen gehen, doch er wurde von einem anderen Mann festgehalten.

„Bitte, Sven. Nimm alles, aber nicht meine Tochter. Du kannst mich dafür bestrafen." Jan schaute ihn an. Sven nahm das Mädchen in Empfang und drehte sich dann wieder zu Jan.

Kate lag weinend auf dem Boden und Luca versuchte, sie zu trösten.

„Wenn ich nur dich bestrafen würde, wäre es doch zu einfach." Mit diesen Worten stieg Sven wieder auf sein Pferd. Das kleine Mädchen auf dem Arm, das hemmungslos weinte. Ein letztes Mal schaute er zu Jan hinunter.

„Ich hoffe du lernst daraus." Dann ritt er davon. Seine Männer hinter ihm und der Drache über ihm. Jan lief zu seiner Frau und ließ sich neben sie auf die Knie fallen. Er zog Kate und Luca in seine Arme.

„Es wird alles wieder gut", flüsterte er ihnen zu und wiegte sie hin und her. Es war still. Nur das Schluchzen von Kate war im Wald zu hören.

1

Elena

„Elena! Ich habe dich was gefragt." Ich schreckte hoch und sah sofort in das wütende Gesicht meines Lehrers. Hinter mir hörte ich die anderen kichern, aber ich war es gewohnt.

„Tut mir leid, Herr Kaiser. Ich habe nicht aufgepasst", sagte ich unschuldig. Herr Kaiser verdrehte die Augen.

„Ja, das habe ich bemerkt. Lasst uns weitermachen." Er drehte sich wieder zur Tafel, doch wieder schweiften meine Gedanken ab. Ich kannte den Stoff schon und passte daher nicht sonderlich auf.

Meine beste Freundin, die neben mir saß, war nicht besser. Sie ließ sich nur nicht erwischen.

„Elena!" Ich zuckte wieder zusammen, doch bevor mir Herr Kaiser eine Standpauke vor versammelter Mannschaft halten konnte, klingelte es und alle stürmen raus.

Von wegen der Lehrer beendet den Unterricht.

„Der Rest ist Hausaufgabe bis morgen! Elena, kommst du mal bitte." Ich seufzte und stand auf.

„Ich glaube, jetzt bekommst du Ärger." Das war meine beste Freundin. Ich schaute sie an.

„Wartest du draußen auf mich?" Sie nickte und verschwand nach draußen. Ich ging auf Herrn Kaiser zu.

„Was kann ich für Sie tun?" Er packte seine Sachen zusammen und sah mich an.

„Du solltest eher fragen, was du für dich tun kannst. Deine ständige Abwesenheit, auch wenn es nur gedanklich ist, kann ich nicht mehr tolerieren.

Ich möchte gerne mit deinem Vater sprechen, deswegen gibst du ihm diesen Zettel. Jetzt ab in die Pause." Ich nahm den Brief und ging nach draußen. Lilly hatte auf mich gewartet.

„Na, darfst du einen Aufsatz schreiben?", fragte sie belustigt. Ich seufzte nur.

„Nein. Er möchte mit meinem Vater sprechen." Ich packte den Brief weg. Mein Vater kannte das schon und es störte ihn nicht, solange ich mit guten Noten nach Hause kam. Alles andere war ihm egal.

Lilly und ich machten uns auf den Weg nach draußen.

„Wie wird dein Vater reagieren?" Ich zuckte mit den Schultern.

„Ihm ist es egal. Ich habe ja gute Noten." Lilly seufzte verträumt.

„Ich hätte auch gerne so einen Vater wie du. Meine Eltern sind viel zu streng. Die würden mir den Kopf abreißen, wenn ich mit so einem Brief nach Hause kommen würde." Ich musste lachen. Ja, sie untertrieb auf keinen Fall. Ihre Eltern hatten sogar schon einmal versucht, ihr den Kontakt zu mir zu verbieten.

Ich hätte einen schlechten Einfluss. Es hatte aber nicht lange gehalten. Lilly und ich hatten uns heimlich getroffen, bis sie es wieder erlaubt hatten. Draußen kamen uns Florian und Kai entgegen.

„Na. Hat meine Schöne wieder Ärger bekommen?" Die beiden fingen an zu lachen. Ich schlug Florian gegen den Arm.

„Nein, habe ich nicht, also hör auf, mich zu ärgern." Florian grinste und kam die letzten Schritte auf mich zu.

„Aber ich liebe es, dich zu ärgern." Er küsste mich und ich erwiderte den Kuss augenverdrehend. Wir waren seit drei Monaten zusammen. Florian, der beliebteste Schüler der Schule und der Captain des Basketballteams, und ich.

Ein einfaches Mädchen, das einfach nur sehr beliebt ist, da es den Lehrern immer Widerworte gab. Ich war als das Bad Girl an dieser Schule bekannt. Obwohl ich eigentlich nicht so war.

Ich schützte mich damit nur. Mein Vater und ich wohnten noch nicht lange hier. Auf meiner ersten Schule wurde ich immer gehänselt. Irgendwann hat mein Vater gesagt, dass es so nicht mehr geht. Er hat mich in Kampfkurse gesteckt und mir mehr Selbstvertrauen gegeben.

Wir sind umgezogen und an der neuen Schule habe ich dann meine Mauer aufgebaut. Ich ärgere andere, damit ich in Ruhe gelassen wurde. Ich weiß, dass das auch nicht richtig ist, aber so ist ich nun mal.

Erst Lilly hat mich so ein wenig aus meinem Kokon geholt. Dafür war ich ihr bis heute dankbar.

Florian schlang seine Arme um meine Taille und zog mich noch enger an sich.

Er liebte es, den anderen zu zeigen, dass ich zu ihm gehörte.

„Bist du mir noch böse?" Er schaute mir in die Augen. Ihm konnte ich nie lange böse sein.

„Nein, bin ich nicht." Er grinste und legte seine Lippen ein weiteres Mal auf meine. Der Kuss war zärtlich, bis er immer leidenschaftlicher wurde.

„Hallo Leute. Wir sind auch noch da", kam es genervt von Lilly. Florian und ich lösten uns und wir schauten zu Lilly.

„Sorry." Sie verdrehte nur die Augen. Florian ließ mich los und nahm meine Hand. Zusammen gingen wir zu den Leuten aus unserer Klasse. Als es klingelte, liefen wir alle wieder rein.

Das letzte Fach für heute war Mathe. Nach einer Stunde, die sich in die Länge zog, klingelte es endlich zum Schluss. Ich packte meine Sachen zusammen und ging mit Lilly zusammen raus.

Auf dem Schulhof verabschiedeten wir uns und ich ging zu dem Treffpunkt von mir und Florian. Er küsste mich kurz zur Begrüßung.

„Hey. Morgen Abend findet eine Party bei mir statt. Ich würde mich freuen, wenn du kommst." Er schaute mich mit seinen blauen Augen an und spielte mit meinen Haaren. Ich seufzte. Ich war überhaupt kein Fan von Partys und das wusste er eigentlich auch.

„Ich überlege es mir, okay? Morgen sage ich dir dann Bescheid. Ich muss jetzt auch los." Ich küsste ihn flüchtig und wollte mich auf den Nachhauseweg machen, aber Florian hielt mich noch einmal fest.

„So leicht kommst du mir nicht davon." Ich musste mir ein Grinsen verkneifen. Er zog mich an sich und drückte seine Lippen auf meine.

Wie immer verlor ich mich in unserem Kuss und nach einer gefühlten Ewigkeit trennten wir uns wieder.

„Ich muss jetzt wirklich gehen, Florian. Bis morgen." Ich drehte mich um und lief nach Hause.

Bis ich um die Ecke ging, spürte ich den Blick von Florian in meinem Rücken. Es war kein langer Weg nach Hause. Ich steckte mir meine Kopfhörer ins Ohr und lauschte der Musik. Nach einer viertel Stunde war ich zu Hause.

Vor der Haustür öffnete ich meine Tasche und suchte nach dem Schlüssel.

„Wo ist dieses verdammte Ding?" Mit einem lauten Seufzen akzeptierte ich, dass ich meinen Schlüssel vergessen hatte. Mal wieder. Hoffentlich war Marta da, unsere Haushälterin.

Ich klingelte und wartete darauf, dass jemand die Tür öffnete. Als Marta dann davorstand, atmete ich erleichtert auf.

„Na, mal wieder deinen Schlüssel vergessen, junge Dame?", fragte sie mit hochgezogenen Augenbrauen. Ich ging an ihr vorbei rein.

„Ja, tut mir leid. Ich weiß auch nicht, wo ich ihn hingelegt habe."

„Hier ist er." Der Schlüssel kam mir entgegengeflogen. Mein Vater stand im Esszimmer und musterte mich belustigt.

Ich hatte den Schlüssel anscheinend auf dem Esstisch liegen lassen.

„Was machst du denn schon hier?", fragte ich dann meinen Vater. Es war selten, dass er so früh zu Hause war. Mein Vater drehte sich zu Marta.

„Du kannst dir den Rest des Tages freinehmen, Marta."

„Danke, Herr." Marta verabschiedete sich und ging. Jetzt war ich nur noch verwirrter.

„Du lässt sie sonst nie so früh gehen." Ich musterte meinen Vater. Er lachte und legte das Buch zur Seite, das er in der Hand hatte.

„Ich möchte heute einfach einen wunderschönen Tag mit meiner Tochter verbringen. Darf ich das nicht mehr? Ich habe gedacht, du freust dich darüber." Er setzte einen Schmollmund auf und ich musste lachen. Ich ging auf ihn zu und schlug ihm gegen den Arm. Er schaute mich gespielt empört an.

„Na warte, du kleine Göre." Ich lachte und rannte vor ihm weg, doch im Wohnzimmer kam ich nicht sehr weit. Er war schneller und packte mich an meiner Taille.

Er schmiss mich auf die Couch und fing an mich auszukitzeln.

„Sag, dass du mich liebhast." Er kitzelte mich und ich musste immer mehr lachen.

„Vater, bitte…" Mein Bauch tat schon weh, doch er war einfach stärker.

„Sag es und dann höre ich vielleicht auf." Er lachte auch, doch ein Räuspern ließ ihn plötzlich innehalten.

Er sah hoch und auch ich setzte mich auf, um die Frau zu sehen, die in der Tür stand.

„Ich will nicht weiter stören, Sven. Wir sehen uns." Schon verließ sie das Haus. Ich sah meinen Vater an.

„Was?", fragte er verwirrt und stand auf. Ich setzte mich vernünftig auf das Sofa.

„Wer ist diese Frau? Ich habe sie schon öfter hier gesehen." Sven seufzte und lief Richtung Küche. Ich stand auf und folgte ihm.

„Sie ist nur eine Kollegin, Elena, mehr nicht. Du bist und bleibst die einzige Frau in meinem Leben." Er knuffte mir in die Seite und ich quietschte auf. Er lachte darüber und stellte sich dann an den Herd. Ich setzte mich an die Theke, um ihn zu beobachten.

Mein Vater war ein sehr guter Koch und ich liebte es, ihm beim kochen zuzusehen. Doch meine Gedanken gingen wieder woanders hin. Sie gingen in die Vergangenheit und erinnerten mich an einen Tag, den ich nie vergessen wollte.

Ich saß auch in der Küche und schaute meinem Vater beim Kochen zu. Ich war sechs Jahre alt.

„So meine Kleine, das Essen ist fertig." Ich klatschte in die Hände. Er nahm mich hoch und trug mich ins Wohnzimmer.

Wir schauten beim Essen oft Fernsehen, wenn ich lieb war. Er setzte mich auf dem Sofa ab und gab mir meinen Teller, dann setzte er sich neben mich und machte den Fernseher an. Glücklich fing ich an zu essen.

Als mein Teller leer war, stellte ich ihn auf dem Tisch ab.

„Du, Papi. Woher kommen wir eigentlich?" Wir hatten heute in der Grundschule über Familie Stammbäume und Herkunft gesprochen. Vater verschluckte sich fast an dem Essen. Er stellte seinen Teller ab und schaute zu mir.

„Willst du das gerne wissen?" Ich nickte wild. Er lachte und hob mich auf seinen Schoß.

„Also. Du und ich, wir kommen aus einer anderen Welt. Eine Welt, in der Magie existiert. Drachen, Magier und auch Elfen." Meine Augen wurden ganz groß.

„Träume ich vielleicht deswegen immer von Drachen, Vater? Warum sind wir nicht da?" Sein Blick wurde traurig.

„Weil du dort in Gefahr bist. Ich konnte mit dir nicht dortbleiben, deswegen sind wir hier. Seit wann hast du diese Träume, mein Schatz? Du hast mir nie davon erzählt."

Ich schluckte und sah meinen Vater an.

„Ich hatte Angst, dass du mich für ein Baby hältst, weil ich von solchen Sachen träume."
Mein Vater grinste.
„Du bist für mich immer ein großes Mädchen, E-lena. Du bist meine Prinzessin egal, was du träumst.
Vielleicht träumst du von dieser Welt, weil du dich, tief in dir, an diese Welt erinnerst." Ich *schaute auf den Boden.*
„Können wir denn irgendwann dorthin zurück?"
Er grinste.
„Ja, meine Kleine. Irgendwann werden wir dorthin zurückgehen. Wenn du alt genug bist und es sicher ist." Mit dieser Antwort gab ich mich zu-frieden.
„Ach, und Elena?" Ich schaute zu ihm hoch.
„Du darfst niemandem davon erzählen. Die Menschen hier wissen nicht, dass noch eine weitere Welt existiert. Versprichst du es mir?" Ich nickte *und er lächelte glücklich. So schauten wir weiter zusammen fern.*

Ich hatte diese Träume, als kleines Kind, immer gehabt, doch irgendwann haben sie aufgehört. Erst seit meinem siebzehnten Geburtstag hatte ich wieder öfter Träume von dieser Welt.
Ich dachte oft an sie und fragte mich, wann wir dorthin zurückkehren würde.

„Elena!" Ich schreckte aus meinen Gedanken und schaute meinem Vater ins Gesicht.

„Tut mir leid." Er schüttelte seinen Kopf.

„Du bist in letzter Zeit öfter so vertieft. Will mich deswegen wieder dein Lehrer sprechen?" Ich schaute ihn geschockt an, doch er zeigte nur auf meine Schultasche, die auf dem Tresen lag. Der Brief war rausgerutscht.

„Ja. Herr Kaiser möchte mit dir sprechen." Mein Vater nickte.

„In Ordnung, dann werde ich das tun. Kannst du jetzt Teller holen?" Ich nickte schnell und sprang auf. Aus dem Schrank holte ich dann zwei Teller. Ich gab sie meinem Vater und er verteilte das Essen darauf. Er gab mir einen Teller und wir setzten uns an die Theke.

„Du, Vater?" Er schaute mich abwartend an.

„Wann gehen wir dorthin zurück, wo wir herkommen?" Ich sah, wie er versuchte, sich nicht zu verschlucken.

„Du kannst dich immer noch daran erinnern?", fragte er ungläubig, doch ich nickte nur.

„Ja. Du hast es mir erzählt, als ich sechs war und mir gesagt, dass wir irgendwann dorthin zurückkehren werden." Er seufzte.

„Ja das werden wir auch, aber noch nicht jetzt."

„Wann denn?"

„Wenn du älter bist." Ich ließ meine Gabel fallen.

„Ich bin fast achtzehn, Vater." Er hielt in seiner Bewegung inne.

„In Ordnung. Aber ein bisschen gedulden musst du dich trotzdem noch." Bevor er noch mehr dazu sagen konnte, klingelte sein Handy. Er legte seine Gabel ab und ging dran.

„Ja?" Schweigen. Ich aß weiter und beobachtete ihn.

„In Ordnung, ich bin sofort auf dem Weg." Er legte auf und stand dann auf.

„Es tut mir leid Elena. Es ist etwas Wichtiges dazwischengekommen. Ich mache das wieder gut, versprochen." Er gab mir einen Kuss auf die Stirn und verließ dann das Haus. Mal wieder war ich allein. Was mache ich denn jetzt?

Ich beschloss, ein wenig spazieren zu gehen. Ich nahm meine Jacke, mein Handy, meine Schlüssel und blieb noch einmal vor dem Spiegel stehen. Vielleicht sollte ich mir noch einmal meine Haare kämmen.

Meine schwarzen Haare standen wild vom Kopf ab, durch den kleinen Kampf mit meinem Vater. Schnell lief ich ins Bad und kämmte mir noch mal meine Haare, dann betrachtete ich mich ein weiteres mal im Spiegel.

Jetzt fielen meine Haare wieder ordentlich über meine Schulter.

Ich beschloss, mein Kajal aufzufrischen, da ich es liebte, wie das meine blauen Augen betonte.

Als ich mit meinem Aussehen zufrieden war, ging ich nach draußen.

Ich lief Richtung Park. Ich liebte es, spazieren zu gehen. Dabei konnte man immer so gut den Kopf frei bekommen.

„Elena?" Ich drehte mich in die Richtung und entdeckte, etwas weiter weg, Florian auf mich zu kommen.

Was machte er denn im Park? Er wohnte fast zwanzig Minuten von hier weg.

Ich blieb stehen und wartete auf ihn.

„Elena. Ich hätte nicht gedacht, dich hier zu sehen." Er nahm mich in den Arm und küsste mich kurz.

„Ach, meinem Vater ist wieder ein Termin dazwischengekommen. Ich frage mich, ob er noch weiß, dass er eine Tochter hat.

Was machst du denn eigentlich hier?" Florian nahm mich in den Arm.

„Nichts Besonderes." Er zuckte mit den Schultern und sprach weiter.

„Natürlich weiß dein Vater, dass er eine Tochter hat. Er will doch nur dein Bestes und geht deswegen so viel arbeiten." Ich seufzte.

„Wahrscheinlich hast du recht. Hast du jetzt noch ein wenig Zeit?" Florian nickte.

„Für dich doch immer. Komm, wir gehen spazieren." Er nahm meine Hand und wir liefen den Parkweg entlang. Ich genoss die Ruhe, doch plötzlich wurde diese durch einen lauten Knall gestört.

„Was war das?" Florian und ich schauten beide in die Richtung, woher der Knall kam. Es kam von einem alten Firmengelände und irgendwie wollte ich wissen, was dahintersteckte.

„Komm, wir müssen nachschauen, was das war." Florian wollte mich aufhalten.

„Nein, müssen wir nicht. Elena, lass uns wieder zurückgehen." Ich schüttelte meinen Kopf und lief vor.

Nach zehn Metern drehte ich mich zu Flo und schaute ihn an. Er seufzte und folgte mir.

Wir näherten uns dem alten Firmengelände. Dieses Gelände war seit drei Jahren verlassen. Wir kletterten durch ein Loch im Zaun und schauten uns um.

„Mir gefällt die ganze Sache nicht, Elena. Lass uns bitte zurückgehen." Seit wann war Flo so ein Angsthase? Ich ignorierte ihn und lief einfach weiter auf das Gelände.

„Elena, bitte." Ich hob meine Hand und er wurde still.

„Sei leise. Da steht jemand." Sofort nahm Florian meine Hand und suchte für uns Deckung. Von dort aus konnte ich sogar sehen, dass dort zwei Männer standen. Sie stritten sich.

„Du hast ihn verloren und sogar noch verfehlt! Ich dachte, du könntest schießen."

„Beruhig dich lieber mal. Wir sollten ihn suchen, anstatt hier rumzustehen. Sonst ist er über alle Berge, bevor der Boss kommt." Sie entfernten sich. Ich stand auf und wollte sehen, wohin sie gehen.

„Elena, bleib unten." Florian wollte mich zurückziehen, erwischte meinen Arm aber nicht mehr. Ich sah mich in der Halle um. Es roch nach Rauch und verbranntem Holz.

Da erinnerte ich mich daran, dass die Halle vor drei Jahren gebrannt hatte.

Es knallte wieder, doch dieses Mal konnte ich es als Schuss wahrnehmen.

Reflexartig fiel ich auf die Knie.

„Elena?" Florian kam auf mich zu und betrachtete mich besorgt.

„Ich bin nicht verletzt, ich habe mich nur erschrocken." Wir schauten uns an, doch dann nahm ich aus dem Augenwinkel eine Bewegung war. Ein Junge rannte auf uns zu, sah uns aber zu spät. Er fiel über uns und wir landeten alle auf dem Boden.

„Kannst du nicht aufpassen?!", fauchte Florian ihn sofort an. Doch ich sah, dass der Junge verletzt war. Ich krabbelte zu ihm rüber.

„Florian, er ist verletzt. Wir müssen ihn hier rausbringen." Der Junge schüttelte seinen Kopf, doch das war mir egal.

„Du wirst mit uns kommen. Flo, hilf ihm." Florian seufzte und stand auf. Er half dem Jungen hoch. Ich stand auch auf und gemeinsam stützen wir den Jungen und liefen nach draußen.

Aber wir waren so langsamer und die zwei Männer entdeckten uns.

Es fielen weitere Schüsse und ich konnte fühlen, wie nah sie an mir vorbeiflogen.

„Die schießen auf uns! Wir müssen hier raus!" Flo lief einen Schritt schneller und ich kam nicht mehr so schnell hinterher. Es fielen weitere Schüsse. Doch plötzlich durchzog mich ein stechender Schmerz.

„Ah!!" Mich hatte eine Kugel getroffen. Florian drehte sich zu mir um.

„Elena, geht es dir gut?"

„Ja. Lauf weiter." Florian drehte sich wieder um und lief weiter. Ich lief den beiden hinter her. Wir kamen am Ausgang an und liefen nach draußen. Schnell schlugen wir den Weg zur Straße ein und dann Richtung Bushaltestelle.

Wir nahmen den ersten Bus und fuhren zu mir nach Hause.

An der Straße hatten die Männer die Verfolgung aufgegeben.

Wir mussten nur drei Minuten mit dem Bus fahren und nach weiteren zehn Minuten waren wir bei mir zu Hause.

Zum Glück war mein Vater nicht da. Ich schloss die Tür auf und wir stolperten ins Haus.

„Bring ihn nach oben. Ich suche nach Verbandszeug." Florian nickte und brachte den Jungen nach oben. Ich ging ins Bad und suchte nach dem Verbandszeug. Dabei sank mein Adrenalin langsam und ich bemerkte die Schmerzen. Ich keuchte auf und hielt mich mit dem gesunden Arm am Waschbecken fest.

Meine rechte Schulter schmerzte und ich merkte auch, wie mir langsam das Blut den Arm hinunterlief.

Mir wurde kurz schwindelig und ich setzte mich auf den Beckenrand der Badewanne.

Nach einer Minute ging es wieder und ich holte das Verbandszeug aus dem Schrank. Damit in der Hand lief ich nach oben in mein Zimmer.

„Hier, das ist alles, was ich gefunden hab." Ich reichte es Florian. Florians Eltern waren bekannte Ärzte und er hatte schon mehrere Praktika hinter sich. Er hatte also Ahnung davon.

„Das wird reichen." Florian packte meinen Arm und bemerkte sofort das Blut.

„Du bist ja auch verletzt. Setz dich sofort hin, E-lena. Du wirst auch schon ganz blass." Er führte mich zum Bett. Der Junge seufzte.

„Ich wollte nicht, dass jemand wegen mir verletzt wird." Seine Stimme war von Angst und Trauer gefüllt.

„Nenn uns doch erst mal deinen Namen, dann können wir dir helfen", sagte Florian und schaute den Jungen an.

„Äh, ja natürlich. Ich bin Luca und euch sehr dankbar." Florian nickte.

„Nichts zu danken. Ich bin Florian und das ist E-lena." Luca beobachtete mich. Ich ging zum Fenster und schaute nach draußen. Ich konnte einfach nicht lange sitzen bleiben.

„Kannst du uns vielleicht verraten, warum diese Typen hinter dir her waren?", fragte Florian. Ich drehte mich bei der Frage nicht um, doch ich spürte den Blick von Luca auf mir.

„Elena, bitte setz dich hin. Du blutest noch deinen ganzen Boden voll." Florian klang ernst. Ich seufzte und setzte mich auf meinen Schreibtisch-stuhl.

Florian gab mir ein Handtuch und zeigte auf mei-nen Arm. Ich drückte es drauf und beobachtete dann wieder Luca. Er schuldete uns immer noch eine Antwort.

Mir fiel auf, dass seine Kleidung anders war. Sie bestand komplett aus Leder und Stoff und wirkte altertümlich.

Er trug einen Ledernen Gürtel und an seiner rechten Seite, konnte ich einen Dolch erkennen.

Danach musste ich ihn auf jeden Fall fragen.

„Ich habe keine Ahnung, warum sie mich verfolgt haben. Sie tauchten auf einmal auf und schossen sofort auf mich." Ich konnte es nicht glauben. Florian nahm sich die Sachen, die er brauchte, und fing an, Lucas Wunde zu nähen und dann zu verbinden.

„Das hört sich ganz schön krass an. Naja. Ich verbinde dich und dann kannst du wieder dahin gehen, woher du kommst. Du hast Glück gehabt, dass es ein Durchschuss ist." Florian meinte es nicht böse, auch wenn es so klang.

Nach einer halben Stunde war Luca verbunden und er kam auf mich zu.

„Du musst dein Shirt ausziehen, damit ich dich verbinden kann. Wahrscheinlich muss es auch genäht werden." Mein Blick ging wie automatisch zu Luca. Er wich meinem Blick aus.

„Muss das sein?" Florian nickte.

„Ja. Bitte, Elena." Ich seufzte und zog mein Oberteil aus. Da es schon an dem trockenen Blut klebte, tat es etwas weh. Nachdem ich es ausgezogen hatte, fing Florian an, meine Wunde zu verbinden. Auch bei mir war es ein Durchschuss. So musste er keine Kugel rausholen.

„Du kannst das mittlerweile sehr gut." Florian lächelte mich an.

„Naja. Man lernt bei seinen Eltern. Ich will ja später auch Arzt werden. Kein Profibasketballer, wie es die meisten glauben." Jetzt lächelte ich ihn an. Als er fertig war, schaute er auf die Uhr.

„Ich muss jetzt auch wirklich los. Kommst du klar?" Er schaute mich besorgt an. Ich nickte.

„Ja, alles gut. Geh ruhig."

„Okay. Wir sehen uns dann morgen in der Schule." Florian gab mir einen Kuss und verschwand dann aus dem Zimmer. Kurze Zeit später hörte man unten die Haustür. Ich drehte mich zu Luca.

Ich glaubte ihm nicht, dass er nicht wusste, warum ihn diese Männer angegriffen hatten.

„Du weißt, warum dich diese Männer verfolgt haben, oder?" Ich sah ihn an, doch er schaute sich nur im Zimmer um. Ich hatte viele Bilder von Drachen im Zimmer hängen.

„Du magst Drachen, oder?" Er wich meiner Frage gekonnt aus.

„Ja, aber du…" Bevor ich weitersprechen konnte, hörte ich die Tür unten. Shit. Warum musste mein Vater gerade jetzt kommen?

„Verdammt. Luca, du musst kurz hierbleiben. Ich bin gleich wieder da." Ich verschwand schnell aus dem Zimmer nach unten.

„Hallo, Elena. Es ging doch ein wenig schneller als gedacht." Er umarmte mich und ich zuckte dabei zusammen. Sein Arm streifte die Schusswunde.

Hoffentlich fing sie nicht wieder an zu bluten. Doch er bemerkte, dass etwas nicht stimmte.

„Alles in Ordnung bei dir?" Der Gesichtsausdruck meines Vaters veränderte sich.

„Ja, alles gut. Ich muss jetzt noch Hausaufgaben machen." Ich wollte wieder nach oben gehen, doch mein Vater hielt mich noch mal auf.

„Wenn du fertig bist, können wir ja noch einen Film zusammen gucken."

„Ja gerne. Ich beeile mich." Er lächelte mich an und ließ mich dann los. Er ging in die Küche und ich ging wieder nach oben. Ich ging in mein Zimmer und fand Luca am Fenster stehend. Als ich die Tür schloss, drehte er sich zu mir um.

„Ist alles in Ordnung?" fragte er. Ich setzte mich auf mein Bett.

„Ja, mein Vater ist nur ein bisschen früher nach Hause gekommen als gedacht. Ich glaube, er würde nicht sehr gut reagieren, wenn er einen Jungen findet, der angeschossen wurde." Luca nickte.

„Ja stimmt." Es herrschte Stille.

„Woher kommst du, Luca?" Die Frage brannte mir schon länger auf der Zunge. Ich hatte das Gefühl, dass irgendetwas mit ihm nicht stimmte. Man wird nicht ohne Grund angeschossen und dann sah er auch noch so anders aus.

„Du würdest mir sowieso nicht glauben." Jetzt wurde ich neugierig.

„Warum würde ich dir nicht glauben? Versuch es doch einfach.

Ich kann so schon sehen, dass du nicht von hier kommst." Ich verschränkte meine Arme vor der Brust. Luca seufzte und setzte sich neben mich auf das Bett.

„Ich erzähle es dir, da du dir eine Kugel für mich eingefangen hast." Er lächelte mich vorsichtig an und ich erwiderte sein Lächeln.

„Also. Neben deiner Welt gibt es noch eine weitere Welt. In dieser existiert Magie und noch vieles mehr. Die Welt ist nicht viel anders als deine. Wir haben auch Storm, naja zumindest so etwas ähnliches.

Man erzählt sich, dass eine große Quelle an Magie dafür sorgt, dass wir Licht haben und auch Fernsehen.

Es war schon immer da und keiner weiß, woher es kommt.

Was wir nicht in unserer Welt haben sind Autos. Da sind wir eher altertümlich genau so was die Herstellung von Klamotten angeht."

Er kommt aus einer anderen Welt? Er meinte doch nicht etwa die Welt, von der ich immer träumte?

„Du kommst also aus einer Welt, wo es Magie gibt?" Luca schaute mich an.

„Ja. Du glaubst mir?" Ich nickte und knetete meine Hände.

„Ja. Ich habe von so einer Welt geträumt und irgendwann, hat mir mein Vater gestanden, dass wir auch aus dieser Welt kommen. Ich habe sie zwar noch nie gesehen, aber ich weiß, dass sie existiert." Luca schaute mich mit offenem Mund an.

„Aber warum bist du hier?" Ich sah Luca an.

„Ich suche nach etwas." Doch bevor er genauer werden konnte, klopfte es an der Tür und ich zuckte vor Schreck zusammen.

„Elena, bist du fertig?" Es war mein Vater. Ich seufzte.

„Ja ich komme sofort." Luca nahm meine Hände und ich schaute ihn an.

„Wir müssen uns noch einmal treffen, Elena." Er schaute mich flehend an.

„Ja, können wir machen. Aber jetzt musst du dich rausschleichen, wenn ich unten bin, okay?" Er nickte und ich stand auf. Nach einem letzten Blick auf Luca verließ ich mein Zimmer und lief sofort in die Arme meines Vaters.

„Fertig?" Ich nickte und zusammen gingen wir runter. Wir setzten uns auf das Sofa und mein Vater suchte sich einen Film aus. Ich sah, wie Luca die Treppe runter kam und dann vor einem Bild stehen blieb. Ich wusste, dass es ein Bild von mir und meinem Vater war.

Nachdem er sich das Bild angesehen hatte, schaute er erschrocken zu meinem Vater. Mit Handzeichen versuchte ich ihm zu zeigen, dass er verschwinden sollte.

Nach fünf Minuten tat er es dann auch endlich. Ich seufzte leise und schaute mit meinem Vater in Ruhe einen Film, bevor ich ins Bett fiel. Nach einer Schmerztablette schaffte ich es, endlich einzuschlafen

2

Elena

Am nächsten Morgen wurde ich durch einen starken Schmerz wach. Langsam setzte ich mich auf und sah mir meine rechte Schulter an. Sofort fiel mir der rote Fleck auf meinem Shirt auf.
Der Verband war durchgeblutet. Zum Glück war es nicht mein Lieblingsshirt.
Ich stand auf und ging ins Bad. Dort zog ich mir vorsichtig das Shirt aus und entfernte den Verband.
Nachdem ich die Wunde grob gereinigt hatte, stellte ich mich unter die Dusche. Bei der Berührung mit Wasser zuckte ich zusammen, doch ich biss die Zähne zusammen und hielt es aus.
 Als ich fertig war, verband ich meinen Arm neu, zog mich an und ging zurück ins Zimmer. Ein Blick auf die Uhr verriet mir, dass wir es kurz vor sieben hatten.
Marta müsste schon unten sein. Vielleicht war das Frühstück ja schon fertig. Ich ging runter und mir kam sofort der Geruch von Eiern und Speck entgegen.

„Guten Morgen, Marta." Sie drehte sich mit der Pfanne in der Hand zu mir um.

„Guten Morgen, Liebes. Das Frühstück ist gleich fertig. Könntest du zwei Teller holen?" Ich nickte und lief zum Schrank. Ich stellte die Teller vor ihr ab und setzte mich dann an den Esstisch. Fünf Minuten später stellte Marta das Frühstück vor mir ab.

„Ich hätte es mir auch selbst holen können." Marta winkte ab.

„Ist doch nicht so schlimm und jetzt iss. Du musst ja gut gestärkt für die Schule sein." Sie zwinkerte mir zu und ging wieder in die Küche. Ich aß mein Frühstück und schaute dabei auf mein Handy. Nach zehn Minuten kam mein Vater runter.

„Guten Morgen. Hast du gut geschlafen, mein Spatz?" Er streichelte mir über den Kopf und setzte sich neben mich. Ich nickte.

„Ja habe ich." Er lächelte zufrieden. Marta stellte sein Essen auf den Tisch und er fing an zu essen.

„Danke Marta." Still aßen wir unser Frühstück. Aber auch das war ich nicht mehr anders gewohnt. Es ist schon selten, dass er dabei sein Handy nicht in der Hand hatte.

Als ich fertig war, brachte ich meinen Teller in die Küche und ging nach oben, um meine Schulsachen zu packen. Ich packte mir noch ein paar Pflaster und Verbände ein und ging dann wieder runter. Man konnte ja nie wissen, was alles so passieren konnte.

Mein Vater saß vor dem Fernseher und Marta hörte ich unten im Keller. Sie machte anscheinend die Wäsche.

„Ich muss dann jetzt auch los. Wir sehen uns später", rief ich ins Wohnzimmer.

„Elena, warte noch einmal kurz." Ich schaute hoch und mein Vater stand in der Tür zum Wohnzimmer.

„Ich möchte, dass du sofort nach Hause kommst, okay?" Verwirrt nickte ich. Er lächelte und gab mir einen Kuss auf die Stirn, dann ging er wieder ins Wohnzimmer. Ich nahm mir meine Tasche und meinen Schlüssel. Dieses Mal wollte ich den nicht vergessen.

Ich verließ das Haus und machte mich auf den Weg zur Schule.

Ich wollte mir gerade die Kopfhörer ins Ohr stecken, als ich eine Hand auf meiner gesunden Schulter fühlte.

„Dein Vater heißt Sven, oder?" Ich zuckte zusammen und sprang zur Seite.

Als ich Luca erkannte, atmete ich erleichtert auf.

„Musst du mich so erschrecken?" Er lächelte verlegen.

„Tut mir leid. War nicht meine Absicht." Er schaute auf den Boden. Ich fühlte Mitleid.

„Schon gut. Ich bin ja auch sehr schreckhaft. Also, was hast du mich gerade gefragt?" Luca kratzte sich am Nacken.

„Naja. Ob dein Vater Sven heißt." Ich zuckte mit den Schultern.

„Ja, das tut er." Luca wurde kreidebleich. Was war das denn jetzt bitte? Fast jeder Dritte hieß doch Sven.

„Ist alles in Ordnung bei dir?" Anscheinend holte ich ihn aus seiner Starre. Er schüttelte seinen Kopf und versuchte mich anzulächeln. Das scheiterte aber ein wenig.

„Ja alles gut. Wir sehen uns später okay?" Ich nickte verwirrt, dann rannte er auch schon weg. Völlig verdattert schaute ich ihm nach. Das war ein wirklich komischer Kerl.

Ich beschloss, erst mal, nicht weiter drüber nachzudenken und lief Richtung Schule. Sonst würde ich noch zu spät kommen.

Am Schultor wartete Florian auf mich.

„Hey. Du hast heute aber ein wenig länger gebraucht. Ist mit deiner Schulter alles in Ordnung?" Er musterte mich besorgt. Ich musste wegen dieser Fürsorge lächeln.

„Ja, mir geht es gut, Flo. Ich habe sie heute gesäubert und neu verbunden und zur Sicherheit habe ich auch ein wenig mitgenommen. Vor allem, weil wir heute Sport haben."

„Du willst beim Sportunterricht mitmachen? Glaubst du wirklich, dass das so eine gute Idee ist?" Florian schaute mich fragend an. Ich konnte ihn verstehen, aber ich durfte den Unterricht auch nicht ausfallen lassen.

Das würde mit ganzen vielen Fragen enden und auf Fragen hatte ich keine Lust.

„Ja, es muss. Sonst fragen die Leute nur nach und das möchte ich nicht." Florian nickte seufzend.

„In Ordnung, aber sobald du merkst, dass es nicht mehr geht, hörst du auf, ja?" Ich nickte. Nur so konnte ich ihn beruhigen. Florian schaute mich an, nahm dann aber meine Hand und wir gingen Hand in Hand ins Gebäude.

In der ersten Stunde hatten wir Mathe. Lilly saß schon auf ihrem Platz, als ich reinkam. Ich setzte mich neben sie und begrüßte sie kurz. Als der Lehrer reinkam, konzentrierte ich mich auf vorne. Ich hatte heute mal beschlossen, aufzupassen.

Nachdem die Stunde zu Ende war, packte ich meine Sachen und verließ das Klassenzimmer. Lilly wartete schon draußen auf mich.

„Du warst ja heute so still.", sagte sie belustigt, als ich bei ihr ankam.

Ich seufzte.

„Ja. Ich hatte heute nicht wirklich Lust, im Unterricht zu stören." Wir brachten unsere

Schultaschen zu unseren Spinden und holten unsere Sporttaschen.

„Das ist aber selten, dass ich das von dir höre", sagte Lilly lachend. Ich musste dadurch auch lachen.

„Gewöhne dich nicht daran. Morgen könnte ich schon wieder die Alte sein." Lilly lachte und gab mir einen Stoß mit der Hüfte. Zusammen gingen wir dann Richtung Turnhalle.

Dort stand auch schon die Klasse, mit der wir zusammen Sport hatten.

„Lilly, lass uns woanders langgehen." Sie folgte natürlich sofort meinem Blick und blieb bei einer Gruppe Jungs hängen. Diese Jungs dachten, sie wären die Coolsten und ihr Anführer hatte es schon immer auf mich abgesehen. Auch Florian schien ihn nicht aufzuhalten.

„Okay, du hast recht." Lilly wollte uns woanders hinlenken, da hatte er uns schon entdeckt.

„Hey Elena." Er kam auf uns zu. Ich verdrehte die Augen und sah ihn zickig an.

„Was willst du, Tommy?" Tommy betrachtete mich.

„Ich möchte immer noch, dass du mit mir ausgehst. Schlag diesen Loser von Basketballer in den Wind und komm zu mir." Ich keuchte empört auf.

„Das wird niemals passieren, also halt dich von mir fern, verstanden?" Ich nahm Lillys Arm und zog sie weg. Doch ich spürte noch seinen Blick in meinem Rücken.

„Dieser Kerl gibt aber auch wirklich nicht auf", sagte Lilly und schaute noch mal hinter uns.

„Ja, da hast du leider recht." Wir blieben hier stehen. Florian sah uns und kam auf uns zu.

„Na, alles okay bei euch?" Er zog mich an sich.

„Ja, alles gut." Ich lächelte ihn an und dann küsste er mich.

„Leute nehmt euch ein Zimmer." Florian und ich lösten uns lachend.

„Lilly. Du brauchst unbedingt einen Freund.", sagte ich zu ihr und grinste sie an. Lilly verdrehte nur die Augen.

„Es hat sich halt noch nicht der Richtige gefunden und so lange könnt ihr euch ja auch zurückhalten", sagte sie grinsend und ich streckte ihr die Zunge raus.

„Schluss mit dem Kinderquatsch. Geht euch umziehen!", schrie auf einmal unser Lehrer, der gerade die Umkleiden aufgeschlossen hatte. Sofort stürmten wir in die Umkleiden und zogen uns um. Ich brauchte ein wenig länger, da ja nicht jeder sehen sollte, dass ich verletzt war.

Als ich dann endlich fertig war, ging ich in die Turnhalle, wo schon alle versammelt waren.

„Gut, wenn dann jetzt auch endlich die letzten da sind, verkünde ich das Thema des heutigen Tages. Wir werden heute im Gelände laufen. Ihr kennt die Strecke und ich werde eure Zeiten messen.

Das macht einen Teil eurer Noten aus, also los!" Er scheuchte uns nach draußen und wir liefen zur Startlinie. Unsere Schule hatte vor langer Zeit sehr viel Geld ausgegeben, um diese Strecke bauen zu lassen. Ich benutzte sie auch gerne in der Freizeit, weswegen ich sie wirklich in- und auswendig kannte, aber heute ging es mir nicht so gut. Florian musterte mich besorgt.

„Fühlst du dich wirklich gut genug, um zu laufen?" Ich schaute ihn an und nickte. Florian zögerte, schaute dann aber nach vorne.

„Eins, Zwei, Drei. Los!" Unser Lehrer schrie und wir rannten los. Ich lief langsamer als sonst, da ich mich nicht wirklich sicher auf meinen Beinen fühlte, doch plötzlich hörte sich der Wald so still an.

Die anderen waren alle schon weiter vorne und um mich herum war alles dunkel. Ich wurde noch langsamer und schaute mich beim Laufen um, doch leider übersah ich dabei eine Wurzel.

Ich stolperte und verlor mein Gleichgewicht. Ich konnte mich mit meinen Armen abfangen, doch zischte dabei schmerzhaft auf.

Mein rechter Arm konnte mein Gewicht nicht tragen. Schnell ließ ich mich auf den Rücken fallen. Ich atmete schwer und hielt mir meine Schulter. Ich konnte fühlen wie das Shirt feucht wurde. Die Wunde blutete anscheinend wieder.

„Warum habt ihr mir nicht schon gestern davon erzählt!" Ich erstarrte in meinen Bewegungen. Hier irgendwo waren Leute. Vielleicht konnten sie mir ja helfen.

Ich versuchte mich mit meinem gesunden Arm aufzusetzen, was auch ganz gut funktionierte, wäre ich nicht in einem doofen Gebüsch gelandet.

Ich sah hoch und entdeckte nicht weit weg von mir auf einer Lichtung zwei Männer. Einer stand mit dem Rücken zu mir. Er war kräftig gebaut und hatte dunkle Haare. Dem anderen konnte ich ins Gesicht sehen.

Es wurde von blondem Haar umschlossen und eine große Narbe zog sich über sein linkes Auge. Ich erkannte ihn sofort wieder und machte mich wieder kleiner. Es war einer der Männer von gestern, die hinter Luca her waren. Die würden mir bestimmt nicht helfen. Ich musste warten, bis sie weg waren. Ich spitzte meine Ohren, um vielleicht etwas von dem Gespräch mitzubekommen.

„Wir haben es vergessen." Der Blonde wurde immer kleiner, als er das sagte.

„Vergessen! Wie kann man so was Wichtiges vergessen!? Ihr habt mir erzählt, der Junge wäre allein geflohen. Ihr habt nie auch nur erwähnt, dass noch zwei weitere im Spiel waren." Sie redeten von gestern und über Luca. Der Dunkelhaarige umfasste die Kehle des Blonden. Vor Schreck hielt ich mir den Mund zu.

„Boss, ich habe sie angeschossen. Sie ist verletzt. Wir können die Krankenhäuser abklappern und versuchen, sie zu finden. Sie wird uns dann verraten, wo der Junge ist.", keuchte der Blonde. Der andere ließ ihn los und schien zu überlegen.

„Tut das. Du hast ganz schönes Glück, dass ich jetzt noch einen wichtigen Termin habe.

Heute Abend will ich Ergebnisse sehen, oder du lernst meinen Freund kennen." Nach diesen Worten verschwand der Dunkelhaarige. Der Blonde beruhigte sich etwas und ging dann in die andere Richtung. Sie suchten also nach mir, weil sie Luca finden wollten? Ich sollte aus diesem Wald raus. Langsam und vorsichtig versuchte ich aufzustehen, was auch sehr gut funktionierte.

Als ich stand, lief ich langsam wieder zurück zur Turnhalle. Nach fünf Minuten kam ich dort an und Florian kam mir sofort entgegen. Natürlich sah er meine Schulter.

„Elena, was ist passiert?"

„Ich bin nur gestürzt, dabei hat sie wieder angefangen zu bluten, aber es ist alles in Ordnung. Lass uns zu den anderen gehen." Florian betrachtete mich ein paar Sekunden, dann seufzte er.

„Du bist ein ganz schöner Sturkopf."

„Dass du das erst jetzt bemerkst", sagte ich grinsend und wir stellten uns zu den anderen. Florian schüttelte nur noch seinen Kopf. Niemand schien bemerkt zu haben, dass ich länger gebraucht hatte.

„In Ordnung. Ihr könnt euch abwärmen gehen und dann umziehen." Die Klasse verstreute sich. Ich wollte gerade in die Richtung der Umkleiden verschwinden, als mein Lehrer mich noch einmal zurückrief.

„Elena, kann ich kurz mit dir reden?" Also hatte es doch jemand bemerkt. Mit einem unterdrückten Seufzen lief ich zu ihm rüber.

„Warum warst du heute so langsam?" Er drehte sich zu mir.

„Du bist doch…" Sein Blick blieb an meiner Schulter hängen und sofort lag Sorge in seinem Blick.

„Was ist passiert?" Er wollte sich meinen Arm angucken, aber ich wich ein paar Schritte zurück.

„Ich bin gestürzt. Ich habe eine Wurzel übersehen, es ist alles gut.

In der nächsten Stunde werde ich wieder die Alte sein." Mein Lehrer verzog seine Miene zu einem Grinsen.

„Schon gut. Geh zur Schulärztin. Die soll sich das angucken. Ich melde dich für den Rest des Tages krank." Ich wollte widersprechen, aber er war schon weg. Mit einem lauten Seufzen ging ich in die Umkleide.

Lilly war schon fertig und hatte auf mich gewartet.

„Was wollte er von dir?"

„Er hat gefragt, warum ich so langsam war. Ich habe ihm erzählt, dass ich gestürzt bin. Er hat mich dann für den Rest des Tages krankgemeldet." Lilly hielt sich die Hände vor dem Mund, als sie das Blut sah.

„Das sieht ganz schön schlimm aus."

„Schon gut. Wir sehen uns dann morgen, ja?" Sie nickte und umarmte mich kurz vorsichtig, dann verließ sie die Umkleide. Ich war endlich allein. Ich zog mein Oberteil aus und behandelte die Wunde, danach verband ich sie neu und zog mich um.

Als ich die Umkleide verließ, erwartete Florian mich und kam sofort zu mir rüber. Er schaute kurz zu meinem Arm und schien dann erleichtert.

„Alles gut bei dir?" So langsam nervte er mich mit seiner Sorge.

„Ja Florian, mir geht es gut. Ich soll jetzt auch nach Hause." Er schien noch erleichterter.

„Schön. Wie sieht es mit der Party aus? Du wolltest mir heute Bescheid sagen."

„Ich weiß. Aber ich weiß noch nicht, ob ich komme. Ich muss gucken wie es mir geht und entscheide das kurzfristig, ja?" Ich sah ihn flehend an. Er nahm mich einfach in den Arm.

„Natürlich. Ich würde mich nur freuen, wenn du einmal kurz vorbeikommen könntest." Er gab mir einen Kuss auf die Wange. Dann klingelte es zur nächsten Stunde.

„Du solltest jetzt gehen. Wir schreiben." Flo nickte. Er gab mir noch einen schnellen Kuss und verschwand dann Richtung Schulgebäude. Ich seufzte und verließ den Schulhof.

Was sollte ich denn jetzt machen? Nach Hause konnte ich nicht, sie würden sofort Fragen stellen. Ich beschloss, in die Stadt zu gehen. Dort holte ich mir dann auch ein Eis.

„Hast du keine Schule?" Ich zuckte zusammen und schaute wütend in die Richtung, woher die Stimme kam.

„Kannst du auch mal anders auftauchen? Vielleicht ohne mich dabei zu erschrecken?" Luca sprang von der Mauer und kam zu mir.

„Tut mir leid. Ich bin es so von zu Hause gewöhnt. Die Menschen hier sind ein wenig anders." Er fuhr sich nervös durch die Haare. Meine Wut verblasste.

„Schon gut. Ich meinte es nicht böse. Ich habe mich nur etwas erschreckt." Ich lächelte ihn an und er erwiderte mein Lächeln.

„Also. Warum bist du nicht mehr in der Schule?" Wir setzten uns auf eine Bank, die an der Mauer stand.

„Ach, mein Lehrer hat die Wunde gesehen und mich nach Hause geschickt. Aber nach Hause kann ich nicht, deswegen bin ich hier." Luca verstand.

„Tut es denn sehr weh?" Er zeigte auf meine Schulter. Ich schüttelte den Kopf.

„Es hält sich in Grenzen. Wie ist es denn bei dir?" Er winkte ab.

„Ach. Ich spüre es schon gar nicht mehr." Es entstand Schweigen. Ich dachte darüber nach, ihm von den Männern zu erzählen. Immerhin waren sie immer noch hinter ihm her.

„Du, Luca. Ich habe heute im Wald wieder zwei dieser Männer gesehen." Er schaute mich geschockt an.

„Haben sie dich gesehen?" Ich schüttelte meinen Kopf.

„Nein. Aber sie suchen nach mir und nach dir. Was hat das alles zu bedeuten?" Ich schaute ihn an. Ich wollte endlich Antworten haben. Doch er wich meinem Blick wieder aus.

„Elena, ich würde dir gerne alles erzählen, aber ich habe dich schon zu viel mit reingezogen. Bitte, ich will dich nur schützen." Ich stand auf und stellte mich vor ihn.

„Ich bin doch schon mittendrin. Sie wollen mich finden, um dich zu finden. Glaubst du wirklich, sie lassen mich in Ruhe, wenn du mich im Dunkeln lässt?" Luca schaute auf den Boden.

„Okay. Aber nicht jetzt. Hast du heute Abend was vor?" Er stand auf und stellte sich vor mich.

„Ja, ich wollte vielleicht auf eine Party."

„Dann werde ich mitkommen. Ich hole dich heute Abend ab." Mit diesen Worten verschwand Luca und ließ mich stehen. Würde er mir Antworten geben, oder war es nur eine Ablenkung? Das würde ich wohl heute Abend herausfinden.

Ich schaute auf meine Uhr. Jetzt konnte ich auch langsam nach Hause. Ich nahm meine Tasche und machte mich auf den Weg nach Hause.

Ich kam schnell zu Hause an und als ich die Tür aufschloss, merkte ich sofort, dass Marta nicht da war.

„Ist jemand zu Hause?", rief ich durch das Haus. Vielleicht war mein Vater ja wieder arbeiten.

„Ich bin im Wohnzimmer, Elena." Okay, er war doch zu Hause.

Ich stellte meine Tasche an der Garderobe ab, zog meine Schuhe aus und hängte meine Jacke auf. Dann lief ich ins Wohnzimmer. Mein Vater stand mit dem Rücken zu mir und sofort erinnerte er mich an den Mann im Wald und ich erschrak. Da drehte er sich um und ich beruhigte mich wieder. „Kannst du mir das mal erklären?", fragte er dann und hielt eines meiner Shirts hoch. Es war das, was ich gestern anhatte. In der Schulter klaffte ein Loch und ein großer roter Fleck war zu sehen. Was sollte ich dazu denn sagen?

Ich schaute meinen Vater an, der mit ernster Miene auf meine Antwort wartete.

„Als du gestern weg warst, bin ich spazieren gegangen und bin dann hängen geblieben. Ich wollte das Shirt heute wegwerfen." Er musterte mich, dann kam er auf mich zu und schaute sich meine Schulter an.

„Hängengeblieben." Ungläubig schaute er mich an. Ich lächelte zurückhaltend und hoffte, dass er die Ausrede schluckte.

Sein Blick wurde wieder weicher und er legte seine Hände auf meine Schultern.

„Warum bist du denn gestern nicht zu mir gekommen?"

„Florian hatte sich schon darum gekümmert." Sven nickte, doch irgendwas war anders. Ich hatte das Gefühl, er hielt sich zurück. Er ging auf Abstand und setzte sich auf das Sofa.

„Ich war heute bei deinem Lehrer. Du solltest dich im Unterricht nicht so ablenken lassen. Er hat bei mir nach Antworten gesucht, die ich ihm nicht geben konnte." Ich ließ meine Schulter hängen.

„Es tut mir leid, Vater. Ich weiß selbst nicht, warum ich mich so leicht ablenken lasse." Mein Vater seufzte.

„Ist ja alles gut. Pass einfach nur mehr auf." Er schaltete den Fernseher an. Ich wollte nach oben gehen, da fiel mir wieder die Party ein.

„Dad, kann ich heute auf eine Party gehen?" Er drehte sich zu mir um und schaute mich an. Kurzes Schweigen, bis er dann nickte.

„Du bleibst aber nicht lange dort." Ich nickte wild.

„Ja danke, Dad." Ich rannte nach oben. Ich meinte, ihn noch kurz lachen gehört zu haben, konnte mich aber auch verhört haben.

Bevor ich nach oben rannte, hatte ich mir noch meine Tasche geschnappt und beschloss, Hausaufgaben zu machen, bevor ich mich für die Party fertig machen würde.

3

Elena

Ich hatte nach zwei Stunden meine Hausaufgaben fertig und sprang unter die Dusche. Ich kämpfte eine halbe Stunde mit der Wunde und dem neuen Verband, bis ich dann endlich fertig war.

Luca wollte mich ja abholen, weswegen ich beschloss, schon einmal runter zu gehen.

Gerade, als ich meine Zimmertür geschlossen hatte, klingelte es an der Tür. Das musste Luca sein. Schnell lief ich nach unten und verharrte im Flur, als ich die Stimmen hörte.

„Verschwinde hier! Du kannst froh sein, dass ich gerade nicht in der Laune bin, dich zu verletzten, aber ich warne dich ein letztes Mal!" Das war die Stimme meines Vaters.

War es doch nicht Luca, der geklingelt hatte? Aber mit wem redete mein Vater so?

„Wenn du nicht jetzt gleich verschwindest, wirst du hier nicht mehr lebend rauskommen!" Ich war nur noch verwirrter.

„Papa?" Erschrocken drehte er sich zu mir um.

„Elena. Wie lange bist du schon hier unten?" Er versuchte die Tür hinter sich zu schließen, aber ich hatte meine Hand schnell an der Tür.

„Gerade eben erst. Mit wem hast du da geredet?" Ich wollte mich an ihm vorbeidrücken.

Er versuchte es zu verhindern, schaffte es aber nicht. Ich lief unter seinem Arm her und stand dann vor Luca.

„Luca. Du bist pünktlich."

„Hatte ich ja gesagt." Er lächelte mich an und ich drehte mich zu meinem Vater.

„Wir sehen uns dann später, ja?" Sven schaute zu mir, da er vorher zu Luca geschaut hatte.

„Ja. Denk dran. Komm nicht zu spät nach Hause. Sonst gibt es Ärger." Ich nickte und gab ihm einen Kuss auf die Wange, dann packte ich mir Lucas Arm und zog ihn unsere Einfahrt hinunter. Bis zur Straße spürte ich den Blick meines Vaters im Rücken.

Als unser Haus außer Sichtweite war, drehte ich mich zu Luca.

„Was war das denn vorhin mit meinem Vater?" Luca lachte.

„Also standest du doch schon länger da?" Ich nickte.

„Ich weiß nicht, was ich davon halten soll," gestand ich. So langsam zweifelte ich daran, was die

Wahrheit war und was nicht. Wir schwiegen, doch mich ließ es nicht los.

„Mein Vater hat dir gedroht? Warum?" Damit brach ich das Schweigen, doch Luca wich meinem Blick aus. Ich bereute gefragt zu haben.

„Tut mir leid." Wir schwiegen wieder, bis wir bei Florian ankamen. Dabei hatte er doch gesagt, er wollte mir Antworten geben. Ich wollte reingehen, ohne noch etwas zu sagen, doch da hielt mich Luca noch einmal auf.

„Es ist nichts, Elena. Bitte mach dir keine weiteren Gedanken, okay?"

Er lächelte mich schwach an. Ich erwiderte das Lächeln. Ich war froh, dass er einen Schritt auf mich zugekommen war. Zumindest etwas.

„Dann lass uns rein gehen." Er nickte und wir gingen zur Tür. Ich klingelte und Florian machte die Tür auf. Er strahlte, als er mich sah.

„Du bist tatsächlich gekommen." Er umarmte mich und gab mir einen Kuss, dann entdeckte er Luca hinter mir.

„Was machst du denn hier?" In seiner Stimme schwang ein aggressiver Unterton mit. Was hatte er denn plötzlich gegen Luca?

„Er ist mit mir hier, Flo. Also beruhig dich." Florian schnaubte und ließ mich los.

„In Ordnung. Wir sehen uns später." Er gab mir einen flüchtigen Kuss und verschwand nach drinnen. Entschuldigend schaute ich Luca an.

„Tut mir leid. Ich hatte eigentlich gedacht, er kommt mit dir klar." Luca winkte ab.

„Schon gut. Ich kann damit leben." Wir lachten und gingen zusammen raus. Dort wurde ich sofort von Lilly und den anderen Mädchen meiner Klasse in Beschlag genommen, dadurch verlor ich Luca aus den Augen.

„Elena, du bist hier!" Lilly umarmte mich.

„Ich dachte, du wolltest nicht kommen." Ich zuckte mit den Schultern.

„Ich habe mich doch dafür entschieden. Ich kann meine beste Freundin doch nicht allein lassen." Sie lachte und boxte mich in die Seite.

Ich bekam ein Getränk in die Hand gedrückt und wir unterhielten uns glücklich. Bis ein wütend aussehender Florian auf uns zu kam.

„Wow, was ist denn dir über die Leber gelaufen?", fragte Lilly ihn sofort.

„Nichts, was dich angeht. Wo ist Luca?" Das letzte sagte er zu mir gerichtet. Ich hob abwehrend meine Hände.

„Keine Ahnung. Vielleicht versteht er sich mit deinen Freunden gut."

„Ich will nicht, dass er hier allein rumläuft." Lilly und ich schauten uns verdutzt an.

„In Ordnung. Ich gehe ihn suchen." Ich gab Lilly mein Getränk und machte mich auf die Suche. Mit Florian musste ich aber auf jeden Fall noch sprechen.

Ich ging auf die Suche nach Luca, fand ihn aber nirgendwo. Bis ich dann seine Stimme hörte.

„Du wusstest ganz genau, dass wir sie suchen würden." Ich folgte der Stimme.

„Da hast du recht. Ich hatte damit gerechnet, dass ihr sie suchen würdet. Aber ich werde sie nicht frei lassen. Du solltest lieber verschwinden Luca." Ich erstarrte.

Das war die Stimme meines Vaters. Was machte er denn hier?

„Sie gehört nicht zu dir, Sven. Was erhoffst du dir davon, dass sie hier ist? Hast du meine Familie nicht schon lange genug bestraft?" Sven lachte.

„Ihr habt immer noch keinen blassen Schimmer, warum ich sie entführt habe, oder?" Das reichte mir. Ich folgte den Stimmen auf die Straße. Luca sah mich als erstes.

„Was hat das alles zu bedeuten?!", rief ich und Sven drehte sich sofort um. Er wirkte etwas überrascht, fasste sich aber schnell wieder.

„Du hast tatsächlich das Talent dazu, zur falschen Zeit aufzutauchen. Aber du hast sowieso schon zu viel mitbekommen." Er stürzte sich plötzlich auf Luca. Ich hielt erschrocken meine Hände vor dem Mund. Doch Luca konnte ausweichen und lief zu mir rüber.

„Du hast verloren, Sven. Sieh es ein.", sagte Luca. Sven drehte sich zu uns.

„Das glaubst aber auch nur du. Ich habe hier überall meine Leute." Er richtete auf einmal eine Waffe auf uns und drei weitere Männer tauchten neben ihm auf. In einem erkannte ich den Blonden aus dem Wald.

Ich verstand die Welt nicht mehr. Warum richtete mein Vater eine Waffe auf uns?

„Boss, das ist das Mädchen, das ich angeschossen habe."

Mein Vater verdrehte seine Augen.

„Warum musstest du dich einmischen, Elena? Hättest du dich nicht einfach raushalten können?"

„Wo raushalten, Vater? Ich verstehe gar nichts mehr! Du richtest eine Waffe auf uns!" Luca nahm meine Hand und sorgte dafür, dass ich nicht zusammenbrach. Sven schaute mich an.

„Ich will das nicht, Elena. Geh von ihm weg und komm zu mir, dann wird dir nichts passieren."

„Und Luca? Was hat er dir getan, dass du ihn erschießen willst?"

„Elena, geh da weg. Ich warne dich zum letzten mal. Sonst schieße ich."

„Nein werde ich nicht, Vater. Er ist ein Freund."
Und er war der Einzige, der mir mehr von dieser Welt erzählen konnte, doch das sagte ich nicht laut.

Ohne es zu merken, liefen mir Tränen über die Wangen.

Jetzt zogen die anderen drei Männer auch ihre Waffen und richteten sie auf uns. Mit großen Augen schaute ich zu meinem Vater.

Er sah mich flehend an.

Ich sah zu Luca. Ich verstand das ganze nicht.

Plötzlich ertönte ein Schuss und Luca und ich zuckte zusammen.

„Lauf, Elena!", schrie Luca und wir rannten los.

Dabei sah ich noch einmal hinter uns und sah, wie mein Vater, einen seiner Männer anschrie.

Also hatte nicht mein Vater geschossen.

Wo war ich da nur hineingeraten?

„Elena, vorsichtig!" Ich schaute nach vorne und wich gerade so einer Laterne aus.

„Luca, hier rüber!", hörte ich plötzlich eine andere Stimme. Kurz darauf übernahm Luca die Führung und zog mich. Wir liefen in eine Einkaufspassage und dort in eine Gasse.

Vor uns stand ein fremdes Mädchen, das ich noch nie vorher gesehen hatte. Sie stand in einer Tür und schaute uns an. Luca drehte mich plötzlich zu sich.

„Elena, wir werden jetzt durch diese Tür gehen. Das Leben, wie du es vorher kanntest, wird sich verändern und du wirst erst einmal nicht zurückkönnen. Vertraust du mir?" Ich nickte einfach nur hektisch. Ich stand noch unter Schock und nahm meine Umwelt auch nicht wirklich wahr.

Luca lächelte mich aufmunternd an und zog mich dann plötzlich durch die Tür.

Alles um mich herum wurde weiß. Nebel schwebte an mir vorbei, bis alles schwarz wurde und ich mein Bewusstsein verlor.

. . .

„Elena?" Ich fühlte eine Hand an meiner Wange. Sofort war ich hellwach und machte meine Augen auf, doch wegen der Helligkeit kniff ich sie wieder zusammen.

„Sie ist wieder wach." Das war die Stimme von Luca.

„Das ist schön für sie." Diese Stimme kannte ich nicht. Ich konnte nur erkennen, dass sie männlich war. Ich wollte wissen, wer das war und setzte mich langsam auf.

„Langsam, Elena. Überanstrenge dich nicht sofort." Ich öffnete meine Augen langsam und schaute sofort in die Augen von Luca. Er kniete neben mir auf dem Boden.

Ich schaute mich um. Zwei weitere Augenpaare beobachteten mich. In einem erkannte ich das Mädchen, das ich schon in der Gasse gesehen hatte.

„Da es ihr ja besser geht, können wir ja weiter gehen. Sven wird nach dir suchen und nach ihr, weil du ja auf die perfekte Idee kamst, seine Tochter zu entführen." Ich schaute den Jungen an, der gesprochen hatte.

„Du bist ein Idiot, Nick. Wir werden heute Nacht hier rasten und morgen weiterreisen. Manchmal solltest du einfach deinen Mund halten." Das Mädchen kam auf mich zu und kniete sich auf die andere Seite.

„Du solltest mit Nick Feuerholz sammeln gehen. Er sollte sich ein wenig beruhigen und ich kümmere mich so lange um sie." Luca nickte und stand auf, dann verschwand er mit Nick in Richtung des Waldes.

Das Mädchen rührte etwas in einem Becher um.

„Wie heißt du eigentlich?", fragte ich sie dann. Sie lächelte mich freundlich an.

„Ich bin Emma. Der Schwachkopf von vorhin ist Nick. Hier trink das." Sie gab mir den Becher. Ich nahm ihn und sah mir die Flüssigkeit darin an. Sie war rot und etwas dickflüssiger.

„Was ist das?" Skeptisch schaute ich den Becher an. Sie grinste.

„Du kannst es ruhig trinken. Es wird dir helfen. Die Portale verursachen gerne mal eine Art Reisekrankheit und das hilft dagegen." Ich schaute sie skeptisch an, probierte es aber vorsichtig. Sie musste sich ein Lachen verkneifen. Als ich es schmeckte, war ich verwundert.

Es schmeckte tatsächlich gut und meine Kopfschmerzen wurden weniger.

„Danke." Ich gab Emma den Becher wieder. Sie nahm ihn und stellte ihn weg.

„Wo bin ich hier?", fragte ich sie dann. Emma grinste mich an.

„Du bist in der Welt der Drachen. Wir haben keinen Namen dafür, aber du bist auf jeden Fall nicht mehr zu Hause." Sofort erstarb mein Lächeln. Zu Hause. Hatte ich so was überhaupt? Mein eigener Vater hatte mich mit einer Waffe bedroht.

Emma merkte meinen Sinneswandel.

„Du denkst an ihn, oder?" Sie schaute mich mitleidig an. Ich seufzte und zog die Beine an meinen Körper.

Auf meinem Knie legte ich mein Kinn ab.

„Er ist mein Vater und er hat mich mit einer Waffe bedroht." Emma legte eine Hand auf meine Schulter.

„Das tut mir wirklich leid." Wir beide schauten in die Ferne. Ich hatte das Gefühl, dass wir beide gute Freunde werden würden.

„Wie stehen du und Luca eigentlich in Verbindung?", fragte ich nach einiger Zeit.

„Wir sind Freunde. Wir alle drei. Nick ist auch ein Freund von uns. Im Grunde kann man ihn auch als den besten Freund von Luca beschreiben.

Die beiden kennen sich schon sehr lange."

„Mich kann er anscheinend aber nicht leiden", sagte ich bedrückt. Emma lachte.

„Ja, so ist er nun mal, aber das wird sich bestimmt lockern. Er versteht gerade einfach nur nicht, was du hier machst. Dazu kommt noch, dass du die Tochter von Sven bist." Emmas Miene verfinsterte sich kurz, doch dann schaute sie wieder fröhlich. Sie zuckte mit den Schultern und ging auf ihre Tasche zu.

„Ich weiß selbst nicht wirklich, was ich hier mache." Ich versank in Gedanken und dachte an die vergangene Zeit.

„Elena, kommst du runter?", rief mein Vater von unten. Aufgeregt nahm ich meine letzten Sachen und ging nach unten. Heute würden wir endlich in den Zoo fahren.

Wir wohnten jetzt seit zwei Jahren hier und waren noch nie wirklich draußen gewesen.

„Gut, ich bin fertig, Papa." Ich lächelte meinen Vater glücklich an. Er grinste auf mich runter.

„Sieben Jahre und schon so ein Wirbelwind.", sagte er mehr zu sich selbst, aber mit einem Lächeln im Gesicht. Er nahm meine Hand und zusammen gingen wir zum Auto.

Die Fahrt zum Zoo dauerte nicht lange und begeistert lief ich von einem Gehege zum anderen. Mein Vater war immer hinter mir und hatte mich im Auge. Mir würde nichts passieren, so lange er da war.

„Elena, lass uns doch mal eine Pause machen", rief er belustigt. Ich drehte mich um und lief zu ihm zurück. Wir setzten uns auf eine Bank. Er gab mir ein Brötchen, das ich genussvoll aß.

„Wirst du immer an meiner Seite sein, Vater?", fragte ich auf einmal. Mein Vater sah mich verwirrt an.

„Aber natürlich, mein Spatz. Wie kommst du denn auf so eine Frage?" Ich zuckte mit den Schultern.

„Wir haben ein Mädchen in der Klasse, das seine Eltern verloren hat. Es ist fast jeden Tag traurig." Mein Vater lachte und zog mich in seine Arme.

„Ich werde dich nie verlassen, Elena. Ich werde immer auf dich aufpassen." Er gab mir einen Kuss auf die Stirn und ich grinste wie ein Honigkuchenpferd.

Diesen Tag im Zoo würde ich nie wieder verges-
sen, das war klar. Ich wusste, dass mein Vater im-
mer für mich da sein würde.

Ich seufzte und zog so den Blick von Emma auf mich.
„Alles in Ordnung?" Ich schaute zu ihr.
„Ja. Ich habe mich nur gerade an was erinnert."
Sie hörte die Traurigkeit in meiner Stimme und fragte nicht weiter nach.
Damals hatte er mir versprochen, immer für mich da zu sein und heute hat er mein Herz genommen und darauf rumgetrampelt. Warum hatte er nur so gehandelt?
Mein Leben war ihm egal?
„Elena, du solltest dich ein wenig hinlegen. Ich werde dich wecken, sobald es was zu essen gibt."
Ich nickte und Emma gab mir eine Decke. Ich legte mich auf den Rücken und deckte mich mit der Decke zu.
Ich schloss meine Augen und war nach kurzer Zeit eingeschlafen.

4

Elena

Durch Stimmen wurde ich wieder wach. Ich öffnete meine Augen und stellte als erstes fest, dass es schon dunkel war. Ein paar Meter von mir entfernt brannte ein Feuer, wo die anderen drei drum herumsaßen.

Ich dachte nach.

Ich war nicht mehr in der Menschenwelt, sondern dort, wo ich geboren worden war. Ob ich meine Familie finden würde? Ich stand auf und beschloss, zu den anderen rüberzugehen.

Luca sah mich und winkte mich zu sich.

„Elena, setz dich zu uns." Ich nickte und setzte mich neben Luca. Nick schaute mich an, doch ich versuchte, ihn zu ignorieren.

Er konnte mich nicht leiden, das konnte keiner übersehen. Emma reichte mir einen Teller.

„Du hast wahrscheinlich Hunger." Wie auf Kommando fing mein Magen an zu knurren. Emma und ich mussten darüber lachen.

Ich nahm den Teller und aß das Essen langsam auf.

„Könnt ihr mir vielleicht erklären, warum ich hier bin?" Bei der Frage schaute ich Luca an. Nick seufzte nur, verdrehte die Augen und verschwand in seinem Zelt. Ja, er konnte mich nicht leiden.

„Er hat irgendwas gegen mich, oder?" Ich schaute die beiden abwechselnd an.

„Naja. Es war nie geplant, dass ich dich hole, daher bist du nur Ballast für ihn.

Diese Welt ist gefährlich und er will auf kein Mädchen aufpassen müssen, das sich jede Sekunde in Gefahr bringen könnte. Vor allem, wenn Sven jetzt wieder zurück ist." Er schaute mich an.

„Aber du bist in dieser Welt geboren worden und hast genauso ein Anrecht hier zu sein, wie wir." Er schaute plötzlich auf den Boden und wurde ganz still.

„Luca?"

„Ich werde mich jetzt hinlegen. Entschuldigt mich." Er stand auf und verschwand auch in seinem Zelt. Verwirrt schauten Emma und ich ihm hinterher.

„Was war das denn?" Sie zuckte mit den Schultern.

„Ich weiß es nicht, aber das mit Nick kannst du als normal abstufen. Er kennt dich nicht und weiß nur, dass du die Tochter von Sven bist. Er hat Angst, dass du ein Spion bist und uns in der Nacht

tötest. Ihm gefällt der Gedanke überhaupt nicht."
Sie stocherte weiter im Feuer rum.

„Was ist eigentlich mit Sven? Was bedeutet er in dieser Welt?" Emma lachte kurz auf, schaute mich dann aber entschuldigend an.

„Tut mir leid. Sven ist der derzeitige König. Er hat vor vielen Jahren einen Krieg ausgelöst, in dem alle Drachen getötet oder gefangen genommen hat.

Diese benutzt er jetzt gegen sein Volk." Ungläubig schaute ich sie an. War er wirklich so kalt?

„Er war ein Drachenreiter und der beste Freund des Königs.

Als dieser plötzlich verschwand und Sven dann den Thron bestieg, war er zuerst sehr beliebt. Doch dann kam raus, dass er alle Drachenreiter gejagt und sie getötet hatte. Ab da war es mit dem Frieden vorbei.

Drachen haben versucht, sich gegen ihn aufzulehnen, doch sie haben verloren. Auch Widerstände von Menschen hat er ohne große Schwierigkeiten platt gemacht. Jetzt gibt es nur noch wenige Widerstände.

Die Hoffnung liegt bei Luca. Sein Onkel war auch ein Drachenreiter und viele gehen davon aus, dass er der letzte Drachenreiter ist und Sven besiegen kann." Ich schaute sie erstaunt an und dann zum Zelt von Luca.

„Bisher hat sich ihm aber noch kein Drache angeschlossen. Wir hoffen, dass sich das bald ändern wird, weswegen er auch immer die Gegend auskundschaftet." Ich nickte. Das waren ganz schön viele Informationen auf einen Schlag.

Ich konnte einfach nicht glauben, dass mein Vater so etwas machen würde.

Obwohl nach den Ereignissen heute, war es nicht ganz so schwer, es zu glauben. Irgendwann seufzte Emma.

„Wenn du willst, kannst du dich ruhig wieder hinlegen. Ich habe die erste Wache." Ich winkte ab.

„Ich habe schon ein wenig geschlafen. Ich werde mit dir wach bleiben." Emma lächelte mich an. So unterhielten wir uns, bis meine Augen dann doch irgendwann sehr schwer wurden und ich sie nicht mehr aufhalten konnte, aber der Schlaf währte nicht lange.

„Elena, wach auf." Jemand rüttelte an meiner Schulter. Ich machte meine Augen auf und erkannte sofort Luca.

„Was ist denn los?" Ich setzte mich auf und schaute mich verwirrt um. Nick und Emma waren dabei, die Zelte einzupacken.

„Wir müssen hier sofort weg, also steh auf." Luca ging und half Emma. Ich stand auf und schaute mich noch einmal um. Doch bevor ich noch einmal fragen konnte, hallte ein lautes Brüllen durch die Nacht. Ein Drache.

„Hat Sven uns gefunden?", fragte ich leicht panisch. Nick kam auf mich zu und drückte mir eine Tasche in die Hand.

„Nein, das ist einer der wenigen freilebenden Drachen." Er ging wieder und half Luca und Emma. Als wir alles zusammengepackt hatten, liefen wir schnell in den Schutz der hohen Bäume und versteckten uns dort.

Ich fragte mich, was wir hier noch machten.

„Was wollen wir noch hier?" Luca zeigte zum Himmel.

„Das beobachten." Im selben Moment landete ein riesiger schwarze Drache auf der Lichtung, wo gerade noch die Zelte gestanden hatten. Luca und Nick holten ehrfürchtig Luft.

„Luca, das ist er. Der größte und gefährlichste Drache. Der König der Drachen.", sagte Nick erstaunt. Ich war wie gebannt. Ich hatte noch nie vorher einen lebendigen Drachen gesehen.

Er schnüffelte durch die Luft und sah sich die Lichtung an. Plötzlich drehte er seinen Kopf in unsere Richtung.

„Runter", rief Nick leise und wir legten uns sofort alle auf den Boden. Alles war still und es war nur noch der Atem des Drachen in der Luft zu hören.

„Menschen! Nichts wie weg!" Ich erschrak. Ich schaute zu den anderen, aber keiner hatte etwas gesagt. War die Stimme etwa nur in meinem Kopf?

„Elena? Er ist weg, wir können weiter." Luca holte mich aus meinen Gedanken. Ich schaute zur Lichtung und tatsächlich. Der Drache war nicht mehr zu sehen.

Gehörte die Stimme in meinem Kopf vielleicht zu ihm? Aber warum konnte ich sie dann hören? War es normal, dass man hier mit den Drachen reden konnte? Ich wollte nicht weiter darüber nachdenken und folgte den anderen drei weiter in den Wald hinein.

Am Himmel wurde es schon heller, weswegen ich annahm, dass wir kein weiteres Lager aufbauen würden.

„Wohin sind wir eigentlich unterwegs?", fragte ich nach einiger Zeit, als wir einfach nur durch den Wald liefen.

„Wir sind auf dem Weg zurück zu unserem großen Hauptlager. Wir haben Emma aus dem Schloss von Sven befreit, als er nicht da war.", antwortete Luca mir und ich schaute Emma geschockt an. Sven hatte sie gefangen gehalten? Sie schien meinen Blick zu merken, denn sie kam zu mir rüber.

„Du liebst deinen Vater, oder? Du kannst nicht verstehen, warum er das alles macht, richtig?" Sie schaute mich fragend an. Auch Mitgefühl war in ihrem Blick zu sehen.

„Ja natürliche liebe ich meinen Vater, aber ich verstehe das Ganze nicht.

Warum hat er mich, fast achtzehn Jahre bei den Menschen großgezogen?

Dann erzählst du mir, dass er viele Menschen getötet hat und dich gefangen gehalten hat.

Die Person, die ich hier kennenlerne, scheint nicht mein Vater zu sein." Meine Stimme versagte.

„Ich kann dich verstehen. Ich saß nur bei ihm im Gefängnis, weil ich versucht habe, meinen Vater zu retten. Er hat sich auf die Seite von Sven geschlagen und ich wollte ihn da wegholen.

Er ist das einzige, was ich noch habe. Doch am Ende hat er mich in dieses Gefängnis gesteckt.

Du musst versuchen, Sven zu vergessen. Er wollte dich verletzten und glaub mir, er wäre auch bereit dazu, dich zu töten.

Luca hatte einen Grund, warum er dich hierhergeholt hat, auch wenn er ihn uns zurzeit noch nicht verraten will. Aber irgendwann wird er es uns sagen." Mit diesen Worten lief sie wieder nach vorne zu den Jungs. Erst jetzt fiel mir auf, dass sie passend bekleidet waren. Ich schaute runter auf meine Schuhe.

Ich trug immer noch die Ballerinas, die ich für die Party angezogen hatte. Die waren nicht unbedingt dafür geeignet, um wandern zu gehen, daher war es auch sehr schwierig für mich, mit den anderen mitzuhalten.

Wir liefen lange und irgendwann zog ich mir meine Schuhe aus und lief barfuß weiter. Erst als es anfing, dunkel zu werden, beschlossen wir, ein Lager aufzuschlagen.

„Emma und ich werden Feuerholz sammeln. Ihr könnt doch schon einmal die Zelte aufbauen", sagte Luca. Nick und ich schauten uns an. Das konnte ja was werden. Die beiden verschwanden in den Wald und wir machten uns an die Zelte. Natürlich funktionierte es so überhaupt nicht.

„Elena, du musst das da festhalten!" Nick wurde wütend und ich konnte ihm auch ansehen, dass er kurz vorm Ausrasten war. Irgendwie fand ich das lustig.

„Geh zur Seite. Ich mache das selbst." Er schubste mich zu Seite. Verärgert schaute ich ihn an. Nick schien es aber nicht zu stören. In zehn Minuten hatte er zwei Zelte aufgebaut. Und genau dann kamen auch Emma und Luca wieder.

„Und hat alles gut funktioniert?" Luca schaute mich bei der Frage an. Ich schaute zu Nick, doch der wich meinem Blick aus und half Emma bei dem Feuer.

„Ja, es hat alles gut geklappt.", sagte ich dann zu Luca und er nickte zufrieden. Ich beschloss, mich ein wenig umzusehen und entfernte mich etwas vom Lager.

Ich fand einen See. Das Wasser spiegelte den Mond und es sah wunderschön aus.

Ich setzte mich ans Ufer und hielt meine Beine ins Wasser. Der Wind fegte durch meine Haare und ich fühlte mich gerade einfach nur großartig. Plötzlich schreckte ich hoch. Hinter mir war ein Stock durchgebrochen. Ich drehte meinen Kopf hin und her, konnte aber nichts sehen.

„Ich habe gehofft, ich wäre allein." Blitzschnell drehte ich mich wieder nach vorne. Nick stand vor mir und schaute auf mich runter.

„Du hast mich erschreckt", sagte ich und schaute wieder auf den See. Ich versuchte, ihn zu ignorieren.

„Oh, das tut mir aber leid." Man hörte den Sarkasmus in seiner Stimme. Ich stand auf und stellte mich vor ihn.

„Was verdammt noch mal hast du gegen mich? Ich bin erst seit gestern hier und du scheinst mich schon abgrundtief zu hassen." Nick lachte spöttisch.

„Du bist ein kleines Mädchen, das Hilfe braucht. Außerdem die Tochter von Sven, unseren größten Feind. Vielleicht willst du ja auch nur das Geheimversteck der Rebellen herausfinden", sagte er wütend. Doch seine Wut machte auch mich wütend.

„Und deswegen machst du mich immer so an, anstatt mal zu versuchen mir zu vertrauen?"

„Du nervst einfach. Du hast keine Ahnung, wie so ein Leben ist, da du wohlbehütet aufgewachsen bist. Ich frage mich, warum Luca dich überhaupt geholt hat. Nur weil du von hier kommst und dein Vater dich bedroht hat?

Du stehst uns allen im Weg und wegen dir werden wir noch zur Beute von Sven." Das hatte gesessen. Ohne ein weiteres Wort drehte ich mich um rannte weg. Ich wollte nicht, dass Nick meine Tränen sah.

Ich rannte auch nicht zurück zum Lager, sondern in die entgegengesetzte Richtung.

Ich kam am Waldrand an und brach dort zusammen. Es war ein schreckliches Gefühl, immer im Weg zu stehen. Doch irgendwann versiegten meine Tränen und ich schaute mich um. Der Mond war hinter einer Wolke verschwunden und alles war still.

Noch nicht einmal eine Grille war zu hören und das ließ mich wie erstarrt stehenbleiben. Angst kroch meinen Rücken hoch und ich schaute mich um. Plötzlich wurde es über mir noch dunkler und ich hörte wieder diese Stimme.

„Ein Mensch in meinem Revier! Er wird es bereuen, hier eingedrungen zu sein." Meine Angst wurde nur noch größer. Der Schatten über mir bewegte sich und ich nahm meine Beine in die Hand.

Ich rannte aus meiner Deckung und versuchte, eine neue Deckung zu finden.

„Wegrennen wird dir nichts bringen, kleiner Mensch." Ein starker Windstoß erfasste mich und ich flog zur Seite. Doch ich fasste mich schnell wieder und rannte weiter. Die Flügel waren aber lauter zu hören und plötzlich hatte ich keinen Boden mehr unter den Füßen.

Starke Krallen griffen in meine Schulter. Er hatte zum Glück die unverletzte Schulter getroffen.

„Nein!! Bitte lass mich runter!", versuchte ich auf ihn einzureden. Ich hatte einfach nur tierische Angst und versuchte nicht nach unten zu sehen. Dabei traf ich den Blick des Drachen.

Wir waren in der Luft stehen geblieben und er schaute mich an.

„Kannst du mich verstehen? Noch nie hat ein Mensch versucht, mit mir zu reden."

„Ja ich kann dich verstehen. Jetzt lass mich bitte runter. Deine Krallen in meiner Schulter fangen an zu schmerzen." Ruckartig hob er seinen Kopf und flog weiter. Dann setzte er zu einem Landeanflug auf einem Berggipfel an.

„Renne nicht weg, du kannst mir sowieso nicht entkommen." Er setzte mich vorsichtig auf dem Boden ab, dann drehte er und setzte selbst zum Landeanflug an. Nun thronte er vor mir.

Ein großer schwarze Drache, den ich verstehen konnte. Er zog seine Flügel ein und beugte seinen Kopf dann zu mir. Ich wich automatisch zurück.

„Hast du Angst vor mir?", fragte er verwundert. Ich schluckte meinen großen Kloß im Hals runter.

„Naja. Ich kann nicht verstehen, warum ich dich in meinem Kopf hören kann." Die grünen Augen des Drachen musterten mich.

„Du bist eine Reiterin. Die einfachste Erklärung." Ich schüttelte meinen Kopf.

„Nein. Ich bin ja erst seit gestern hier und mein Freund ist der letzte Drachenreiter. Nicht ich." Der Drache musterte mich wieder. Plötzlich verbeugte er sich vor mir und ich starrte ihn mit großen Augen an.

„Da musst du dich irren, Mensch. Ich spüre das Feuer in dir. Das Feuer, auf das ich schon so lange gewartet habe. Die letzte Drachenreiterin und die Königin der Drachen." Ich schüttelte wieder meinen Kopf. Das konnte einfach nicht

wahr sein. Ich drehte ihm meinen Rücken zu und raufte mir die Haare.

„Warum gerade jetzt? Woher willst du wissen, dass ich eine Reiterin bin? Nur wegen diesem komischen Feuer?" Ich drehte mich wieder zu ihm. In seinen Augen blitzte Belustigung auf.

„Nein, nicht nur deswegen. Ich fühle die Verbindung zwischen uns. Die, die ein Reiter zu seinem Drachen hat."

„Du wolltest mich gerade noch fressen, du solltest dir was Besseres einfallen lassen." Ich hörte ein kehliges Lachen in meinem Kopf.

„Du hast Temperament, Kleine. Aber ich werde jetzt nicht mehr von deiner Seite weichen.

Wenn der Reiter stirbt, stirbt auch sein Tier. Außerdem ist es meine Aufgabe, dich zu beschützen."

„Und dagegen kann ich vermutlich auch nichts machen?" Ich schaute ihn an. Er schüttelte seinen riesigen Kopf.

„Du wirst dein Schicksal annehmen müssen. Auch wenn du es nicht leiden kannst. Glaube mir, wir werden gute Freunde werden." Ich konnte sein Grinsen schon fühlen. Dadurch musste ich auch grinsen.

„In Ordnung, du wirst dich aber zurückhalten. Ich bin mit anderen Leuten unterwegs und die sollen keinen Herzinfarkt bekommen."

„Ich bin da, wenn du mich rufst.“

„In Ordnung. Würdest du mich dann bitte jetzt hier runterbringen?“ Er nickte und legte sich hin. Mit einem Kopfnicken zu seinem Rücken, zeigte er mir, dass ich aufsteigen sollte.

Zögerlich ging ich auf ihn zu. Als ich seine schuppige Haut berührte, durchströmte mich ein wärmendes Gefühl.

„Spürst du es jetzt auch? Unsere Seelen sind eins.“ Ich sagte dazu nichts und stieg auf seinen Rücken. Als ich oben war, stellte er sich auf und erhob sich dann in die Luft. Ängstlich klammerte ich mich fest.

Nach fünf Minuten waren wir wieder am Waldrand. Er ließ mich etwas abseits runter, da Luca, Emma und Nick nach mir suchten.

„Ich werde immer in deiner Nähe sein. Du kannst auch über Gedanken mit mir reden.“ Mit diesen Worten erhob er sich wieder in die Luft. Er verschwand in den Wolken, doch ich konnte spüren, dass er noch da war. Also lief ich zurück zum Rand und wurde von Luca sofort gesehen.

„Elena!! Mach das nie wieder!“ Er rannte auf mich zu und schloss mich in seine Arme.

„Elena ist also dein Name. Ist er Freund oder Feind?!“ Hörte ich seine Stimme.

„Freund,“ sagte ich und er gab Ruhe. Ich konnte mich auf die anderen konzentrieren.

„Es tut mir leid. Aber ich brauchte einfach meine Ruhe." Dabei schaute ich zu Nick, doch er hatte sein Gesicht nur gen Himmel gerichtet.

„Mach das einfach nie wieder okay?" Ich nickte. Luca und Emma lächelten mich an.

„Dann lasst uns auch endlich hier weggehen. Ich meine, vorhin einen Schatten gesehen zu haben", sagte Nick und verschwand auch schon wieder in den Wald. Luca folgte ihm und hinter den beiden liefen Emma und ich.

Wir liefen zurück zum Lager und legten uns auch schnell schlafen.

· · ·

Ich wurde früh wieder wach und setzte mich an das ausgegangene Lagerfeuer. Nur noch ein wenig Glut war zu sehen. Emma hatte mir gestern eine Tasche gezeigt, wo die Vorräte drin waren. Ich nahm mir was Kleines zu essen und aß es genussvoll. Fünf Minuten später kam dann Luca dazu.

„Morgen Elena. Alles gut bei dir?" Er setzte sich neben mich ans Feuer. Er nahm ein wenig Holz und versuchte, das Feuer wieder zu entfachen. Was nach ein paar Minuten auch gelang.

„Ja, alles bestens." Wir schwiegen eine Zeit.

„Luca, darf ich dich mal was fragen?" Luca schaute hoch.

„Natürlich."

„Was weißt du über diesen schwarzen Drachen, den wir gestern gesehen haben?" Ich hörte ein Schnauben in meinem Kopf und musste mir ein Grinsen verkneifen.

„Ich weiß nicht viel. Er soll der größte Drache sein, der je gesichtet worden ist. Der König aller Drachen.

Aber seit dem Krieg greift er Menschen an. Daher hat er unter den meisten Dorfbewohnern den Namen Schwarzer Tod." Wieder ein Schnauben.

„Alles nur Lügen. Keiner kennt die Wahrheit und ohne einen Reiter können wir Drachen uns auch nicht verständigen.

Außerdem habe ich einen anderen Namen."

„Und der wäre?"

„Du kannst warten." Ich verdrehte innerlich die Augen und konzentrierte mich wieder auf Luca.

„Mehr weiß ich wirklich nicht. Wenn du da noch weitere Fragen hast, musst du meine Eltern fragen. Sie werden dir mit Sicherheit Bücher geben können." Ich nickte.

„Was hat es allgemein mit den Drachenreitern auf sich? Emma hat mir schon ein bisschen erzählt, aber nicht wirklich viel." Luca grinste und spielte mit einem Stock weiter im Feuer.

„Die Drachenreiter sind Menschen, die die Drachen reiten können. Sie haben zur Hälfte die Seele eines Drachen.

Es ist ihnen vorherbestimmt, einen bestimmten Drachen zu reiten und mit ihm eine Verbindung einzugehen.

Diese Verbindung ist tief. So tief, dass, wenn der Reiter stirbt, auch der Drache stirbt."

„Was ist, wenn es andersherum ist?", fragte ich nach.

„Wenn der Drache stirbt, bleibt der Reiter am Leben, aber er kann nie wieder einen anderen Drachen reiten.

Jedes Mal, wenn er das versucht, plagen ihn Schmerzen.

Sie können zwar Drachen befehligen und mit ihnen reden, aber nie wieder einen reiten.

So ist es ja auch bei Sven. Er hat seinen Drachen im Kampf verloren und kann sie daher nicht mehr reiten.

Wenn wir am Lager sind, kannst du meinen Vater fragen. Er kann dir noch viel mehr zu den Drachenreitern erzählen." Luca schaute auf den Boden und seine Miene veränderte sich, bei der Erwähnung seines Vaters.

So langsam riss bei mir der Geduldsfaden.

„Warum bin ich hier, Luca? Wieso hast du mich nicht einfach bei Sven gelassen?" Bei dem

Namen Sven schnaubte der Drache einmal, aber ich ignorierte ihn. Ich schaute Luca an, aber er wich meinen Blicken aus.

„Ich kann dir nichts sagen, Elena. Du wirst warten müssen, bis wir da sind. Meine Eltern können dir da besser helfen.

Ich kann dir nur sagen, dass er dir weh getan hätte." Mit diesen Worten stand er auf und verschwand in den Wald. Ich schaute ihm nur verdattert hinterher.

„Wir sind bald da. Dann bekommen wir die Fragen beantwortet." Ich zuckte zusammen. Emma stand neben mir und schaute Luca auch hinterher. „Hast du uns die ganze Zeit gehört?", fragte ich sie. Sie schaute mich entschuldigend an.

„Tut mir leid. Aber das Zelt ist nun mal direkt daneben. Es war schwer wegzuhören." Sie setzte sich neben mich.

„Aber heute Nachmittag sollten wir ankommen, dann bekommen wir hoffentlich Antworten." Ich nickte zustimmend und schaute auf das Feuer. Ich hatte viel zu viele Fragen im Kopf. Emma holte sich auch etwas zu essen und so saßen wir zusammen am Feuer.

„Was hast du mit Sven zu tun?", ertönte dann die Stimme, die ich schon fast wieder vergessen hatte. Dadurch war ich auch kurz

zusammengezuckt, aber Emma hatte zum Glück nichts bemerkt.

„Das ist eine lange Geschichte."

„Ich habe Zeit." Ich konnte sein Grinsen hören. Ich seufzte leise.

„Sven ist mein Vater." Der Drache schwieg und das gefiel mir überhaupt nicht.

„Du sollst die Tochter von Sven sein? Das kann ich nicht glauben.

Ich spüre nicht diese dunkle Kraft in dir, die Sven immer umgeben hatte.

Außerdem können die Nachfolger von Sven keine Drachenreiter sein.

Durch seinen Verrat und den Tod seines Drachen, werden seine Kinder nie das Drachenreitergen tragen." Ich war verwirrt. Was will er mir damit sagen?

Das ich nicht die Tochter von Sven bin? Das kann nicht sein. Ich kann mich ein Leben lang nur an Sven erinnern.

„Jetzt habe ich nur noch mehr Fragen im Kopf."

„Nicht nur du, aber wir werden diese Fragen schon noch klären." Nach diesem Satz war der Drache ruhig.

Als Nick aus seinem Zelt kam, war ich wieder ganz bei den beiden und lauschte dem Gespräch.

„Wo ist eigentlich Luca?" fragte Nick nach einiger Zeit.

„Er ist spazieren. Er brauchte wohl ein wenig Ruhe", sagte ich gedankenversunken.

„Ja, wahrscheinlich Ruhe vor dir und deinen Fragen", sagte Nick, zwar nur leise, aber ich konnte es hören. Wütend sprang ich auf und er tat es mir gleich.

„Kannst du nicht endlich aufhören? Ich habe dir überhaupt nichts getan." Wütend funkelte ich ihn an.

„Doch du bist hier. Das hast du mir getan."

„Hey, hey, Leute. Beruhigt euch doch mal wieder." Emma stellte sich zwischen uns und schaute Nick ungläubig an. Sie konnte wohl nicht glauben, dass er so drauf war. Nick sagte nichts mehr dazu und ging in sein Zelt. Emma schaute mich an.

„Ich glaube, ich sollte bald mal mit beiden Jungs reden." Ich lachte und stimmte ihr zu. Auch wir beschlossen, ins Zelt zu gehen und unsere Sachen zu packen.

5

Elena

Luca war irgendwann wiederaufgetaucht und direkt ins Zelt verschwunden.

Als wir alle unsere Sachen eingepackt hatten, liefen wir weiter.

Emma hatte mir ein paar Schuhe von sich gegeben, weswegen ich nicht mehr barfuß laufen musste und doch taten mir nach einiger Zeit meine Füße weh.

„Ich kann dich auch tragen", hörte ich nach einiger Zeit seine belustigte Stimme in meinem Kopf.

„Nein. Du lachst dich sowieso schon kaputt."

„Ja, weil ich sehe, wie du dich abhetzt." Ich beschloss, ihn zu ignorieren und lief weiter. Ich schloss zu den anderen auf.

Nach fast zwei Stunden, kamen wir an einer Lichtung an, wo eine Gruppe mit Pferden stand. Luca und Nick liefen vor und unterhielten sich mit einem von ihnen.

„Natürlich mussten sie unbedingt Brutus schicken", sagte Emma genervt und schaute zu dem Typen, mit dem sich Nick und Luca unterhielten.

„Kannst du ihn nicht leiden?" Ich schaute sie fragend an.

„Naja, er ist einfach ein Arsch und ein Idiot. Komm, wir gehen zu ihnen rüber." Sie führte mich dorthin. Sofort verstummten das Gespräch und dieser Brutus musterte mich komisch.

„Wer ist sie denn? Habt ihr noch jemanden aus diesem Schloss befreit?"

„Sie gehört zu mir, Brutus. Sie geht in Ordnung", mischte sich Luca ein. Dieser Kerl war anscheinend genauso wie Nick.

„Gut, wenn du das sagst. Aber sie muss laufen. Wir haben kein Pferd mehr für sie." Er schaute mich abwertend an.

„Sie reitet bei mir mit. Komm, Elena." Luca führte mich zu einem Pferd. Ich konnte noch hören, dass dieser Brutus schnaubte, dachte mir aber nichts dabei.

Luca befestigte seine Tasche am Pferd und stieg dann auf. Danach hielt er mir seine Hand hin und half mir hoch. Ich klammerte mich an ihn und dann ritten wir auch schon los. Emma tauchte neben uns auf und Nick war vorne bei diesem Brutus.

„Ich muss mich zurückfallen lassen, sonst werden sie mich sehen. Aber ich bin immer noch in der Nähe", sagte der Drache.

„*In Ordnung.*" Dann achtete ich wieder darauf, mich bei Luca festzuhalten.

Es war schon verdammt lange her, dass ich geritten war. Jetzt schmerzten diese Erinnerungen nur.

„*Ich habe Angst, Papa.*" *Ängstlich schaute ich von diesem großen Tier runter auf meinen Vater.*

„*Du schaffst das, Elena. Du bist doch mein großes Mädchen, oder nicht?*" *Er schaute mich an. Ich konnte in seinen Augen sehen, wie stolz er auf mich war.*

„*Ja, du hast recht. Okay, ich schaffe das.*" *Mein Vater lächelte glücklich und ließ das Pferd loslaufen. Ich erschreckte mich und krallte mich vorne in die Mähne.*

Mein Vater lachte.

„*Das ist nicht witzig*", *sagte ich beleidigt, achtete aber darauf, nicht von diesem Tier zu fallen.*

„*Es wird schon nichts passieren. Ich bin bei dir. Soll ich es jetzt loslassen?*" *Er schaute mich fragend an. Ich griff nach den Zügeln und atmete einmal tief ein und aus, dann nickte ich.*

„*Ja, du kannst das Pferd loslassen.*" *Vorsichtig ließ mein Vater das Pferd los. Ich trieb es an und es setzte sich in Bewegung.*

Ein Gefühl von Freude durchströmte meinen Körper.

„*Sieh, Papa. Ich reite.*"

*„Ja. Du bist auch mein großes Mädchen." Er
lachte glücklich und ich stimmte mit ein. Ich trieb
das Pferd schneller an und fing an zu traben.
Ich wurde immer mutiger, da ich wusste, dass
mein Vater für mich da war.*

Jetzt hatte er mich verlassen. Ich unterdrückte die
Tränen, die aufgekommen waren.
„Warum bist du auf einmal so traurig?", fragte
plötzlich der Drache. Ich musste mich auf jeden
Fall noch daran gewöhnen, dass er meine Gefühle
spüren konnte.
*„Ich habe mich nur an was erinnert. Nichts
Schlimmes."* Ich wollte nicht darüber reden. Zum
Glück verstand er es und ließ mich in Ruhe.
Nach einer halben Stunde, in der ich damit kämpfen musste, auf dem Pferd nicht einzuschlafen,
konnte ich von Weitem mehrere große Zelte und
kleinere Hütten erkennen.
„Lebt ihr da?", fragte ich Luca. Er drehte sich
leicht zu mir.
„Ja. Wir sind eine lange Zeit umhergewandert,
bis wir diesen kleinen Ort gefunden haben. Sven
hat unser Dorf vor vielen Jahren zerstört und wir
haben lange gebraucht, bis wir uns wieder irgendwo niederlassen konnten." Ich fragte nicht
nach, warum Sven sein Dorf angegriffen hatte,

sondern beobachtete die Menschen, die hier umherliefen.

Viele begrüßten Emma und sagten ihr, dass sie froh waren, dass sie wieder da war. Ich wurde neugierig angeguckt.

Ich war eine Fremde. Luca hielt vor einer kleinen Hütte, wo anscheinend die Pferde drin waren. Er stieg ab und half mir danach abzusteigen.

„Ich werde jetzt zu meinen Eltern gehen. Du kannst hier so lange warten." Ich nickte und Luca verschwand in die Richtung eines großen Zeltes. Ich machte mich daran, das Pferd abzusatteln, als ich hinter mir jemanden wahrnahm.

„Wer bist du und woher kommst du?" Ich drehte mich um. Vor mir stand Brutus, der mich misstrauisch musterte.

„Ich würde mal sagen, dass es dich nichts angeht", fauchte ich ihn an. Auf noch jemanden wie Nick hatte ich wenig Lust. Er starrte mich nur wütend an. Er bekam wohl selten Widerworte. Ich fühlte eine Beunruhigung in mir und wusste sofort, woher sie kam.

„Beruhig dich. Er wird mir wohl hier vor allen Leuten nichts tun." Aber da hatte ich leider falsch gedacht. Brutus griff plötzlich nach meinem Handgelenk und warf mich Richtung Boden. Damit ich nicht wieder aufstehen konnte, setzte er

sich auf mich und schaute mich wütend von oben an.

„Ich warne dich ein letztes Mal! Wer bist…" Weiter kam er nicht, da hinter ihm eine Panik ausbrach.

„Ein Drache!", schrie jemand. Ich sah hinter Brutus. Der Drache hatte sich hinter ihm aufgebaut und war bereit, ihn anzugreifen. Ich sah aus dem Augenwinkel, wie Luca und seine Eltern aus einem Zelt kamen und den Drachen anstarrten. Der Mann flüsterte irgendwas zu Luca und dieser ging dann auf den Drachen zu.

Brutus war so überrascht, dass ich ihn mit Leichtigkeit von mir runterschubsen konnte, doch ich blieb auf dem Boden liegen. Luca lief auf den Drachen zu und sprach auf ihn ein.

„Kannst du mir verraten, was dieser Kerl vorhat?" Seine Stimme klang belustigt und ich verdrehte die Augen.

„Er versucht, dich zu beruhigen, du Schlaumeier. Also verschwinde wieder nach oben, mir geht es gut."

„Aber er ist nicht der letzte Reiter und das sollte man ihm endlich klarmachen." Schon brüllte der Drache rum und verschreckte alle Leute. Er wollte, dass ich ihn beruhigte. Ich seufzte laut und sprang auf.

Ohne auf die Blicke der anderen zu achten, lief ich auf den Drachen zu. Sofort hörte er auf zu brüllen und schaute auf mich runter.

„Mehr wollte ich nicht. Ich war es leid, mich zu verstecken."

„Idiot."

„Das sagst du zu einem Drachen." Er war belustigt und das konnte ich auch in seinen Augen sehen. Ich verdrehte nur die Augen darüber.

„Wie hast du das gemacht?" Ich drehte mich zu Luca, der erstaunt auf mich zu kam, aber er schaute immer wieder auf den Drachen.

Die meisten Menschen kamen wieder raus und schauten mich erstaunt an.

„Naja, ich habe mit dem Drachen gesprochen." Ein Raunen ging durch die Menge und manche Leute fingen an zu tuscheln. Luca schaute mich erstaunt an.

„Seit wann weißt du es?"

„Seit gestern Abend, als ihr mich gesucht habt." Er verstand, aber wurde von seiner Mutter unterbrochen.

„Mira?" Ich schaute sie fragend an. Luca drehte sich schnell zu seiner Mutter um.

„Mutter, lass sie erst einmal in Ruhe. Das könnte jetzt alles zu viel für sie werden, außerdem haben wir ganz viele Zuschauer." Seine Mutter schaute umher. Sie schien die Leute jetzt erst bemerkt zu haben.

„Ja natürlich, wir sollten ins Zelt gehen. Könntest du deinen Drachen wieder wegschicken? Ich glaube, so sorgt er nur für Angst." Ich nickte und drehte mich zu ihm.

„Schon verstanden. Mein Name ist übrigens Silver."

„Der passt so gar nicht zu dir." Er lachte, flog dann aber nach oben. Ich folgte Luca und seiner Mutter in ein Zelt. Sein Vater war schon drin und betrachtete mich jetzt auch. Luca ging auf seinen Vater zu.

„Wie kann das sein, Vater?" Luca schaute zu mir. Genauso sein Vater.

„Du bist also Elena. Luca hat uns schon ein wenig von dir erzählt", sprach er dann mich an. Seinen Sohn ignorierte er.

„Was meintest du vorhin mit Mira?", fragte ich dann, an die Mutter von Luca gewandt. Sie schaute zu ihrem Mann.

„Meine Schwester hieß Mira", sagte dann Luca. Ich schaute ihn an.

„Deine Schwester?" Er nickte.

„Ja. Vor ungefähr siebzehn Jahren, hat Sven meine Schwester entführt." Luca schaute zu seinen Eltern.

„Das mag für dich jetzt zu viel sein, aber du bist Mira, Elena.

Vor siebzehn Jahren hat Sven dich uns weggenommen und wir wussten bis heute nicht, warum", sagte seine Mutter. Sie wollte auf mich zukommen, aber ihr Mann hielt sie auf.

„Langsam, Kate. Ich glaube wirklich, dass das zu viel für sie ist."

„Ja natürlich, Jan." Sie schauten mich an, doch ich schaute zu Luca.

„Ich bin die Tochter von Sven. Warum sollte er mich entführt haben? Seit wann bist du dir sicher, dass ich deine Schwester sein soll?", fragte ich ihn. Ich wollte wissen, seit wann er es vor mir geheim hielt.

„Naja. Als wir uns das erste Mal trafen, wusste ich es noch nicht, erst als ich dein Haus wieder verlassen hatte, wurde es mir klar.

Ich wusste zwar, dass Sven auch ein Kind hatte, aber man hatte sich erzählt, dass dieses Kind im Kampf gefallen war.

Außerdem sahst du meiner Schwester einfach zu ähnlich." Er fuhr sich durch die Haare.

„Also hast du es schon von Anfang an geheim vor mir gehalten. Ich hatte dich so oft gefragt, warum ich hier bin." Ich fühlte Enttäuschung. Ich konnte einfach nicht glauben, dass Sven nicht mein Vater sein soll.

„Mira…"

„Mein Name ist Elena.", unterbrach ich Kate. Sie wich zurück.

„Ich brauche jetzt Zeit für mich." Mit diesen Worten verließ ich das Zelt. Sofort lagen alle Blicke auf mir, doch ich ignorierte sie.

„Silver!?" Zwei Sekunden später landete er vor mir.

„Alles in Ordnung bei dir?"

„Ich brauche gerade einfach nur frische Luft. Lust auf einen Flug?" Das ließ er sich nicht zweimal sagen. Er legte sich vor mich hin und gab mir so die Möglichkeit, auf seinen Rücken zu steigen.

„Halt dich gut fest." Ich klammerte mich fest und Silver erhob sich in die Lüfte.

Wir brachen durch die Wolkendecke und ich fühlte mich sofort frei. Dieses Mal hatte ich nicht so große Angst. Ich vertraute Silver hundertprozentig.

„Was bedrückt dich, Elena?", fragte Silver dann nach einiger Zeit. Ich konnte seine Sorge fühlen. Ich ließ mich auf meinen Rücken fallen und schaute in den Himmel.

„Ich habe gerade herausgefunden, dass Luca mein Bruder ist und Sven mich entführt hat."

„Das würde es erklären. Wie ich schon sagte, kann Sven keine Nachfahren mit dem Drachenreitergen haben."

„Silver, du verstehst es nicht." Ich seufzte.

„Ich kann nicht glauben, dass Sven so ist. Er hat mich fast achtzehn Jahre großgezogen.

Diese ganze Liebe kann doch nicht gelogen sein." Ich merkte, wie Silver zur Landung ansetzte.

„Was machst du?"

„Ich will dir was zweigen, das kann ich aber nur, wenn wir nicht fliegen." Also landeten wir. Aber ich blieb auf seinem Rücken sitzen.

„Elena, würdest du für mich bitte die Augen schließen?" Ich machte, was er wollte und schloss die Augen. Als nach zwei Minuten immer noch nichts passierte, wollte ich sie wieder aufmachen, da tauchte ein roter Himmel in meinem Kopf auf.

Bilder spielten sich ab. Ein Drache zerstörte ein ganzes Dorf und eine kleine Familie rannte weg.

Ich erkannte die Eltern von Luca.

Kate hatte ein kleines Mädchen auf dem Arm und ich erschrak.

Dieses Mädchen sah genau so aus wie ich, als ich so klein war.

Sven hatte mir Bilder gezeigt.

Also musste ich das kleine Kind auf dem Arm sein. Ich sah Kate immer wieder ängstlich an. Bis ich am Ende in die Arme von Sven gegeben wurde und er mit mir davonritt. Außer Atem öffnete ich meine Augen.

„Was war das denn?"

„Ich habe dir eine Erinnerung gezeigt, die ganz tief in dir gesessen hat. Das machen wir Drachen auch. Wir helfen den Reitern, sich zu erinnern, falls sie was vergessen haben." Ich musste einfach grinsen.

„Danke Silver. Ich hätte es nie gedacht, aber was würde ich nur ohne dich tun."

„Du würdest sterben." Wir beide lachten. Ich bereute es langsam nicht mehr, in diese Welt gegangen zu sein. Mein Leben wurde zwar auf den Kopf gestellt, aber es musste auch so kommen. Sonst hätte ich niemals meine Familie, geschweige denn meinen Bruder kennengelernt. Silver und ich waren noch eine Zeitlang auf dem Hügel und schauten einfach nur in die Ferne. Irgendwann beschlossen wir, wieder zurückzufliegen.

Wir landeten mitten im Lager, was mir natürlich sofort alle Blicke einbrachte. Ich seufzte und schickte Silver wieder nach oben, da entdeckte ich Emma. Sie schaute Silver fasziniert hinterher.

„Seit wann hast du den dabei?", fragte sie und schaute jetzt mich an.

„Seit gestern Abend", sagte ich schulterzuckend.

Sie boxte mir gegen die Schulter.

„Und dann sagst du nichts. Ich dachte, wir wären Freunde." Sie zog eine Schmolllippe, konnte sich ihr Lachen aber nicht lange verkneifen. Ich stieg in das Lachen mit ein.

„Ich war einfach nur ein wenig überfordert, deswegen habe ich es niemandem von euch erzählt."

„Ja, kann ich verstehen. Du bist ja immerhin erst seit zwei Tagen hier, aber du hast in diesen zwei Tagen so viel durchmachen müssen.
Du bist eine sehr starke Frau, Elena." Ich sah sie dankbar an.

„Elena?!" Wir drehten uns um. Luca kam auf uns zu.

„Da bist du ja. Warum bist du einfach so aus dem Zelt gestürmt?" Er schaute mich an. Ich sah einmal zu Emma und seufzte dann.

„Es war in dem Moment einfach zu viel für mich. Luca, du musst auch immer noch daran denken, dass ich noch nicht lange hier bin und dann hast du mich auch noch die ganze Zeit angelogen." Er senkte seinen Kopf. Ich konnte ihm ansehen, dass es ihm leidtat. Emma schaute uns verwirrt an.

„Warum hat er dich denn angelogen?" Luca hob wieder seinen Kopf und kratzte sich im Nacken.

„Naja. Ich habe euch verschwiegen, dass Elena…" Er sah mich an.

„Dass sie meine Schwester ist." Emma stand der Mund offen. Sie war anscheinend genauso baff wie ich.

„Und das konntest du uns nicht schon früher sagen?" Luca schüttelte den Kopf.

„Ich wollte, dass meine Eltern das übernehmen und danach wollte ich dann dich und Nick einweihen. Tut mir leid." Er schaute wieder auf den Boden. Emma und ich sahen uns an und waren der gleichen Meinung.

„Ist ja alles gut. Du hattest deine Gründe dafür. Merke dir nur für die Zukunft, uns nicht wieder anzulügen", sagte Emma und legte Luca eine Hand auf seine Schulter. Er sah uns beide an.

„Ich habe von Anfang an gewusst, dass ihr beide euch verstehen werdet", sagte er grinsend. Emma und ich schauten uns an und erwiderten das Grinsen.

„Dann werde ich jetzt mal zu Nick gehen und ihm alles erklären. Ihr habt ja anscheinend selbst noch was zu klären." Sie zwinkerte uns zu und verschwand in eine Richtung.

„Mum und Dad würden gerne noch mal mit dir reden wollen, wenn du dazu bereit bist." Ich nickte und zusammen gingen wir zum Zelt. Kate und Jan saßen an einem Tisch und unterhielten sich leise. Als wir reinkamen, verstummten sie sofort. Kate kam auf mich zu und nahm mich in den Arm.

„Es tut mir leid. Wir hätten dich nicht so überfallen dürfen." Ich winkte ab.

„Schon gut. Früher oder später wäre es doch sowieso rausgekommen und ich glaube, ich hätte dann nicht anderes reagiert." Ich seufzte und schaute auf den Boden.

„Wisst ihr, er war nie böse zu mir." Kate und Jan tauschten Blicke, ließen mich aber weitererzählen.

„Er war ein Vater für mich. Immer. Seine andere Seite habe ich erst vor zwei Tagen kennengelernt. Es hat mich einfach so tief verletzt, dass mich das alles hier überfordert hat. Ich kann immer noch nicht ganz verstehen, wie er mich so verletzen konnte." Ich merkte erst, dass ich weinte, als Kate mir eine Träne von der Wange wischte und mich in ihre Arme schloss.

„Das tut mir alles so leid, mein Kind. Ich wünschte, wir könnten alles rückgängig machen. Wir hätten dich damals besser beschützen müssen." Auch sie hörte sich weinerlich an. Jan und Luca kamen auf uns zu.

„Ja, das hätten wir. Wir hätten dich nicht kampflos aufgeben dürfen.", sagte nun Jan und da erinnerte ich mich an die Erinnerung, die mir Silver gezeigt hatte. Ich schniefte.

„Ihr habt mich nicht kampflos aufgegeben. Ich habe es gesehen. Silver hat mir geholfen, mich daran zu erinnern. Ihr habt um mich gekämpft." Meine Familie schloss mich in ihre Arme. So geborgen hatte ich mich schon sehr lange nicht mehr gefühlt.

6

Elena

Wir unterhielten uns noch sehr lange. Irgendwann waren Luca und ich zu einem kleineren Zelt
gegangen. Es lagen zwei Matratzen auf den Boden.

„Tut mir leid, aber wir sind noch nicht wirklich
lange hier, daher sind es bei mir nur zwei Matratzen." Ich schaute ihn an.

„Ist doch alles gut. Sie reichen zum Schlafen."

„Okay. Du bekommst auch bald dein eigenes
Zelt." Ich lächelte ihn an. Er wollte das Zelt gerade verlassen, als ein lauter Knall uns zusam-
menzucken ließ.

Wir schauten uns an und rannten dann raus. Draußen war ein großes Chaos ausgebrochen.

Ein brauner Drache weckte meine Aufmerksamkeit.

Er war auf ein Zelt hinabgestürzt und schlug mit
seinem Schwanz alles kurz und klein. Menschen
rannten hin und her und versuchten, sich in Sicherheit zu bringen.

Der Drache spuckte Feuer und ich musste ausweichen, dabei fiel ich in die Arme von Jan.

„Elena, du musst ihn beruhigen. Nur du kannst das!" Wir wurden durch den nächsten Feuerball auseinandergerissen. Ich konzentrierte mich auf den Drachen.

„Hör auf damit. Hier tut dir keiner was." Der Drache schaute mich verwundert an und hielt inne.

„Du kannst mich verstehen?" Ich nickte und der Drache beäugte mich skeptisch. Doch es hielt nicht lange, plötzlich brüllte er wieder auf und ich musste seinen Krallen ausweichen.

„Elena, er steht unter dem Kommando von Sven. Er wird nicht auf dich hören", sagte dann Silver. Schnell lief ich zu meiner Familie.

„Wir müssen alle wegbringen. Ich kann den Drachen nicht beruhigen. Er steht unter dem Kommando von Sven." Jan sah zu den Leuten.

„Okay. Wir bringen sie in den Wald." Doch er kam nicht weit. Der Drache baute sich vor uns auf und eine Stimme ließ uns alle zusammenfahren.

„Jan, Jan. Was machst du nur wieder für Sachen? Muss dein Dorf schon wieder für deine Fehler leiden?" Wir drehten uns in die Richtung. Sven kam mit seinen Männern angeritten.

Er ritt vorne und hinten auf seinem Pferd konnte ich noch eine Gestalt erkennen. Ich sah aber nicht, wer es war. Jan und Kate stellten sich vor mich und Luca, bevor ich was machen konnte.

„Ich habe keinen Fehler gemacht. Ich habe nur endlich meine Tochter wieder und dieses Mal wirst du sie uns nicht wegnehmen." Sven lachte gehässig. Er stieg von seinem Pferd und kam auf uns zu. Drei Meter vor uns blieb er stehen.

„Ich störe eure Familienfeier nur sehr ungerne, aber ich werde euch eure Tochter nicht wegnehmen. Sie wird freiwillig mit mir kommen.

Sie gehört zu mir und das weiß sie auch." Ich drückte mich an meinen Eltern vorbei und ging auf Sven zu.

Gerade überwiegte die Wut auf ihn die Trauer. Mit meinem Zeigefinger pikste ich Sven in die Brust.

„Ich werde nicht mit dir kommen! Du hast mich verraten und willst mich nur für deine Zwecke. Ich hätte nie gedacht, dass du so ein Mensch sein kannst.

Du hast unschuldige Menschen auf dem Gewissen!

Du hast mich entführt und mich in den glauben gelassen, ich wäre deine Tochter! Du hast mich einfach so aus den Reihen meiner Familie gerissen." Sven packte mein Handgelenk und zog mich an sich. Luca hinter mir bewegte sich, aber mit meiner freien Hand konnte ich ihn aufhalten.

„Du bist meine Tochter Elena. Ich habe dir diesen Namen geben. Du wirst mit mir kommen, wenn dir deine Familie und deine Freunde etwas wert sind." Er ließ mich los und machte ein Handzeichen nach oben.

Einer seiner Männer trug die Gestalt zu uns rüber, die auf dem Pferd von Sven gelegen hatte. Jetzt erkannte ich, wer es war.

„Florian!" Ich wollte zu ihm rüber, doch ich wurde festgehalten. Ich schaute nach hinten und sah in das Gesicht von Luca.

„Ja. Dein kleiner Freund Florian. Ich habe ihn schon immer sehr gerne gemocht.

Er hat an dem Abend den Schuss gehört und ist rausgekommen. Neben ihm deine Freundin Lilly." Meine Augen wurden größer. Lilly hatte er auch in seiner Gewalt?

„Die beiden waren einfach zu neugierig. Natürlich waren sie sehr überrascht, als ich plötzlich eine Waffe auf sie gerichtet hatte." Sven grinste und ich wurde nur noch rasender. Luca hatte ganz schön Mühe, mich festzuhalten.

„Beruhig dich, Elena", kam es dann von Silver und er schaffte es auch, mich zu beruhigen.

„Ich schlage dir einen Deal vor, Elena." Abwartend sah ich ihn an.

„Ich werde die beiden gehen lassen, wenn du mit mir kommst. Niemand wird verletzt." Er breitete seine Arme aus. Ich wurde plötzlich von Luca nach hinten gezogen und fand mich im Kreis meiner Familie wieder.

„Eine Beratung wird dir nichts nützen. Du musst es schon ganz für dich allein entscheiden!", rief Sven hinter uns und lachte.

„Das ist verrückt, Elena. Du kannst nicht mit ihm gehen", sagte mein Vater und schaute mich an.

„Aber das sind meine Freunde. Ich kann sie doch nicht einfach bei ihnen lassen." Ich war bedrückt.

Kate und Jan schauten sich an und schienen mit den Augen ein Gespräch zu führen. Am Ende seufzte mein Vater und Kate drehte sich zu mir und Luca.

„Du wirst nicht mit ihm gehen." Ich wollte sie unterbrechen, aber sie hob ihren Finger.

„Ihr werdet alle von hier fliehen. Du, Nick, Emma, Luca und dein Freund. Fliegt mit dem Drachen weg.

Sven hat ihn noch nicht bemerkt. Ihr müsst einen Stein finden, womit ihr Sven besiegen könnt."

„Und was ist mit euch?", fragte Luca besorgt. Ihm gefiel der Plan anscheinend überhaupt nicht.

Jan legte einen Arm um die Schulter von Kate.

„Wir können auf uns aufpassen, mein Sohn. Ihr werdet uns schon wiederfinden. Doch am wichtigsten ist, dass Sven besiegt wird und das kann nur Elena.

Ich habe damals sehr lange darüber nachgedacht, warum er dich mitgenommen hat. Heute wurde es mir klar." Jan schaute mir tief in die Augen.

„Du hast die Kraft meines Bruders geerbt und bist sehr mächtig. Du bist gefährlich für ihn, deswegen hat er dich damals mitgenommen.

Du bist womöglich mächtiger, als mein Bruder es jemals war, daher kannst nur du ihn besiegen." Ich nickte. Er lächelte mich aufmunternd an. Dann drehte er sich auch wieder zu Luca.

„Wir werden Sven vorspielen, dass du dich ergibst, in der Zeit werde ich Emma und Nick Bescheid geben.

Silver soll euch dann da rausholen und vielleicht folgt euch ja auch der braune Drache." Wir nickten und ich schaute zu Luca.

„Wir werden das schaffen.", sagte er zu mir, da er anscheinend meine Zweifel sah. Ich lächelte ihn an und drehte mich dann zu Sven.

„In Ordnung, Sven. Ich werde mit dir gehen. Aber nur, wenn du meine Familie, Florian und Lilly in Ruhe lässt."

Sven drehte sich zu mir und grinste mich an.

„Ich habe mir gedacht, dass du zur Vernunft kommen wirst. Komm in meine Arme, Tochter." Er breitete seine Arme aus und ich lief langsam auf ihn zu.

Aus dem Augenwinkel konnte ich sehen, wie Jan sich zu Emma und Nick durchschlug.

„Silver, du bist bereit?", fragte ich ihn. Ein zustimmendes Schnauben war in meinem Kopf zu hören.

Kurz vor ihm blieb ich stehen. Er ließ seine Arme sinken.

„Du enttäuschst mich, Elena. Ich hatte gehofft, wir können dort weitermachen, wo wir aufgehört haben." Ich schüttelte meinen Kopf.

„Du bist derjenige, der mich enttäuscht hat." Sven lachte. Doch als ich mir sicher war, dass die anderen bereit waren, grinste ich ihn an.

„Manchmal solltest auch du lernen, aufmerksam zu sein." Verwirrt sah er mich an, doch genau dann stürzte Silver vom Himmel und landete vor Sven. Mit seinem Schwanz stieß er Sven und seine Männer um.

Wir nahmen diese Chance und stiegen auf den Rücken von Silver. Luca hatte Florian auf den Schultern. Emma und Nick hatten die Zelte und Proviant. Als Silver merkte, dass wir alle da waren, erhob sich dieser sofort in die Luft.

„Ich werde dich finden, Elena!", schrie Sven, doch wir waren schon hoch über den Wolken. Später entdeckte ich auch den braunen Drachen neben uns.

„Du hast dich entschieden, mit uns zu fliegen?", fragte ich ihn.

„Ich folge meinem König und meiner Königin", sagte er. Bei dem Wort Königin zuckte ich zusammen.

„Habe ich es dir nicht gesagt", sagte Silver belustig. Ich verdrehte nur meine Augen.

„Elena, wir sollten uns vielleicht aufteilen. Dein Drache muss uns ja nicht alle tragen, wenn wir noch einen zweiten dabeihaben", hörte ich Luca irgendwann hinter mir. Ich drehte mich zu ihm.

„Du hast wahrscheinlich recht. Dafür sollten wir aber landen." Luca nickte und ich sagte Silver Bescheid. Wir landeten und machten dann auch eine kleine Pause.

„Wie heißt du eigentlich?", fragte ich den braunen Drachen. Er neigte seinen Kopf.

„Mein Name ist Brown." Ich nickte ihm zu und ging dann zu den anderen.

„Er ist immer noch bewusstlos?", fragte ich an Emma gewandt, die bei Florian stand.

„Ja, und ich habe auch die Vermutung, dass es erst einmal so bleiben wird.

Ich weiß zwar nicht, was sie mit ihm gemacht haben, aber es scheint sehr stark zu sein." Ich nickte und legte eine Hand auf die Schulter von Emma.

„Danke für alles, Emma." Sie lächelte mich an.

„Dafür sind doch Freunde da, außerdem bist du

die Schwester von Luca." Sie zwinkerte mir zu und wir beiden mussten lachen.

Wir verteilten uns auf die Drachen und flogen dann sofort weiter. Wir mussten einen Abstand zwischen uns und Sven bekommen, bevor dieser die Suche nach uns anfangen würde. Daher blieben wir auch über Nacht auf den Drachen und versuchten beim Fliegen zu schlafen.

7

Elena

„*Elena. Dein Menschenfreund kommt langsam zu Bewusstsein.*" Langsam öffnete ich meine Augen und schaute zu Florian rüber. Luca, der dahinter saß, schlief noch tief und fest. Florian schlug seine Augen auf und schaute panisch und verwirrt um sich.

„Wo bin ich?" Sein Blick blieb an mir hängen.

„Elena?"

„Beruhig dich, Florian, es ist alles gut und wir sind in Sicherheit." Florian schüttelte mit dem Kopf und schaute weiter umher, jetzt schien er auch Silver richtig entdeckt zu haben.

Hätte ich ihn nicht festgehalten, wäre er wahrscheinlich vom Drachen gefallen.

„Wir sitzen auf einem Drachen! Was ist das hier? Ich muss wohl träumen." Er fuhr sich nervös durch die Haare. Seine Angst konnte man ihm ansehen.

„*Wir hätten ihn unten lassen sollen*", schnaubte Silver genervt. Ich ignorierte ihn einfach.

„Florian, beruhig dich ein wenig. Es ist, wie gesagt, alles gut."

„Alles gut?! Du bist nicht echt und ich sitze auf einem Drachen. Und... Aua!!" Geschockt schaute ich hinter Florian. Luca hatte ihm einen Klapps gegeben. Er war wohl durch die Nörgelei von Florian wach geworden.

„Und glaubst du immer noch, dass du träumst?", fragte er genervt. Florian rieb sich über die Stelle, wo Luca zugeschlagen hatte und schüttelte seinen Kopf.

„Aber wo sind wir dann und warum sitzen wir auf einem Drachen?", fragte er jetzt etwas ruhiger. Luca konnte ihn anscheinend überzeugen.

„Wir sind in einer anderen Welt. Hier existieren Magie und magische Wesen."

„Und warum hat Sven eine Waffe auf uns gerichtet und uns hierhergebracht?" Ich seufzte.

„Um gegen mich ein Druckmittel zu haben. Er ist nämlich nicht mein Vater und will mich nur für seine Pläne benutzen." Florian schaute mich geschockt an. Wir mussten ihm alles in Ruhe erklären.

„Silver, wir landen." Silver nickte und Florians Augen wurden größer.

„Du kannst mit dieser Echse reden?" Silver schnaubte wütend und ich verdrehte nur die Augen.

„Ja, das kann ich und du solltest ihn nicht verärgern." Ich drehte mich wieder nach vorne und sah, wie auch Brown zur Landung ansetzte. Als wir auf dem Boden waren, stiegen wir ab und die Drachen legten sich sofort hin.

„Nur eine kleine Pause", sagte Silver und ich musste schmunzeln. Ich ging zu Florian rüber.

„Was hat das jetzt alles zu bedeuten?", fragte er langsam sauer. Er wurde wieder der Alte.

„Ich glaube, das kann dir Luca alles besser erklären. Luca!!" Mein Bruder kam auf uns zu. Ich erklärte ihm kurz alles und ging dann wieder zu Silver.

Emma und Nick hatten dort ein Feuer gemacht. Emma saß auf dem Boden und lehnte an Brown. Auch ich setzte mich hin und lehnte mich an Silver.

„Dein Freund muss weg." Ich schaute hoch. Nick stand vor mir und beobachtete Florian und Luca.

„Und warum glaubst du, entscheidest du darüber?", fragte ich ruhig nach, obwohl ich innerlich kochte.

„Weil ich weiß, dass es besser ist, wenn er wieder verschwindet." Ich stand auf und baute mich vor Nick auf.

„Du kannst es auch einfach nicht sein lassen, oder?" Nick schüttelte mit dem Kopf.

„Nein, kann ich nicht. Es ist einfach nur die Wahrheit! Er wird uns gefährden und vielleicht auch dafür sorgen, dass sich jemand von uns verletzt!

Er muss weg. Punkt! Nur weil du die Schwester von Luca bist, heißt das nicht, dass du mir jetzt alles vorschreiben darfst!" Bevor ich darauf etwas antworten konnte, hörte ich hinter mir ein Schnauben.

„Silver, es ist alles gut und Nick, du solltest einfach deinen Mund halten!"

„Was ist denn hier los?" Nick und ich schauten erschrocken zu Luca.

„Könnt ihr euch einmal nicht streiten? Und Emma, warum bist du nicht dazwischen gegangen?" Emma lachte.

„Es ist lustig mitanzusehen, wie die beiden sich gegenseitig die Köpfe einhauen." Luca verdrehte die Augen und setzte sich ans Feuer. Nick tat es ihm gleich, aber nicht ohne mich noch einmal vernichtend anzusehen.

Ich drehte mich um und traf dabei den Blick von Florian. Ein komisches Funkeln lag in seinen Augen.

„Silver!" Er verstand sofort. Ich stieg auf seinen Rücken und er hob ab.

„Wo will die denn jetzt hin?" Die Frage von Nick war das Letzte, was ich hörte, bevor ich über den Wolken war.

Silver Flügelschläge wurden langsamer und er ließ sich mehr vom Wind treiben.

„Du weißt, dass er recht hat." Ich verdrehte die Augen und legte mich auf den Rücken. Ich schaute in den Himmel.

„Ja vielleicht." Ich seufzte.

„Ich weiß, dass das für Florian hier zu gefährlich ist, aber er wird ohne Lilly hier nicht weggehen. Außerdem ist das nächste Portal doch sowie zu weit weg. Wir werden erst Lilly retten und dann gehen die beiden zurück." Silver schnaubte zufrieden.

So flogen wir noch eine Zeit umher, bis wir uns entschlossen, wieder zurückzufliegen. Wir landeten und Silver legte sich wieder hin.

Niemand war draußen und ich beschloss, in das Zelt zu gehen. Sie mussten es wohl aufgebaut haben, als ich weg war.

Als ich das Zelt betrat, hob Emma ihren Kopf.

„Na, wieder ein wenig beruhigt?", fragte sie und grinste mich dabei an. Ich seufzte und legte mich neben sie.

„Ich musste gerade einfach nur von Nick weg. Er treibt mich einfach zur Weißglut." Emma lachte und ich schaute sie böse an. Sie legte sich auf die Seite und schaute mich an.

„Ich weiß selbst nicht, warum er so zu dir ist. Ich habe ihn schon einmal gefragt, aber er hat mir nicht wirklich eine Antwort gegeben."

„Ach, keine Ahnung. Ich habe ihm nichts getan."

„Aber du weißt, dass er recht hat." Ich seufzte und nickte.

„Ja, ich weiß, dass er recht hat." Emma grinste.

„Du wirst es ihm aber nicht sagen, richtig?" Ich drehte meinen Kopf zu ihr und grinste sie an. Das war für sie Antwort genug.

Wir beschlossen, uns ein wenig auszuruhen.

„Elena, Emma, kommt ihr raus? Wir wollen weiter." Ich öffnete meine Augen und sah Emma an.

„Die konnten sich auch keinen besseren Zeitpunkt aussuchen, oder?", sprach Emma meinen Gedanken aus. Ich grinste und sie lachte darüber.

Wir zogen unsere Schuhe wieder an und verließen dann das Zelt.

Nick und Luca waren schon dabei, ihr Zelt wieder abzubauen. Florian fand ich etwas abseits.

Emma und ich machten uns daran, auch unser Zelt abzubauen.

Wir legten die Sachen auf den Rücken der Drachen. Ich war gerade dabei, unser Zelt bei Silver abzulegen, als Florian auf mich zukam.

„Wo soll ich…" Ich unterbrach ihn sofort.

„Du fliegst bei Nick und Emma mit", sagte ich und stieg auf den Rücken von Silver.

Als Luca dann auch oben war, erhob sich Silver in die Luft. Wir warteten auf die anderen und flogen dann los.

Ich sah rüber zu den anderen und musste über den Gesichtsausdruck von Nick fast lachen.

„Das hast du mit Absicht gemacht, oder?", fragte Luca nach einiger Zeit nach. Ich drehte mich zu ihm und grinste ihn an.

„Kann sein." Er verdrehte die Augen.

„Du bist unmöglich, dabei weißt du ganz genau, dass er recht hat." Ich zuckte mit den Schultern.

„Kann sein, aber ich werde es ihm nicht sagen." Luca lachte laut und ich grinste einfach nur. Silver war auch belustigt und musste einmal lachen. Doch dann gingen meine Gedanken zu Lilly.

Ging es ihr gut? Hatte Sven irgendwas mit ihr gemacht? Silver spürte meine Unruhe.

„Er wird ihr schon nichts getan haben. Sonst würde er sein Druckmittel gegen dich verlieren", sagte er und es beruhigte mich tatsächlich ein wenig.

„Ja danke, Silver." Wir folgen still weiter. Ab und zu schaute ich nach links, um sicher zu gehen, dass Brown noch da war.

Erst als es anfing dunkler zu werden, beschlossen wir zu landen und die Zelte aufzubauen.

Die Jungs schliefen in einem Zelt und Emma und ich in dem anderen.

Doch ich machte die ganze Nacht kein Auge zu. Meine Gedanken wanderten zu meinen Eltern. Ob es ihnen gut ging? Ich schaute neben mich. Emma schlief tief und fest.

Ich zog mir meine Schuhe an und ging raus. Die frische Nachtluft tat sofort gut. Silver hob seinen Kopf und sah mich an.

„Warum schläfst du nicht?", fragte er.

„Das könnte ich dich auch fragen", sagte ich leise und blieb kurz vor ihm stehen.

„Irgendwer muss doch Wache halten. Wir Drachen brauchen nun mal nicht so viel Schlaf."

„Ach so." Ich ging weiter meinen Weg, doch er hielt mich wieder auf.

„Wo willst du hin?"

„Ich brauche ein wenig frische Luft." Ich ging weiter, doch plötzlich spürte ich den Boden unter meinen Füßen nicht mehr.

„Oben ist es sicherer." Ich schmunzelte und kletterte auf seinen Rücken.

Die kühle Luft strich durch meine Haare und der Himmel wirkte einfach nur schwarz, da keine Wolke am Himmel zu sehen war. Ich legte mich auf meinen Rücken und schaute nach oben.

Es war nur der Flügelschlag von Silver zu hören. Diese Ruhe tat mir gut.

Ich setzte mich wieder auf und seufzte.

„Du warnst mich doch, bevor ich eine falsche Entscheidung treffe, oder?" Silver lachte.

„Ich bin dafür da, dir zu helfen und werde dich warnen, aber treffen tust du die Entscheidung selbst.

Den Jungen mitzunehmen war zum Beispiel eine schlechte Entscheidung." Ich seufzte wieder. Ja, ich wusste, dass es eine falsche Entscheidung war, aber wir hatten jetzt auch nicht mehr wirklich eine andere Wahl.

„Jetzt ist sowieso zu spät. Das nächste Portal ist zu weit weg."

„Da hast du recht." Wir schwiegen eine Zeitlang, bis mir Sven in den Kopf kam.

„Weißt du, warum Sven so geworden ist? Warum er euch gejagt und ausgerottet hat?" Silver schien zu überlegen.

„Nein, im Grunde weiß ich es nicht. Er hat uns auch nicht ausgerottet. Er hat uns einfach nur eingefangen. Die, die fliehen konnten, sind geflohen.

Mich hat er nie gefunden und er hatte vor mir Angst. Ich bin immerhin der König der Drachen." Mit dieser Antwort gab ich mich zufrieden. Ich legte mich wieder auf seinen Rücken und schaute in den Himmel.

Meine Gedanken schweiften wieder zu Lilly und meinen Eltern. Hoffentlich ging es ihnen wirklich gut.

Was hatte Sven nur vor?

„Elena, wir sollten zurück. Nicht, dass sie uns noch suchen."

„Okay." Wir flogen zurück. Als wir wieder am Lager waren, landete Silver und ich stieg ab.

„Gute Nacht, Silver."

„Gute Nacht, Elena." Ich schlich mich ins Zelt und versuchte ein wenig zu schlafen. Dieses Mal funktionierte es auch.

. . .

„Elena, wach auf. Wir wollen weiter." Langsam öffnete ich meine Augen und schaute zu Emma. Diese schaute mich grinsend an.

„Tut mir leid. Ich bin erst sehr spät eingeschlafen", sagte ich und gähnte dabei. Emma schüttelte grinsend den Kopf.

„Alles gut. Beeil dich einfach." Sie verließ das Zelt und ich fuhr mir verschlafen durch die Haare, danach zog ich mich an und verließ das Zelt.

Draußen gähnte ich noch einmal.

„Ich dachte, Drachen brauchen nicht so viel Schlaf. Was habt ihr gestern noch gemacht?", fragte ein belustigter Luca.

„Warum ihr?" Luca deutete mit dem Kopf zu Silver, der auch noch tief und fest schlief. Schmunzelnd schüttelte ich meinen Kopf.

„Darum kümmere ich mich." Luca lachte und half Emma beim Zelt abbauen. Ich ging zu Silver rüber. Er sah wirklich süß beim Schlafen aus.

Er hatte seinen Kopf unter dem Flügel und sein Atem ging regelmäßig. Ich stellte mich neben ihn und streichelte seinen Hals.

Sofort schoss der Kopf in die Höhe und er schaute aufgeschreckt hin und her. Florian, der neben mir aufgetaucht war, erschreckte sich.

„Silver, beruhig dich. Du hast nur geschlafen und ich habe dich geweckt." Der Drache schaute mich an und schien sich wieder zu beruhigen.

„Tut mir leid." Ich lächelte Silver kurz an und drehte mich dann zu den anderen. Nick, Emma und Florian saßen am Feuer und Luca kam auf mich zu.

„Es ist nicht mehr sehr weit bis zur Festung. Wir sollten uns einen Plan überlegen." Ich fing an zu überlegen.

„Wir müssen Lilly daraus bekommen, am besten lebend."

„Das hört sich schon mal nach was an, aber es ist noch kein richtiger Plan." Ich seufzte. Ich wusste nicht, was wir machen sollten.

„Wir müssen da spontan rein. Wir haben keine Ahnung, wo Lilly ist oder wie es allgemein in dem Schloss aussieht. Wir müssen uns spontan was überlegen." Luca überlegte, stimmte mir dann aber zu.

„In Ordnung. Keine Angst, Elena. Wir werden deine Freundin da schon rauskriegen." Er lächelte mich an und ging dann zu den anderen ans Feuer. Ich blieb bei Silver stehen.

Ich packte unsere Klamotten wieder auf die Rücken der Drachen und setzte mich dann auch zu den anderen.

Als wir fertig mit Frühstücken waren, machten wir uns auf den Weg.

Luca flog wieder bei mir mit und die anderen saßen auf dem Rücken von Brown.

Nach einiger Zeit spürte ich immer wieder Florians Blick auf mir.

„Er beobachtet dich schon die ganze Zeit. Ich hoffe sehr, dass er später kein Klotz am Bein ist."
Ich schaute zu Florian rüber, doch er wich meinem Blick sofort aus.

„Wenn wir Lilly haben, werde ich die beiden sofort wieder zurückschicken. Sie haben hier nichts zu suchen."

„Das ist mal eine richtige Entscheidung. " Dazu sagte ich nichts mehr und auch Silver war jetzt still.

Ich schaute in den Himmel. Dunkle Wolken verdeckten die Sonne und es sah sehr stark nach Regen aus. Es passte irgendwie.

Nach einer Stunde konnte man am Horizont die Türme der Festung erkennen. Eiskalt lief es mir den Rücken runter.

Ich fing an, nervös zu werden und diese Unruhe machte sich auch bei Silver bemerkbar.

„Wir sollten jetzt landen und zu Fuß weitergehen. So fallen wir nur auf.", sagte Luca hinter mir und ich stimmte ihm zu.

Ich gab den anderen ein Zeichen und wir landeten in dem Wald unter uns. Wir stiegen von den Drachen ab und liefen zu Fuß weiter.

Es dauerte nicht lange, da standen wir vor den großen Mauern.

„Ab hier geht es nicht weiter. In dem Hof wird es nur so von Wachen wimmeln.", sagte Nick und ich musste ihm leider zustimmen.

„Hat einer eine Idee, wie wir da reinkommen?", fragte ich in die Runde. Alle überlegten, sogar Florian.

„Ich wüsste etwas. Aber dann sollten wir uns in Gruppen aufteilen, um im Schloss nach Lilly zu suchen.", sagte dann Emma.

„In Ordnung. Ich gehe mit Emma und ihr Jungs geht zu dritt. Die Drachen warten hier draußen.", fasste ich schnell zusammen und alle waren einverstanden. Auch wenn es Nick nicht passte, dass er Florian mitnehmen musste.

Luca kam auf mich zu.

„Pass bitte auf dich auf, okay?" Er sah mich besorgt an.

„So in Sorge, dass du deine Schwester wieder verlieren könntest?", scherzte ich, doch er blieb ernst.

„Ich meine es ernst, Elena. Ich habe so viele Jahre nach dir gesucht und habe dich jetzt endlich gefunden.

Unsere Eltern würden es nicht noch einmal durchstehen können, dich zu verlieren." Ich legte meine Hand auf seine Schulter.

„Ich würde es selbst nicht verkraften können, euch wieder zu verlieren.

Daher musst du auch aufpassen." Luca lächelte.

„Aber natürlich, Schwesterherz." Ein breites Grinsen entstand auf meinem Gesicht.

Ich hatte so lange davon geträumt, einen Bruder zu haben und jetzt ist dieser Traum wahr.

Luca ging zu Nick und Florian. Ich drehte mich noch einmal zu Silver.

„Ich rufe dich, wenn wir Probleme bekommen."
Silver nickte.

„Das will ich hoffen. Ich habe ein schlechtes Ge-
fühl. Passt auf euch auf." Jetzt nickte ich ihm zu
und ich gesellte mich zu Emma.

„Dann lasst uns gehen. Dahinten ist ein Schacht,
der in die Festung führt.

Drinnen trennen wir uns und wir treffen uns wieder hier draußen." Wir nickten und verschwanden
dann nacheinander in dem Schacht.

Hoffentlich war das schlechte Gefühl von Silver
nicht berechtigt.

8

Elena

Der Schacht war lang und wir kamen in einer kleinen Bibliothek raus. Dort trennten sich dann unsere Wege.

Emma hatte den Jungs vorher Räume erklärt, wo Lilly vielleicht sein könnte.

Wir gingen in die entgegengesetzte Richtung.

„Hier wurdest du also gefangen gehalten?", fragte ich sie nach einer Zeit. Sie schaute mich traurig an.

„Ja und glaube mir, der Keller ist nicht wirklich viel gemütlicher." Sie versuchte zu lächeln, aber ich konnte ihr ansehen, dass es ihr schwerfiel, wieder hier zu sein.

„Du hättest auch draußen warten können", sagte ich leise. Sie schüttelte mit dem Kopf.

„Ich kenne mich hier aus, daher haben wir so eine bessere Chance, sie zu finden." Ich stimmte ihr zu und wir gingen langsam weiter den Flur entlang.

Immer wieder schaute Emma vorsichtig in manche Räume, doch wir fanden Lilly nicht.

Wir kamen am Ende des Flures an.

„Emma, hier ist nichts mehr.", sagte ich schon fast verzweifelt, doch sie grinste mich nur an.

„Ich habe doch gesagt, es ist besser, jemanden dabei zu haben, der sich hier auskennt." Sie griff neben sich zu einer Fackel, die an der Wand hing.

Sie zog an ihr und vor uns öffnete sich ein Spalt. Eine Geheimtür.

Ich grinste sie an.

„Ja, es ist wirklich gut, so jemanden dabei zu haben." Sie lächelte auch und wir betraten diesen Raum.

Ein großes Fenster, erhellte den Raum. Vorsichtig schaute ich mich um.

Links und rechts, neben der Tür, standen große Kerzenständer.

Die Wände waren dunkel und auf den Boden lag ein großer Teppich.

Direkt vor uns, stand ein Schreibtisch, auf dem Papierkram rum lag. An den Wänden hingen alte Gemälde, auch Sven erkannte ich auf einem davon.

Wenn ich es nicht besser wüsste, würde ich sagen, wir waren in einem Arbeitszimmer. Doch sofort wurden wir wieder von Enttäuschung erfasst.

Lilly war nicht hier.

„Wo kann sie nur sein?", fragte ich leise.

„Wir werden sie schon finden. Komm, wir gehen wieder zurück." Wir drehten uns zur Tür, doch genau in diesem Moment fiel diese Tür zu und wir schauten uns geschockt an.

„Liebe Emma. Hast du wirklich gedacht, ich würde nicht wissen, dass du diesen Raum hier kennst." Ein Lachen ertönte hinter uns. Ein kalter Schauer lief mir über den Rücken.

Meine Gedanken überschlugen sich. Wie konnte Sven so viel schneller hier sein als wir?

Emma und ich drehten uns langsam um. Sven stand zwei Meter von uns weg, hinter einem Tisch. Er sah uns mit einem Grinsen an.

„Ich habe gewusst, dass ihr hierherkommen würdet."

„Ist ja auch nicht schwer, immerhin hast du meine Freundin hier drin gefangen", sagte ich und versuchte meine Wut unter Kontrolle zu bekommen. Sven lief um den Tisch herum, blieb aber dann wieder davorstehen.

Er verschränkte die Arme vor der Brust und schaute uns an.

„Es war die einzige Chance, dich hierher zu bekommen", sagte er trocken.

„Was willst du von mir?" Emma griff nach meiner Hand und ich beruhigte mich wieder etwas.

„Ich will, dass alles wieder wie früher wird, E-
lena.", sagte er und schaute mir dabei in die Augen.
Wie früher? Nichts war mehr wie früher. Eine Erinnerung kam wieder hoch und ich wurde nur
noch wütender und enttäuschter.

*Ich hörte, wie dir Tür aufging und wusste schon,
dass mein Vater dahinterstand. Schnell schloss
ich wieder die Augen und tat so, als würde ich
schlafen.*

*Schritte näherten sich, dann blieben sie vor mir
stehen.*

*„Elena? Wach auf, meine Kleine." Ich öffnete
meine Augen und sah sofort in das strahlende Gesicht meines Vaters.*

Er hatte eine kleine Torte in der Hand.

*„Happy Birthday, meine kleine Maus", sang er
fröhlich und ich setzte mich auf.*

*„Danke, Papa", sagte ich lachend und er setzte
sich dann neben mich.*

*„Jetzt ist mein kleines Mädchen schon zehn Jahre
alt." Er wuschelte mir durch die Haare und ich
versuchte, mich in Sicherheit zu bringen.*

*„Nein, du machst meine Haare durcheinander",
sagte ich und er grinste mich an.*

„Du kommst doch gerade aus dem Bett, deine Haare sind sowieso durcheinander.", lachte er, ließ mich aber in Ruhe.

Er gab mir eine Gabel und wir fingen an, die kleine Torte zu essen.

Wir hatten an meinem siebten Geburtstag damit angefangen, den Kuchen im Bett zu essen. Seitdem war es zur Tradition geworden.

Nachdem wir den Kuchen aufgegessen hatten, zog ich mich an und wollte draußen ein wenig spielen gehen. Mein Vater hatte sich in sein Arbeitszimmer zurückgezogen.

Ich zog meine Jacke an und ging raus auf den Spielplatz.

Ich schaukelte ein wenig und hing meinen Gedanken nach.

„Da ist ja die kleine Heulsuse." Ich zuckte zusammen und drehte langsam meinen Kopf in die Richtung.

Vor mir standen drei Jungs aus meiner Klasse.

Sie ärgerten mich immer und taten mir auch weh.

Ich sprang von der Schaukel und wollte weggehen, doch der Größere von ihnen hielt mich fest.

„Die kleine Prinzessin will doch nicht wegrennen, oder?", lachte der andere dreckig.

„Bitte lasst mich doch einfach nur in Ruhe." Jetzt lachten alle drei.

„Aber es macht uns Spaß, außerdem bist du ein Nichts.

Keine Freunde und keine Mutter. Keiner will dich."

Ich merkte, wie mir bei den Worten die Tränen in die Augen stiegen.

„Jetzt heult die schon wieder." Ein kleiner Klaps auf die Wange.

„Hör auf zu heulen." Doch es brachte nichts. Ich versuchte mich aus ihren Armen zu befreien, aber sie waren zu stark.

„Hey?!" Sofort schwangen alle Köpfe rum. Unbemerkt atmete ich erleichtert auf. Mein Vater hatte uns anscheinend von seinem Büro aus gesehen.

„Lasst das Mädchen los, aber sofort!" Die Jungs ließen mich los und ich fiel auf meine Knie.

„Wir wollten nichts machen, wirklich!", sagte der Größere und hob abwehrend seine Hände.

„Verschwindet einfach." Das ließen sich die drei Jungs nicht zweimal sagen. Mein Vater hockte sich neben mich.

„Alles gut, meine Kleine? Ärgern die dich schon länger?" Ich nickte langsam und mein Vater seufzte. Er nahm mich plötzlich in den Arm und strich mir über den Rücken.

„Du kannst immer zu mir kommen, wenn etwas ist. Ich werde immer für dich da sein, meine kleine Elena."

„Ich werde immer für dich da sein! Kannst du dich noch an diese Worte erinnern?! Du hast mich verraten, Sven. Es wird nichts mehr so sein wie früher!"
Emma drückte meine Hand und ich war sehr froh, dass sie da war.
Sven lachte.
„Ich hatte echt gehofft, dass wir das friedlich klären können, aber so lässt du mir keine andere Wahl.
Du gehörst mir, Elena, finde dich damit ab."
Plötzlich durchschnitt das laute Gebrüll von Silver die Luft.
Panik machte sich in mir breit.
„Was hast du vor? Lass ihn daraus!" Ein fieses Grinsen tauchte auf seinem Gesicht auf.
„Du bist eine Drachenreiterin, Elena, und somit mit deinem Drachen verbunden. Wenn wir ihn verletzten oder schwächen, fällt es auch auf dich. Er will dich einfach nur beschützen und rennt somit genau in die Falle."
„Nein, Silver!" Schmerzen durchströmten mich und ich hielt mir meinen Kopf. Ich sank auf die Knie.

„Elena!" Emma kniete neben mir und versuchte, mich festzuhalten.

Die Schuhe von Sven tauchten in meinem Sichtfeld auf.

„Wie gesagt, Elena. Ich hatte gehofft, wir könnten das alles friedlich klären. Ich will nicht mehr, als das du wieder meine Tochter wirst."

Ab da wurde alles schwarz. Nur noch Emmas Stimme war zu hören, wie sie nach mir rief, bevor ich auf dem Boden aufschlug.

9

Luca

Nick und ich liefen die Gänge lang, die uns Emma beschrieben hatte, dabei heulte Nick mir die Ohren voll. Florian war etwas weiter hinter uns.

„Warum lässt du sie einfach entscheiden, Luca?"
Ich seufzte und drehte mich zu Nick.

„Weil sie meine Schwester ist. Außerdem unsere zukünftige Königin."

„Königin?" Jetzt hatten wir auch noch das Interesse von Florian geweckt. Na, ganz großartig.

„Ja Königin. Aber ich weiß nicht, was dich das angehen sollte", sagte ich etwas härter als beabsichtigt.

„Aber sie geht doch nachher mit uns zurück, oder nicht?" Nick lachte kurz auf, konnte das aber unter einem Husten verstecken.

„Ich glaube, das ist kein Thema, was wir hier besprechen sollten. Wir sollten Lilly finden und das so schnell wie möglich.

Ich will hier nicht unbedingt länger Zeit verbringen als nötig."

Ich drehte mich wieder um und lief weiter den Gang entlang. Die anderen beiden folgten mir.

Wir machten nacheinander die Türen auf, die wir auf dem Weg hatten, aber nirgendwo war sie zu finden.

„Luca, dahinten."

Nick zeigte auf einen Raum, bei dem die Tür offenstand. Es brannte kein Licht, aber man konnte eine zierliche Person auf einem kleinen Sofa ausmachen.

„Lilly!" Schon rannte Florian dort hin.

„Verdammt, warte!" Doch ich bekam ihn nicht mehr zu greifen. Ich schaute zu Nick, der mich nur schulterzuckend ansah.

Ich wusste genau, was er sagen wollte.

Ich habe es dir doch gesagt. Ich verdrehte die Augen und lief Florian hinterher. Wir hatten Glück, dass hier keine Wachen waren.

„Es ist wirklich Lilly", sagte er, als wir bei ihm ankamen.

„Gut, dann sie lasst uns nehmen und wir verschwinden hier." Das ließ er sich nicht zweimal sagen.

Florian nahm Lilly auf den Arm und wir liefen schnell zurück zu dem kleinen Schacht.

Als wir wieder hinter den Mauern waren, beäugte Silver mich sofort skeptisch.

„Ich glaube, er will wissen, wo Elena ist", sagte Nick, der Silver beobachtete. Ich schaute mich um und drehte mich dabei einmal im Kreis.

„Sind sie noch nicht wieder zurück?", fragte ich und Silver schüttelte seinen Kopf. Mich beschlich ein komisches Gefühl.

„Nick, ich glaube, da stimmt was nicht." Er nickte zustimmend. Ich drehte mich zum Schloss und schaute die Mauer an.

„Wir müssen sie daraus holen." Doch bevor Nick was sagen konnte oder wir irgendwas machen konnten, brüllte Silver auf einmal laut und erhob sich in die Luft.

„Silver, wo willst du hin?!" Doch er schien mich nicht mehr zu hören. Er flog über die Mauer und ich drehte mich zu Nick.

„Jetzt bin ich mir sicher. Irgendwas stimmt nicht." Er nickte und drehte sich zu Florian und Lilly.

Sie kam gerade wieder langsam zu sich.

„Florian, ihr beiden bleibt hier. Wir werden noch einmal reingehen." Florian nickte nur und Nick kam auf mich zu. Zusammen gingen wir wieder zu dem Schacht und gingen ins Schloss.

Als wir wieder in der Bibliothek waren, lief ich schnell zum Fenster. Im Hof kämpfte Silver mit mehreren Wachen.

Ein lauter Schrei ging durch das Schloss und ich wusste sofort, von wem er kam.

„Elena! Nick, du solltest zu Silver in den Hof. Ich suche Elena und Emma." Er nickte und rannte los. Sein Schwert hielt er schon fest in der Hand. Ich zog mein Schwert aus der Scheide und lief den Flur entlang.

Ich lief in die Richtung, die die Mädchen gegangen waren, doch ich landete in einer Sackgasse.

„Verdammt!" Ich schaute mich um, bis ich einen kleinen Luftzug merkte. Ich drehte mich zur Wand und tastete die Fackel ab, bis eine nachgab. Eine Tür öffnete sich und ich hörte Stimmen.

„Was willst du von ihr!?" Das war Emmas Stimme. Sie klang verweint und sofort meldete sich bei mir der Beschützerinstinkt.

„Sie gehört mir, Emma, und da ihr ja einfach nicht aufgebt, wirst auch du wieder dorthin wandern, wo dein Vater dich hingebracht hat." Sven lachte und ich griff mein Schwert fester.

Mit langsamen Schritten begab ich mich in den Raum.

„Luca! Du hast aber lange gebraucht." Sven hob erfreut seine Hände in die Luft und trat ein paar Schritte zurück.

Ich sah zu den Mädchen.

„Was hast du mit ihr gemacht?" Elena lag auf dem Boden und war bewusstlos. Emma hatte Tränen in den Augen.

Wütend ging ich auf Sven zu.

„Ich werde die beiden jetzt mitnehmen und du wirst uns gehen lassen", knurrte ich. Ich hielt ihm meine Schwertspitze an den Hals.

Er lachte nur.

„Du wirst keinen von ihnen mitnehmen. Erst mal musst du selbst hier wieder rauskommen." Ich drückte mein Schwert stärker und eine kleine Blutspur lief seinen Hals hinunter.

Doch plötzlich wurde ich nach hinten geschleudert. Ich verlor mein Schwert und stieß mir meinen Kopf.

Kurz wurde mir schwarz vor Augen und danach sah ich nur noch verschwommen. Ich konnte erkennen, wie Elena und Emma rausgetragen wurden und eine weitere Person auf mich zukam.

Ich versuchte aufzustehen, was zum Glück auch ganz gut funktionierte. Glas splitterte und ich sah zum Fenster.

Dort stand Nick.

„Luca, beweg dich!" Ich schüttelte meinen Kopf und konnte wieder klarer denken. Ich schnappte mir mein Schwert und rannte zum Fenster.

„Du wirst deine Schwester nie

wiedersehen, Luca!", schrie Sven uns noch hinterher, doch Silver brachte uns schnell weg. Wir flogen hinter die Mauer, bei der wir Florian und Lilly gelassen hatten.

Silver landete und ich sprang fluchend ab. Dadurch bemerkte uns Florian dann.

„Wo ist Elena?", fragte er sofort nach. Ich ignorierte ihn und schlug wütend gegen einen Baum.

„Fuck!" Ich spürte eine Hand auf meine Schulter und drehte mich um. Hinter mir stand Nick.

„Es bringt nichts, sich jetzt aufzuregen. Wir sollten uns lieber einen Plan überlegen, wie wir die beiden wieder daraus kriegen."

„Elena ist noch da drin?!", machte sich Florian wieder bemerkbar, doch wir ignorierten ihn weiter.

„Du hast ja recht, Nick, aber ich mache mir Vorwürfe. Ich hatte sie doch gerade erst wieder." Ich raufte mir die Haare. Ich hatte meine Schwester schon wieder verloren.

„Wir werden sie da herausholen und es ist nicht deine Schuld." Nick drehte sich zu Silver.

„Ich kenne mich zwar nicht so gut mit diesen ganzen Drachenreitersachen aus, aber kannst du sie irgendwie spüren?" Ich sah, wie Silver seinen Kopf schüttelte und Nick seufzte.

„Wir sollten vielleicht erst mal ein sicheres Lager aufschlagen. Sven wird mit Sicherheit Wachen hier hinschicken." Ich nickte und ging zu Florian. „Bring Lilly zu Brown und setzt dich dann selbst auch auf seinen Rücken. Wir fliegen woanders hin."

„Und was ist mit Elena? Bekomme ich darauf endlich mal eine Antwort?" Ich seufzte.

„Sie sind beide noch da drin, aber wir können hier nichts für die beiden machen." Florian schaute mich geschockt an.

„Ich werde meine Freundin nicht zurücklassen." Ich packte ihn am Arm und zog ihn etwas zur Seite.

„Du hast aber leider keine andere Wahl. Ich werde nicht dafür verantwortlich sein, dass dir oder deiner Freundin da vorne irgendwas passiert. Jetzt steig auf diesen Drachen." Wütend funkelte ich ihn an. Er nickte und lief zu Lilly.

Er nahm sie wieder auf den Arm und legte sie behutsam auf den Rücken von Brown, dann stieg er selbst auf seinen Rücken.

„Er ist eine Nervensäge." Ich schaute neben mich, wo Nick stand.

„Ja, das hast du schon öfter erwähnt. Wir werden die Mädchen da rausholen und dann gehen die beiden zurück in ihre Welt. Sie gehören nicht hierhin." Mit diesen Worten drehte ich mich zu Silver.

Er legte sich auf den Boden und ließ mich und Nick aufsteigen.

„Was würde ich nur dafür tun, damit ich dich verstehen könnte", sagte ich zu ihm und fuhr ihm kurz über den Kopf. Er schnaubte nur kurz, dann flogen wir los.

Wir flogen etwa zwanzig Minuten, damit wir nicht zu weit vom Schloss weg waren.

Wir landeten und bauten dann direkt die Zelte auf. Lilly war auch wieder bei vollem Bewusstsein.

„Wo bin ich?", fragte sie leicht verwirrt und schaute dabei durch die Gegend. Nick verdrehte die Augen und stand auf.

„Ich werde mal ein wenig Feuerholz sammeln gehen." Mit diesen Worten verschwand er im Wald. Ich drehte mich zu Lilly und Florian und konnte beobachten, wie Florian behutsam mit Lilly sprach.

„Bist du nicht dieser komische Junge, nach dem Elena auf der Party gesucht hat?", fragte sie dann nach einiger Zeit. Ich schaute zu ihr hoch.

„Schon möglich. Was hat er dir erzählt?" Ich zeigte mit einer Geste auf Florian. Lilly schaute auch zu ihm.

„Im Großen und Ganzen hat er versucht, mir das zu erklären und würden diese zwei Drachen nicht vor mir liegen, würde ich es nicht glauben." Ich meinte, Silver schnauben zu hören und musste lachen.

„Ja. Sie sind schon ein großer Beweis." Silver warf mir einen bösen Blick zu, den ich aber ignorierte.

„Aber was hat Elena mit der ganzen Sache zu tun und wer bist du?", fragte sie erneut.

Ich seufzte und hörte auf, mit dem Feuer zu spielen.

„Elena ist meine Schwester und Sven hat sie die ganzen Jahre gefangen gehalten.

Elena kommt von hier, genau wie ich. Sie gehört nicht in eure Welt."

„Unsere Welt?!" Damit hatte ich anscheinend einen wunden Punkt bei Florian getroffen.

„Ja, eure Welt. Die ohne Magie. Elena gehört hierher zu ihrer Familie." Florian stand auf und baute sich vor mir auf.

„Nein, sie gehört zu uns, zu ihren Freunden. Euch kennt sie doch noch nicht mal." Mit diesen Worten verschwand er im Zelt.

„Du solltest es ihm nicht übelnehmen. Florian ist so." Ich lachte sarkastisch.

„Dadurch passt er auch überhaupt nicht zu meiner Schwester, aber das ist meine Meinung." Ich stand auf und beschloss, Nick im Wald zu suchen. Nach einer kurzen Zeit hatte ich ihn auch gefunden.

„Und schon ein Plan, wie wir die Mädchen da rauskriegen?", fragte er mich, als ich bei ihm ankam. Ich schüttelte meinen Kopf.

„Nein, nicht wirklich. Wir sollten bis morgen warten, vielleicht meldet sie sich ja doch irgendwie bei Silver." Nick stimmte mir zu.

Ich half ihm beim Feuerholz sammeln, bis wir dann zusammen zum Lager gingen.

Lilly war auch ins Zelt gegangen, also setzten Nick und ich uns nach draußen und warteten.

Hoffentlich ging es den beiden gut.

10

Elena

Völlige Schwärze war um mich herum. Ich fuhr mit meinen Händen meine Arme auf und ab.

Mir war kalt und eine Gänsehaut schlich sich meinen Körper entlang.

Wo war ich nur und was war passiert?

Ich drehte mich im Kreis, doch es blieb nichts außer Dunkelheit.

„Hallo?!" Es kam keine Antwort. Panik kroch meinen Rücken hoch und ich versuchte, mich zu erinnern, was passiert war.

„Du bist stark Elena. Zusammen können wir alle besiegen." Ich kannte diese Stimme. Bilder fingen an sich, vor mir abzuspielen.

Aus diesen Bildern bildete sich ein schwarzer Drache, der dann vor mir stand.

Sein Kopf überragte mich und er schaute auf mich herunter.

„Ich werde dir immer helfen, dich zu erinnern. Erinnere dich, Elena." Er stupste mich an und ich fiel.

Mein Fall hörte nicht mehr auf und ich machte mich nur noch auf den Aufprall bereit.

Ich öffnete meine Augen und saß kerzengerade.

„Elena!" Jemand stürzte sich auf mich und ich erkannte nach einer kurzen Zeit Emma.

„Emma, wo sind wir und was ist passiert?", fragte ich sie und schob sie etwas von mir weg.

„Sven, er hat uns gefangen. Es war von Anfang an nur eine Falle von ihm. Wir waren auf der Suche nach Lilly und sind ihm über den Weg gelaufen.

Silver hat draußen gebrüllt und dann bist du zusammengebrochen." So langsam tauchten die Bilder in meinem Kopf wieder auf. Ich nahm die Arme von Emma und schaute ihr tief in die Augen.

„Emma, was ist mit Silver?" Als ich die Frage stellte, versuchte ich ihn zu spüren, aber ich spürte nichts. Angst erfasste mich.

Ich behielt Emma im Auge, um auch jede kleine Reaktion zu sehen. Ihr Blick wurde traurig und ich ahnte Schlimmes.

„Nachdem du zusammengebrochen bist, kamen mehrere Männer rein. Einer von ihnen sprach zu Sven, dass sie den Drachen unter Kontrolle gebracht haben.

Sie haben nicht genau den Namen gesagt, aber die können doch nur Silver gemeint haben."

Emma war den Tränen nah und ich zog sie sofort in meine Arme.

„Es wird alles wieder gut, wir werden hier schon irgendwie herauskommen." Ich streichelte ihren Rücken auf und ab und sah mich dabei um.

Wir saßen in einem typischen Kerker, wie ich ihn aus Filmen kannte.

Spinnenweben in jeder Ecke, Stroh auf dem Boden und nur ein kleines Fenster aus Gittern.

Es war feucht und roch muffig. Lange würden wir nicht aushalten, ohne uns eine Erkältung zu holen.

Ich sah zu den Gittern, die uns vom Gang fernhielten. Sie waren zwar rostig, aber wir würden sie nicht kaputt bekommen.

„Vielleicht versuche ich einfach nochmal, mit Silver in Kontakt zu treten", sagte ich nach einer Zeit und Emma nickte zur Zustimmung. Sie entfernte sich etwas von mir und ich schloss meine Augen.

Ich fing an, mir das Bild von Silver in den Kopf zu rufen. Ich stellte ihn mir genau vor und dachte dann daran, was ich ihm sagen will.

„Silver kannst du mich hören? Geht es dir gut?"
Eine lange Zeit tat sich nichts und ich stand schon kurz davor, die Hoffnung aufzugeben.

Ich wollte gerade meine Augen wieder öffnen, als ich endlich seine Anwesenheit spürte. Eine Träne kullerte über meine Wange.

„Elena?! Ja mir geht es gut, ich bin bei den Jungs. Wo seid ihr? Wir suchen euch schon überall."

„Wir sitzen im Kerker von Sven. Ich dachte, er hätte dir was getan." Ich spürte seine Belustigung und verdrehte innerlich meine Augen.

„Wir werden euch holen kommen, Elena. Haltet noch ein wenig durch."

„In Ordnung. Seid vorsichtig."

Erleichtert öffnete ich meine Augen und sah Emma an.

„Ihm geht es gut, er ist bei den Jungs." Emma atmete erleichtert auf. Sie hatte anscheinend die ganze Zeit die Luft angehalten.

Ich stand auf und ging auf die Gittertür zu. Ich schaute mich im Flur um. Gegenüber von unserer Zelle war noch eine Zelle, aber die war leer.

Weiter oben im Flur konnte ich eine Wache erkennen.

„Hoffentlich schaffen sie es wirklich hier rein. Ich habe keine Ahnung, was Sven sonst mit uns macht.", sagte ich leise zu Emma und setzte mich wieder neben sie auf den Boden.

Emma zuckte mit den Schultern.

„Mich wird er hier drin versauern lassen und du wirst wahrscheinlich für ihn arbeiten müssen."
Ich wusste es nicht und zuckte nur mit den Schultern.
Nach einer gefühlten Ewigkeit drangen Kampfgeräusche aus den Gängen zu uns in die Zelle.
Emma und ich sprangen sofort auf und rannten zu den Gittern.
„Nick, geh sie suchen!", hörten wir Luca und dann tauchte Nick in unserem Blickfeld auf.
Ich streckte eine Hand aus der Zelle und fing an zu winken.
„Nick, wir sind hier drüben!", rief ich so laut ich konnte.
Er drehte sich zu uns und schien erleichtert. Mit schnellen Schritten kam er auf uns zu.
„Euch geht es gut. Holen wir euch schnell hier raus." Er holte einen Schlüssel aus seiner Tasche und schloss die Tür auf. Emma fiel ihm sofort um den Hals.
„Ich muss mich mal wieder bedanken", sagte sie lachend. Auch Nick grinste, wurde dann aber schnell wieder ernst.
„Wir sollten hier weg, bevor die Wachen Verstärkung holen können." Mit diesen Worten rannte Nick vor und wir hinterher.

Wir sammelten Luca ein, der uns kurz umarmte, dann liefen wir nach draußen, doch dort kamen wir leider nicht sehr weit.

„Wo wollt ihr denn so schnell hin?", ertönte eine bekannte Stimme hinter uns. Vor uns tauchten mehrere Männer auf.

Wir waren umzingelt.

Ich drehte mich zu Sven und schaute ihn böse an.

Dieser grinste einfach nur.

„Deine Freunde können hier meinetwegen verschwinden, aber du, Elena, bleibst hier."

„Das kannst du vergessen. Ich glaube, du wirst mich eher töten müssen, als dass ich bei dir bleibe." Seine Miene versteinerte.

„Das lässt sich einrichten, liebste Elena. Auch wenn es schade darum ist." Er zog sein Schwert und rannte auf mich zu. Geschockt sah ich ihm entgegen, doch sein Schlag wurde pariert.

„Ruf endlich die Drachen!", sagte Nick, der Svens Schlag pariert hatte. Ich nickte und konzentrierte mich auf Silver.

„Silver, wir brauchen euch." Die beiden ließen nicht lange auf sich warten.

Mit lautem Gebrüll landete Silver vor uns und schlug dabei mehrere Männer um.

„Los, steigt auf!" Ich nickte und gab den anderen ein Zeichen.

„Haltet sie auf. Elena darf mir nicht entkommen!" Weitere Männer stürmten auf uns zu.

Einer vergriff sich an meinem Bein, als ich auf den Rücken von Silver steigen wollte.

„Verdammt!" Er versuchte mich runterzuziehen, aber Luca bekam es mit und holte mit seinem Schwert aus. Der Griff um mein Fußgelenk wurde lockerer und ich zog mich auf meinen Drachen.

„Nichts wie weg, Silver."

„Das brauchst du mir nicht zweimal zu sagen." Schon hob er ab.

„Ich werde dich finden, Elena! Dann werden du und deine kleinen Freunde tot sein!", war das letzte, was wir hörten. Besorgt drehte ich mich nach rechts und war erleichtert, als ich Brown mit Emma und Nick sah.

„Danke übrigens. Ohne dich hätte er mich runtergezogen", sagte ich dann zu Luca. Er machte gerade sein Schwert sauber und steckte es dann in die Scheide.

„Du bist meine Schwester Elena, da ist es selbstverständlich. Ich lasse dich doch nicht bei diesem Tyrannen." Ich grinste ihn an und drehte mich dann wieder nach vorne.

Mir fiel eine Wunde am Kopf von Silver auf.

„Silver, was ist da passiert?", fragte ich ihn. Er drehte den Kopf leicht zu mir.

„Nichts Schlimmes. Es kommt von gestern, deswegen hast du wahrscheinlich auch dein Bewusstsein verloren.
Ich war danach auch sehr schwach. Doch es verheilt schon und wir sind wieder zusammen."
Ich musste grinsen. Ja, wir waren wieder vereint. Nach zwanzig Minuten Flug setzten wir zur Landung an. Ich konnte die Zelte schon von oben sehen und erkannte zwei Personen, die am Feuer saßen.

Glück durchströmte mich darüber, dass es Lilly gut ging.

Wir landeten und ich stieg schnell ab, danach fand ich mich in den Armen von Lilly wieder.

„Dir geht es gut, ich habe mir Sorgen gemacht." Lilly lachte.

„Und ich erst, immerhin warst du ja jetzt eingesperrt", sagte sie und ich musste schmunzeln. Dann schaute ich zu Florian, doch er wirkte überhaupt nicht glücklich.

„Florian, alles in Ordnung?", fragte ich vorsichtig. Auch Lilly schaute zu ihm.

„Ja, alles bestens." Er ging und schaute mich nicht noch einmal an. Verwirrt guckte ich zu Lilly, doch sie zuckte nur mit den Schultern.

„Ich weiß nicht, was in ihn gefahren ist. Lass uns doch ein wenig ins Zelt gehen." Ich nickte und wir verschwanden im Zelt.

„Ich nehme mal an, mein Bruder hat dir schon alles erklärt."

„Ja hat er. Davor hatte Florian schon einmal versucht, ein wenig zuerklären. Ich würde es nicht glauben, wenn es nicht genug Beweise dafür geben würde." Sie lachte und ich musste darüber schmunzeln.

„Ist bei dir und Florian denn wirklich alles in Ordnung? Er war die ganze Zeit schon so komisch." Ich wich dem Blick von Lilly aus.

Ich hatte auch schon gemerkt, dass er komisch war, konnte mir aber auch nicht erklären, warum.

„Wahrscheinlich kommt er nicht damit klar, dass ich hierbleiben werde." Lilly schaute mich an. Sie wirkte nicht geschockt.

„Dein Bruder hat so etwas schon einmal erwähnt." Sie legte ihre Hand auf meine Schulter.

„Und du sollst wissen, dass ich auf deiner Seite stehe. Luca ist deine Familie und daher gehörst du hierhin. Du musst mir nur versprechen, mich auch mal wieder zu besuchen." Mir standen Tränen in den Augen und ich umarmte meine Freundin einfach.

Als sie gähnte, löste ich mich wieder von ihr.

„Du solltest dich ausruhen. Morgen machen wir uns auf den Weg, damit ihr wieder nach Hause kommt." Sie nickte und legte sich hin.

Ich verließ das Zelt und konnte gerade noch so einer Faust ausweichen.

„Verdammt!" Ich sprang zur Seite und dann kam auch schon Emma auf mich zu.

„Du musst was machen, bevor sie sich noch gegenseitig umbringen", sagte sie verzweifelt und ich nickte.

Ich stellte mich zwischen die beiden Streithähne und hob meine Arme.

„Was, verdammt noch mal, ist mit euch beiden los?! Kann man euch keine paar Minuten allein lassen?!" Wütend schaute ich zwischen den beiden hin und her.

„Dein ach so toller Freund hat angefangen! Ich habe einfach nur am Feuer gesessen! Er muss weg, Elena, oder ich werde gehen." Mit den Worten verschwand Nick im Zelt. Ich drehte mich zu Florian.

„Soll er doch gehen, wir brauchen ihn nicht." Da riss bei mir der Geduldsfaden.

„Du brauchst ihn vielleicht nicht, aber Emma, Luca und ich schon!
Für euch ist es hier zu gefährlich. Du gehörst hier nicht hin, Florian. Finde dich endlich damit ab." Bei jedem Wort tippte ich ihm wütend auf die Brust.

Er schaute mich an, drehte sich um und lief Richtung Wald. Luca, der ihm entgegenkam, schubste er zur Seite.

„Was ist denn mit deinem Freund los?"

„Er und Nick haben sich geprügelt und ich habe Florian gerade noch mal klargestellt, dass er gehen muss."

„Das ist auch besser so. Nick wird es nicht mehr lange mit ihm aushalten und ich, ehrlich gesagt auch nicht." Verwundert schaute ich ihn an.

„Und ich dachte, du könntest ihn leiden", sagte ich leicht schmunzelnd.

„Naja. So ganz sympathisch war er mir von Anfang an nicht. Auch als ich dich gefunden habe in der Menschenwelt.

Die Party war doch da der beste Beweis." Ich erinnerte mich zurück. Ja, Florian wollte ihn nicht dabeihaben.

„Stimmt. Es ist zwar noch nicht allzu lange her, aber ich hatte es schon fast vergessen." Luca legte mir seine Hand auf die Schulter.

„Ja, hier kann man die Zeit sehr schnell vergessen, aber ich bin sehr froh, dass du bei mir bist." Ich lächelte ihn an.

„Ja, ich auch." Wir umarmten uns kurz, dann beschloss er, sich ein wenig ins Zelt zu legen.

Ich sah zum Feuer, doch es war keiner mehr draußen. Emma musste wohl auch ins Zelt gegangen sein. Also beschloss ich, zu Silver zu gehen.

11

Elena

Silver hob sofort seinen Kopf, als ich zu ihm lief.
„Wie geht es dir, Silver?" Er schüttelte seinen
Kopf.
*„Es geht mir gut, Elena. Wenn es dir gut geht,
geht es auch mir gut."* Ich schmunzelte, aber sah
mir trotzdem die Wunde an seinem Kopf an.
Es war nur noch eine Narbe zu sehen.
„Ich will so was nie wieder durchmachen. Es war
ein komisches Gefühl, von dir getrennt zu sein."
Silver lachte.
*„Dabei wolltest du mich erst nicht an deiner Seite
haben."* Ich boxte ihn leicht und setzte mich dann
auf den Boden. Meinen Rücken lehnte ich an sei-
nen Körper.
Ich seufzte und sofort hatte ich seinen Kopf auf
meinen Beinen liegen.
„Was bedrückt dich, Elena?"
„Ich mache mir nur Sorgen. Sven will mich un-
bedingt an seiner Seite oder tot sehen.
Es tut immer noch so weh, dass er mich so verletzt hat.

Ich habe das Gefühl, dass er etwas weiß, was wir nicht wissen.

Dann kommt noch hinzu, dass ich meine Freunde beschützen muss und diese Welt retten muss.

Ich habe einfach Angst, dass mir das alles über den Kopf wächst." Ich fing an, Silver zu kraulen. Er genoss es.

„Dir wird es nicht über den Kopf wachsen, Elena. Dafür werde ich schon sorgen. Du musst nicht allein dadurch.

Außerdem bist du eine starke Drachenreiterin.

Du hast etwas Besonderes an dir und was es ist, werden wir zusammen herausfinden."

„Danke, Silver. Ohne dich wäre ich aufgeschmissen." Darauf schnaubte Silver nur zufrieden und ich kraulte ihn weiter, dabei schweifte ich mit meinen Gedanken ab.

Es hatte sich so vieles geändert und es waren gerade mal zwei Wochen vergangen.

Ich habe den Mann verloren, von dem ich ein Leben lang dachte, er wäre mein Vater, aber ich habe auch wieder eine Familie dazugewonnen.

Meine richtige Familie.

Ich wüsste nicht, was ich ohne Luca machen würde.

Mein ganzes Leben hatte sich in den zwei Wochen verändert und ich wäre mit Sicherheit auch schon mehrmals gestorben, wenn ich meine Freunde nicht um mich gehabt hätte.

Plötzlich hob Silver seinen Kopf und schaute Richtung Wald. Sofort schrillten bei mir alle Alarmglocken und ich wollte aufspringen.

„Dein Freund kommt nur wieder zurück", sagte Silver dann und ich beruhigte mich wieder. Ich beobachtete Florian, wie er, ohne mich zu sehen, sich ans Feuer setzte und reinschaute.

„Dieser Junge gefällt mir nicht. Irgendwas hat er vor." Ich sah nach oben und bemerkte, dass Silver, Florian beobachtete.

„Sie werden nach Hause gehen, Silver. Du brauchst dir keine Sorgen machen", sagte ich dann zu ihm, aber dieses Mal in Gedanken, da Florian es nicht mitbekommen sollte.

„Trotzdem habe ich das Gefühl, dass er dich verletzten wird." Dazu sagte ich einfach nichts mehr. Ich stand auf und setzte mich näher ans Feuer. Silver folgte mir und gab mir dort wieder eine Rückenstütze. Seinen Kopf legte er wieder auf meine Beine.

Dass sein Kopf etwas schwerer war, spürte ich nicht mehr.

Ich fing wieder an, ihn zu kraulen, was Silver zufrieden schnaufen ließ.

Da bemerkte uns auch Florian und schaute uns geschockt an. Er hatte sich anscheinend erschreckt.

„Wie lange sitzt du schon hier?", fragte er und schaute misstrauisch zu Silver.

„Im Grunde habe ich schon die ganze Zeit draußen gesessen, ich habe mich nur gerade erst ans Feuer gesetzt." Florian nickte und setzte sich ein wenig weiter weg.

Silver schnaubte in meinem Kopf.

„Als hätte man jetzt nicht bemerkt, dass er sich meinetwegen weggesetzt hat." Ich ignorierte den Kommentar und kraulte ihn weiter. Das schien ihn zu beruhigen.

Florian beobachtete uns weiter aufmerksam.

„Warum kommst du nicht mit uns nach Hause?", fragte Florian dann nach einer Zeit. Silver spitzte unauffällig die Ohren.

Ich räusperte mich und schaute Florian an.

„Weil ich hier hingehöre. Das ist mein Zuhause und sie brauchen mich hier."

Florian lachte auf.

„Und wir brauchen dich nicht? Ach, Elena, du bist meine Freundin und eine Fernbeziehung würde doch niemals funktionieren." Geschockt sah ich ihn an.

„Zwingst du mich wirklich, zwischen dir und meiner Familie zu entscheiden?" Silver schaute entsetzt hoch und ich konnte seine Entrüstung spüren.

„Nein, Elena, das habe ich nicht gesagt. Ich will nur, dass du dir im Klaren bist, was das für uns bedeuten kann. Wenn du mich überhaupt noch willst." Ich wurde wieder hellhörig.

„Was soll das denn heißen? Florian, du bist mir wichtig."

„Da sehe ich nichts von, sonst würdest du doch mit mir und Lilly zurückgehen." Jetzt reichte es Silver wohl.

Silver stand auf und baute sich vor Florian auf, dieser sprang ängstlich auf und wich ein paar Schritte zurück.

„Wer versuchen sollte, mir meine Elena wegzunehmen, wird dieses Reich nicht lebend verlassen!", knurrte er gefährlich. Seine Augen schimmerten rot und aus seiner Nase kam Qualm. Ich sprang auf und stellte mich dazwischen.

„Ich nehme mal an, dass du dir denken kannst, was er gesagt hat. Er wird dich töten, bevor du mich wegbringen kannst."

Florian schaute noch ängstlicher und verschwand dann ins Zelt. Jetzt mussten die anderen beiden Jungs mit ihm klarkommen.

Ich drehte mich zu Silver.

„Du kannst ihn wirklich nicht leiden, oder?" Er schüttelte seinen Kopf.

„Ich habe das Gefühl, dass er ein Geheimnis hat und genau dieses Geheimnis, wird dich verletzten."

„Es wird schon alles gut gehen, Silver. Mal nicht sofort den Teufel an die Wand." Silver schnaubte nur. Ich setzte mich wieder hin und schaute in den Himmel.

„Es ist wahrscheinlich schon recht spät. Ich werde mich auch mal hinlegen." Ich wollte wieder aufstehen, um zum Zelt zu laufen, da hatte Silver sich schon hinter mich gelegt und mich mit einem seiner Flügel umschlossen.

So kam ich nicht mehr weg.

„In Ordnung, dann bleib ich halt hier." Ich kuschelte mich näher an ihn und war auch sehr schnell eingeschlafen.

...

Am nächsten Morgen wurde ich durch die weiche Stimme von Emma geweckt.

„Hallo Elena, bist du darunter?" Langsam öffnete ich meine Augen und sah, dass Silvers Flügel immer noch über mir war wie ein Zelt.

„Ja, guten Morgen, Emma." Ich stupste Silver an. Emma auf der anderen Seite konnte sich anscheinend kein Lachen verkneifen.

„Hast du die ganze Nacht draußen geschlafen?", fragte sie mich, aber ich war gerade damit beschäftigt, Silver wachzukriegen.

Ich stupste ihn noch mal an und dieses Mal zog er endlich seinen Flügel ein. Jetzt stand ich vor Emma.

Sie grinste mich an.

„Ja, so wie du aussiehst, hast du die ganze Nacht draußen geschlafen", sagte sie und deutete auf meine Haare. Ich schaute nach oben und entdeckte sofort Strähnen, die abstanden.

Also sah der Rest meines Kopfes nicht besser aus.

„Ja, habe ich. Silver wollte mich nicht weglassen", sagte ich dann seufzend.

Emma schaute hinter mich auf den schlafenden Drachen.

„Er wollte halt nicht allein schlafen. Ich wollte dir eigentlich nur sagen, dass es Frühstück gibt und es Lilly jetzt wesentlich besser geht."

„Danke." Emma verschwand wieder im Zelt. Ich beschloss mich an die Feuerstelle zu setzen, an der wohl heute Morgen schon einer wieder ein Feuer gemacht hat.

Emma kam wieder raus und warf mir etwas zu. Ich konnte es gerade so auffangen.

„Wir wollen ja die Jungs nicht erschrecken", sagte sie lachend und ich schaute auf meine Hände runter. Sie hatte mir eine Bürste gegeben.

Ich schüttelte schmunzelnd meinen Kopf und bürstete mir die Haare.

Emma ging zu einem Topf und stellte ihn auf die Feuerstelle. Anscheinend machte sie etwas zu essen.

Nach und nach kamen auch die anderen raus. Als ich Lilly sah, sah ich sofort, dass sie vorsichtig zu uns rüberkam. Sie vertraute den Drachen nicht.

„Guten Morgen, Lilly." Sie sah mich und sofort hellte sich ihre Miene auf.

Sie kam auf mich zu und setzte sich neben mich.

„Diese Drachen sind ganz schön groß", sagte sie und nahm dankend die Schüssel an, die Emma ihr reichte.

Danach reichte sie auch mir eine.

„Ja. Es sind nun mal Drachen und wir reiten ja auch auf ihnen." Sie schaute wieder zu Silver, der immer noch schlief.

„Ja, das war ein unbeschreibliches Gefühl, trotzdem habe ich Angst vor ihnen." Ich drückte ihre Schulter.

„Alles gut. Ich mache dir keinen Vorwurf. Auch ich hatte beim ersten Mal Angst." Sie lächelte mich an und dann aßen wir unser Frühstück.

Als der Duft in der Luft hing, waren auch die Jungs schnell aus ihrem Zelt geklettert. Alle außer Nick.

Jetzt aßen wir alle schweigend um das Feuer und aßen. Nach zehn Minuten kam dann auch Nick dazu.

„Warum seid ihr alle so leise und habt mich nicht geweckt?", motzte er sofort, als er unsere halb leeren Teller sah. Er konnte ja auch nichts anderes außer motzen.

„Wenn wir dich wecken, motzt du auch immer, deswegen haben wir es nicht getan", sagte Emma daraufhin nur und aß in Ruhe weiter.

Nick schaute sie einmal vernichtend an und setzte sich dann neben Luca. Luca gab ihm sofort einen Teller und dann herrschte wieder Stille.

Doch jetzt lag eine Anspannung in der Luft, die man schon förmlich greifen konnte.

„Wir sollten uns gleich so schnell wie möglich auf den Weg zum Portal machen.

Wir wissen nicht, ob Sven wieder nach uns sucht", unterbrach Luca dann endlich die Stille.

„Hauptsache, sie kommen so schnell wie möglich wieder in ihre Welt", sagte Nick und bekam dafür einen bösen Blick von Florian.

„Ich finde es sehr schade, dass du hierbleiben musst, Elena", sagte Lilly und lehnte sich kurz an mich. Florian schaute zu ihr.

„Du bist also damit einverstanden?", fragte Florian überrascht. Lilly zuckte nur mit den Schultern.

„Florian, sie kommt von hier und man braucht sie hier."

„Wir sind ihr einfach nicht wichtig und sie will doch lieber bei diesem Nick bleiben!"

„Lasst mich daraus!", rief Nick empört und auch ich schaute Florian empört an.

„Was redest du denn da für einen Quatsch?", fragte ich ihn, doch Florian stand nur auf und verschwand in Richtung Wald. Abhauen konnte er in letzter Zeit gut.

„Du solltest ihm hinterhergehen und dich endlich mit ihm aussprechen", sagte Luca und schaute mich an. Ich seufzte und stand auf. Schnell lief ich Florian hinterher in den Wald.

„Florian, jetzt warte doch mal!", rief ich ihm hinterher, doch er blieb nicht stehen. Wir liefen weiter in den Wald rein.

Plötzlich blieb er ruckartig stehen und drehte sich zu mir.

„Warum sollte ich, Elena? Du willst doch nichts mehr mit mir zu tun haben."

„Das stimmt doch gar nicht. Ich werde euch besuchen kommen und…" Florian unterbrach mich, indem er seine Hand hob.

„Uns besuchen kommen, ich dachte, du liebst mich und damit zeigst du es nicht wirklich."

„Florian, ich liebe dich wirklich." Er lachte auf.

„Ja, das glaube ich wohl, ich hätte nur gedacht, dass es auch dafür reicht, dass du wieder mit uns zusammen zurückkommst."

„Was redest du da?" Ich war völlig verwirrt. Er hatte auf einmal einen kompletten Sinneswandel.

„Weißt du, Elena. Es ist mir eigentlich egal, ob du mit uns zurückkommst. Ich habe da eigentlich nur an Lilly gedacht und wollte meinen Ruf nicht gefährden."

„Ruf nicht gefährden?", fragte ich verwirrt, aber Florian redete einfach weiter.

„Ich habe dich schon länger satt. Ich dachte erst, dass mit Tessa wäre ein Ausrutscher gewesen und hätte nichts zu bedeuten, doch so langsam merke ich, dass ich keine Gefühle für dich habe. Du warst einfach nur die bessere Wahl und hast meinem Ruf gutgetan.

Doch jetzt, da du nicht mit mir zurückwillst, kann ich dir ja auch alles sagen und mit dir Schluss machen." Alle Worte prasselten auf mich ein.

Er hatte mich betrogen, mit dieser Schulschlampe Tessa und er hat mich nie geliebt?

War ich etwa nur ein Accessoire für ihn? Er hat mich einfach nur die ganze Zeit benutzt.

Unbemerkt kamen mir die Tränen.

„Das kannst du doch nicht alles ernst meinen." Ich versuchte, irgendeinen Sinn in der Sache zu sehen.

„Doch, Elena, ich meine es ernst. Mit dir will keiner zusammen sein. Du nervst nach ein paar Wochen." Das reichte endgültig.

Unkontrolliert flossen meine Tränen die Wangen runter. So hatte er also die ganze Zeit über mich gedacht.

Als ich ihm jetzt in die Augen sah, sah ich nur Hass und Ekel.

Hatte er wirklich schon die ganze Zeit so über mich gedacht, oder erst seit Tessa?

„Ich hätte dich schon viel eher verlassen sollen, aber meine Jungs haben immer wieder gesagt, dass ich keine bessere finden kann.

Im Grunde bist du das mit Tessa auch ein wenig selbst schuld. Du hättest mich nur mal ranlassen müssen."

„Wirklich, nur weil wir nicht miteinander geschlafen haben? Florian, ich liebe dich", schluchzte ich, doch er wich einfach nur zurück.

„Ich dich aber nicht mehr, Elena. Es ist vorbei. Ich kann es kaum erwarten, hier weg zu sein und dich nie wieder sehen zu müssen.

Ich wünsche dir noch ein schönes Leben." Mit diesen Worten verschwand er wieder Richtung Camp.

Ich fiel schluchzend auf meine Knie. Er war meine erste große Liebe und es tat weh, so verlassen zu werden.

Leise weinte ich vor mich hin. Ich war noch nicht bereit, wieder ins Camp zu gehen.

12

Elena

Ich wusste nicht, wie lange ich hier schon lag, als ich Silvers Stimme hörte.

„Elena, wo bist du? Ich mache mir Sorgen, weil Florian allein wiedergekommen ist und ich deine Traurigkeit spüren kann.

Ich kann hier nirgendwo landen." Ich gab keine Antwort darauf.

Ich war einfach nur eine leere Hülle und wollte gerade mit niemandem sprechen.

„Ich werde Luca holen", sagte er dann und ich hörte, wie sich Flügelschläge entfernten. Er war anscheinend schon sehr nah gewesen.

Ich weinte leise weiter und machte mir keine Gedanken darum, wer mich hier fand.

„Elena?!", vernahm ich dann irgendwann die Stimme von Luca. Doch ich hatte nicht vor, mich zu zeigen.

„Verdammt, Elena, wo bist du?! Hör auf mit dem Quatsch." Seine Stimme klang schon nah, aber ich gab trotzdem kein Zeichen von mir.

Doch plötzlich fühlte ich eine Hand auf meiner Schulter und ich schaute hoch und sah das besorgte Gesicht von Luca.

„Elena, was ist passiert?" Er betrachtete mich und als er die Tränen sah, zögerte er nicht und schloss mich in seine Arme.

So saßen wir auf dem Boden und seine Wärme hüllte mich ein und ich fühlte mich etwas besser.

„Willst du mir vielleicht erzählen, was passiert ist? Florian ist einfach ins Zelt gegangen und auch als wir nach dir gefragt hatten, hat er uns nichts gesagt." Bei seinem Namen kamen mir sofort wieder die Tränen und Luca drückte mich stärker an sich.

Nach einiger Zeit nahm er mein Gesicht in seine Hände und strich mir die Tränen von der Wange. So zwang er mich auch, ihn anzusehen.

„Bitte, Elena. Erzähl mir, was passiert ist. Ich will dir nur helfen. Aber dafür musst du mit mir reden."

Wir sahen uns lange an, bis ich dann nickte. Ich musste es irgendwem anvertrauen.

Ich holte tief Luft, da ich nicht wusste, ob meine Stimme versagen würde.

„Florian. Er…er hat mich… er hat mich betrogen und gerade mit mir Schluss gemacht. Er hat gesagt, er habe mich nie wirklich geliebt." Mir kamen wieder die Tränen und ich drückte mein Gesicht an die Brust von Luca.

Er umschloss mich sofort mit seinen Armen und strich mir über den Rücken.

„Dafür werde ich ihn kaltmachen!", ertönte die Stimme von Silver, doch es durfte nicht passieren.

„Nein, wirst du nicht", gab ich schnell zurück.

Von Silver kam nur ein Schnauben.

Luca hatte noch nichts gesagt. Doch jetzt drückte er mich etwas von sich weg und sah mich an.

„Ich kann das einfach nicht glauben. Wie kann er dich so verletzen und allen vormachen, dass er dich liebt?

Lilly selber hat uns gerade noch erzählt, wie gerne er immer gezeigt hat, dass er dich liebt."

Luca klang leicht sauer und ich konnte ihn auch verstehen.

„Er hat mich einfach nur als Accessoire benutzt. Niemand wusste, dass er mich nicht liebt, außer ihm. Er hat alles einfach nur gut gespielt." Ich spürte, wie Luca seine Hände zu Fäusten ballte und auch Silver wurde noch wütender.

„Dem würde ich gerne die Meinung geigen." Luca wollte aufstehen, doch ich hielt ihn auf.

„Bitte nicht, Luca. Ich will nicht, dass Lilly das alles mitbekommt. Sonst geht sie nie freiwillig zurück und die anderen müssen das auch nicht mitbekommen."

„Aber Elena. Ich kann doch nicht einfach zusehen, wie dich dieser Kerl verletzt und nichts machen. Ich bin dein großer Bruder." Ich lächelte ihn schwach an.

„Sei einfach nur für mich da und lass es erst mal auf sich beruhen." Luca schaute mir tief in die Augen. Nach einiger Zeit seufzte er.

„In Ordnung. Aber wenn ich ihn irgendwann noch mal wiedersehen sollte, werde ich ihm die Meinung geigen." Ich grinste.

„Damit kann ich leben." Wir umarmten uns wieder und ich konzentrierte mich auf Silver.

„Und du wirst dich auch zurückhalten, verstanden?"

„Ja, verstanden." Damit war ich zufrieden.

„Wir sollten aber langsam zurück. Emma und Lilly haben sich auch Sorgen gemacht", sagte Luca nach einer Zeit und löste sich von mir. Ich nickte und zusammen standen wir auf.

Ich fuhr mir durch die Haare und einmal über mein Gesicht.

„Und wie sehen ich aus?"

„Wie jemand, der gerade das Herz gebrochen bekommen hat." Ich sah Luca mit meinem „Dein-Ernst-Blick" an und er warf seine Hände in die Luft.

„Schon gut, ich sag ja schon nichts mehr, aber du hast trotzdem rot unterlaufene Augen." Ich seufzte.

„Das dauert aber noch, bis sie wieder weggehen." Luca überlegte.

„Ich lass mir beim Zurücklaufen was einfallen, okay?" Ich nickte und dann machten wir uns auf den Weg zurück zum Camp. Silver hörte ich über uns, also war er die ganze Zeit in der Nähe.

Als wir wieder am Camp ankamen, liefen Emma und Lilly sofort auf mich zu und nahmen mich in den Arm.

„Du darfst uns nie wieder so erschrecken", sagte Emma und ich hörte ihre Besorgnis.

„Was ist denn passiert? Warum hast du so rote Augen?", fragte dann Lilly. Ich sah kurz zu Luca, der dann zu uns kam.

„Sie war hingefallen und ist wohl mit Efeu zusammengestoßen. Anscheinend ist sie allergisch dagegen."

„Ja. Ich habe eine kurze Zeit nichts gesehen und Florian scheint es auch nicht mitbekommen zu haben, weswegen er dann allein wiederkam."

„*Gute Geschichte*", sagte Silver und ich verdrehte nur innerlich meine Augen.

„Oh, du Arme. Komm, ich mache dir einen Tee. Der wird dir helfen", sagte Emma und zog mich zum Feuer. Genau in dem Moment kam Florian aus dem Zelt.

Unsere Blicke trafen sich, doch ich schaute schnell weg und lief Emma hinterher.

Am Feuer setzte ich mich hin und sie holte ihre Tasche und warf ein paar Kräuter in einen Kessel.

Nick saß auch am Feuer und kurz, spürte ich seinen Blick auf mir.

Als ich hochsah, sah ich kurz Besorgnis in seinen Augen aufflackern, bevor er seinen Kopf schnell wegdrehte.

Als der Tee dann fertig war, reichte sie mir die Tasse und ich trank ihn. Er war einfach nur köstlich und ich fühlte mich sofort ein wenig besser.

„Danke, Emma. Deine Tees sind einfach klasse und lassen einen sofort besser fühlen." Sie wurde bei dem Satz leicht rot, bedankte sich aber. Dann half sie den anderen dabei, die Zelte abzubauen.

Als ich meinen Tee leer getrunken hatte, half ich den anderen auch, danach packten wir alles auf die Drachen und verteilten uns.

Nick, Emma und Florian würden auf Brown fliegen. Luca, Lilly und ich auf Silver.

„Wie weit ist das nächste Portal eigentlich weg?", fragte ich Luca, als wir in der Luft waren.

„Nicht sehr weit. Es ist das einzige, was noch aktiv ist. Plus dem, was ich benutzt habe, um dich hierher zu holen.

Sven hat alle anderen deaktiviert und nur wenige wissen, wie man sie wieder aktiviert.

Angeblich braucht man dafür aber einen Magier."

Ich schaute ihn geschockt an.

„Glaubst du, Sven hat einen an seiner Seite?"

Luca schien zu überlegen. Wie gerne würde ich jetzt in seinen Kopf gucken können.

„Wäre möglich. Als ihr Mädchen nicht wiedergekommen seid, sind wir noch mal rein. Ich habe euch dann mit Sven in diesem geheimen Raum gefunden.

Als ich mich auf Sven stürzen wollte, wurde ich nach hinten geschleudert und ich meine, dass auch jemand neben ihm aufgetaucht ist. Ich bin mir aber nicht mehr sicher." Ich nickte nachdenklich.

„Hoffen wir mal, dass es nicht so ist", sagte ich dann und Luca nickte.

Wir flogen tatsächlich nicht lang und landeten nach ungefähr zwanzig Minuten. Vor uns stand ein großes Steingebilde.

Es bildete eine Art Tor. Links und rechts waren über alle Verzierungen in den Stein gehauen. Es sah einfach nur wunderschön aus.

„Eines der Portale in die Menschenwelt", sagte Silver, der anscheinend mein Erstaunen gespürt haben musste.

Wir stiegen von den Drachen und zusammen mit Lilly lief ich auf das Portal zu. Florian folgte uns leise und die anderen drei blieben bei den Drachen.

„Ich werde dich vermissen, Elena", sagte Lilly dann, als wir ein paar Minuten vor dem Tor standen.

„Ich dich auch, aber ich werde dich so schnell wie möglich besuchen kommen."

„Das will ich doch auch hoffen." Wir umarmten uns, dann drehte sich Lilly wieder zu dem Portal. „Bis bald." Sie winkte mir zu und lief durch. Kurz danach lief auch Florian durch das Portal. Er ging, ohne noch etwas zu sagen.

Ich lief zurück zu den anderen drei. Luca legte mir sofort einen Arm um die Schulter.

„Wir werden sie bald besuchen gehen. Also sei nicht so traurig."

„Ich bin ja froh, dass sie endlich weg sind", sagte Nick, doch ich beschloss ihn zu ignorieren. Ich hatte jetzt gerade nicht wirklich Lust, mit ihm zu streiten.

„Wir sollten noch etwas fliegen, bevor wir ein Nachtlager aufschlagen", schlug ich dann vor und die anderen drei waren einverstanden.

„Du wirst sie bald wiedersehen", sagte dann auch Silver, als ich auf seinem Rücken saß.

„Ja, ich weiß." Ich brachte ein kleines Lächeln zustande, dann flogen wir los.

Erst als es anfing zu dämmern, setzten wir wieder zur Landung an. Das Portal war schon kilometerweit hinter uns.

Wir bauten die Zelte auf und ich beschloss, mich im Wald umzusehen.

„Ich kann allein auf mich aufpassen, Silver. Ich sehe mich nur ein wenig um", sagte ich schnell, als Silver Anstalten machte aufzustehen. Nur sehr widerwillig legte er sich wieder hin.

Ich lief Richtung Wald und fand nach einer kurzen Zeit einen kleinen See. Sofort überkam mich der Drang zu baden. Ich war schon länger nicht mehr baden.

Kurzerhand zog ich mich bis auf die Unterwäsche aus und sprang in den See.

Ich schwamm ein wenig rum und genoss einfach die Stille.

„Du bist tot!" Ich schreckte zusammen und drehte mich zum Ufer. Dort stand Nick.

Er hatte seine Arme verschränkt und schaute mich an. Sofort ging ich ein wenig weiter unter Wasser. Er musste ja nicht alles von mir sehen.

„Du bist ein Idiot."

„Und du eine Närrin. Du solltest nicht allein durch die Wälder streifen. Wie gesagt, jeder hätte dich jetzt töten können."

„Ich kann ganz gut auf mich allein aufpassen." So langsam ging er mir auf die Nerven. Vor allem, woher kam plötzlich diese Sorge um mich?

„Wie hast du mich überhaupt gefunden?"

„Ich bin dir gefolgt", sagte er und zuckte mit den Schultern. Unfassbar.

„Ich dachte, du kannst mich nicht leiden." Ich beobachtete ihn. Er zuckte wieder mit den Schultern.

„Kann ich auch nicht wirklich."

„Warum bin ich dir dann auf einmal wichtig?" Jetzt hatte ich ihn da, wo ich ihn haben wollte. Er wusste keine Antwort mehr und kratzte sich nervös im Nacken.

„Ist doch auch egal. Wenn du meinst, du kannst auf dich allein aufpassen, dann überlass ich dich halt deinem Schicksal." Mit diesen Worten drehte er sich um und ging wieder.

Mir war die Lust zum Schwimmen vergangen und ich lief aus dem Wasser. Ich legte mich in die Wiese und schaute in den Himmel.

Heute Nacht war der Himmel klar und die Sterne leuchteten am Himmel.

So lag ich eine Weile und als meine Unterwäsche wieder trocken war, zog ich mich wieder an und lief zurück Richtung Camp.

Silver hob nur einmal kurz seinen Kopf, als ich ins Lager kam.

„Die anderen sind schon in ihren Zelten. Geht es dir gut?", fragte er und ich legte meine Hand auf seinen Hals.

„Den Umständen entsprechend. Ich werde mich dann jetzt auch hinlegen. Gute Nacht, Silver."

„Gute Nacht, Elena." Ich ging in das Zelt von mir und Emma und stellte fest, dass Emma noch wach war.

„Kannst du nicht schlafen, Emma?" Sie schaute hoch.

„Elena. Ja, ich wollte noch mit dir reden." Ich nickte und legte mich neben sie.

„So, was wolltest du denn mit mir besprechen?" Ich sah zu ihr und konnte so sehen, wie sie ein wenig rot wurde.

Okay, was war da los?

„Naja. Ich glaube, ich habe Gefühle für deinen Bruder und…" Weiter kam sie nicht, da ich ihr quietschend in die Arme fiel.

„Elena, ist ja gut. Er muss es doch nicht sofort erfahren", sagte sie, musste dabei aber auch lachen. Ich löste mich wieder von ihr und schaute sie abwartend an.

Sie räusperte sich.

„Ja, und ich wollte dich fragen, ob du vielleicht erfahren kannst, ob er auch Gefühle für mich hat. Ich möchte nicht enttäuscht werden." Sie schaute nach unten, doch ich legte eine Hand auf ihre Schulter.

„Ich glaube schon, dass er Gefühle für dich hat. Ich konnte da ab und zu manche Blicke beobachten", sagte ich grinsend und dadurch musste sie auch grinsen.

„Aber ich werde für dich auch gerne mehr herausfinden."

„Danke, Elena." Jetzt umarmte sie mich und ich fühlte mich wohl. So eine Umarmung tat nach der ganzen Sache mit Florian gut.

Luca konnte mich zwar auch trösten, aber nichts ist besser als die Umarmung einer Freundin.

„Dafür sind doch Freundinnen da. Aber ich glaube, wir sollten jetzt schlafen gehen.

Wir haben noch einen weiten Weg vor uns." Emma nickte und so legten wir uns hin und waren auch schnell eingeschlafen.

13

Elena

Am nächsten Morgen weckten uns die Jungs. Wir frühstückten und packten dann alles wieder zusammen.

Wir flogen früh los, da wir ein wenig Zeit aufholen mussten. Jetzt saß Emma mit mir auf Silver, damit wir uns unterhalten konnten.

Zwischendurch ging mein Blick rüber zu den Jungs. Mir war aufgefallen, dass sich Nick komisch verhielt. Also komischer als sonst.

„Elena, alles in Ordnung?" Erschrocken drehte ich mich zu Emma.

„Ja. Ich überlege gerade nur, was mit Nick los ist."

„Also hast du es auch bemerkt? Ich wollte es nicht ansprechen, aber er ist heute irgendwie komisch." Ich nickte.

„Ja, komischer als sonst." Wir beließen es erst mal dabei und wollten ihn weiter beobachten.

Wir beschlossen, die Nacht durchzufliegen und auch die Nacht danach. So holten wir die verlorene Zeit wieder auf.

In der dritten Nacht beschlossen wir dann endlich zu landen und die Nacht auf dem Boden zu verbringen.

Die Drachen waren uns dankbar.

„Du hättest auch schon früher was sagen können, Silver", sagte ich zu ihm, als wir auf dem Boden waren und die anderen gerade die Zelte aufbauten.

Ich kümmerte mich immer um die Drachen.

„Schon gut. Wir Drachen brauchen nicht sehr viel Schlaf, aber eine Pause zwischendurch tut doch sehr gut." Ich schüttelte grinsend meinen Kopf und streichelte ihm über den Hals.

Als die Zelte standen, sah ich, wie Nick Richtung Wald verschwand. Luca lief gerade an mir vorbei und ich hielt ihn auf.

„Was ist denn mit Nick los? Ich dachte, er wäre wieder besser drauf, wenn die beiden weg sind?" Luca schaute schulterzuckend in die Richtung, in die Nick verschwunden ist.

„Vielleicht rede ich mal mit ihm." Ich nickte und Luca lief den gleichen Weg wie Nick. Ich drehte mich wieder zu Silver.

„Wie weit ist es eigentlich noch bis zu diesem Stein? Weißt du das zufällig?" Silver schnaubte.

„Natürlich. Ihr seid auf dem Weg zu einem der heiligsten Orte für Drachen. Es ist nicht mehr sehr weit weg."

„Was macht dieser Stein eigentlich?"

„Der Stein kann böse Seelen einfangen. Um genau zu sein, schwarze Drachenseelen.

Er wurde einst als Sicherheit geschaffen, falls die Drachen sich gegen die Menschen stellen. Doch zum Glück trat dieser Fall nie ein.

Aber er kann genauso gut auch Drachenreiter einsperren, da ihr zur Hälfte die Seele eines Drachen besitzt.

So haben wir eine Waffe gegen Sven."

„Aber Sven hat auch eine Waffe gegen uns beide, wenn er den Stein als erstes in die Finger kriegt." Silver schüttelte seinen Kopf.

„Das ist nicht ganz richtig.

Der Stein kann nur von einer Person mit einem reinen Herzen getragen werden und der Tempel, in dem der Stein liegt, nur von vollständigen Drachenreitern betreten werden.

Er kommt nicht an den Stein ran."

„Das ist mal eine gute Nachricht." Aber es waren viele Informationen.

Ich sagte Silver, dass er sich ausruhen sollte und setzte mich an die Feuerstelle.

Zumindest lag das Holz schon bereit.

„Hey, weißt du, wo die Jungs sind?", fragte Emma und setzte sich neben mich. Sie fing an, das Feuer anzumachen.

„Sie sind im Wald. Nachdem Nick dorthin verschwunden ist, habe ich Luca gesagt, er soll doch mal mit ihm reden."

„Das war eine gute Idee. Nick ist komischer als sonst und vielleicht ist es gut, wenn er mit Luca reden kann." Ich nickte und schreckte kurz zusammen, als Silver seinen Kopf auf meine Beine ablegte.

Emma neben mir lachte, die es jetzt auch geschafft hatte, das Feuer zu entzünden.

„Ist so ein Drachenkopf nicht verdammt schwer?", fragte sie mich dann.

„Ja, ein wenig, aber irgendwann spür ich ihn gar nicht mehr." Ich fing an, Silver zu kraulen, was ihn zufrieden schnauben ließ.

Emma schmunzelte und wir unterhielten uns ein wenig, bis die Jungs wiederkamen.

„Na, alles geklärt?", fragte Emma dann.

„Ja", antwortete Nick knapp und setzte sich hin. Luca setzte sich neben mich.

Ich betrachtete Nick und er wirkte immer noch bedrückt. Vielleicht sollte ich Luca später fragen, was los war.

„Er sieht nicht glücklich aus", bemerkte dann auch Silver.

„Aber warum sollte er nicht glücklich sein? Er ist doch Lilly und Florian los geworden."

„Ich weiß es nicht, Elena. Vielleicht redest du mal mit ihm. " Ich hörte Belustigung in seiner Stimme. Er wusste ganz genau, dass Nick mir eher den Kopf abhauen würde, als mit mir zu reden.

Emma fing an, etwas zu essen zu machen und zusammen aßen wir still.

Es war schon fast unheimlich, dass keiner von uns redete.

Nachdem wir mit dem Essen fertig waren, stand Luca auf und ich beschloss, ihm hinterherzugehen.

Ich schob Silvers Kopf zur Seite und stand auf.

„Luca, warte. Haben du und Nick alles geklärt?"

Luca drehte sich zu mir um.

„Ihr Mädchen müsst auch immer alles wissen, oder?

Ja, wir haben alles geklärt, mehr brauchst du nicht zu wissen." Mit diesen Worten verschwand er ins Zelt. So hatte ich meinen Bruder auch noch nie erlebt.

Ich schüttelte meinen Kopf und ging selbst ins Zelt. Emma saß noch draußen und ich machte meine Augen zu.

Nach kurzer Zeit war ich dann auch eingeschlafen.

...

Am nächsten Morgen weckten uns die Jungs. Emma war in der Nacht irgendwann dazugekommen.

„Beeilt euch. Wir wollen weiter", rief Luca von draußen. Mit einem Seufzen setzten Emma und ich uns gleichzeitig auf. Wir schauten uns an und fingen dann an zu lachen.

„Hört auf zu lachen und macht euch fertig", kam es dann von Nick und wir seufzten wieder.

Dass es wirklich so anstrengend werden kann, mit den beiden Jungs unterwegs zu sein, hätte ich nicht gedacht.

Emma und ich zogen uns schnell um und packten dann unsere Sachen zusammen.

Danach verließen wir das Zelt und fingen an, es abzubauen. Die Jungs hatten ihres schon fertig zusammengepackt und sahen uns jetzt dabei zu.

„Ihr könnt uns auch helfen, dann sind wir viel schneller fertig!", rief ich den beiden genervt zu, doch von ihnen kam kein Kommentar zurück.

Nach einer halben Stunde waren wir fertig und unsere Sachen waren auf den Drachen festgemacht.

Die Jungs flogen wieder auf Brown und wir Mädchen stiegen auf den Rücken von Silver.

Als wir alle oben waren, erhoben sich die Drachen sofort in die Luft.

„Irgendwas haben die beiden zu verheimlichen", sagte Emma nach einiger Zeit. Sie schaute rüber zu den anderen beiden, die sich unterhielten.

„Woher willst du das wissen?", fragte ich sie. Sie zuckte mit den Schultern.

„Ich kann es den beiden ansehen. Wir kennen uns schon lange, da merke ich, wann sie etwas vor mir verheimlichen."

Ich grinste und schüttelte meinen Kopf. Ich konzentrierte mich wieder auf das Fliegen und genoss den Wind, der durch meine Haare wehte.

Silver hatte die Führung übernommen, da er am besten wusste, wo wir hinmussten.

Nach knapp fünf Stunden setzten die Drachen zum Landeanflug an.

Verwundert öffnete ich meine Augen.

„Silver, ist alles in Ordnung?", fragte ich ihn dann sofort.

„Ja, alles gut, ihr müsst nur ab hier laufen, da man am Tempel nicht landen kann."

„Ach so, okay." Die zwei Drachen landeten und wir stiegen ab.

„Was ist los, Elena?", fragte Luca, der auf mich zukam. Hinter ihm Nick.

„Wir müssen ab hier laufen. Die Drachen können an dem Tempel wohl nicht landen."

„Ist er bescheuert? Ich hoffe, dein Drache weiß, was für ein Wald das ist", sagte Nick leicht verärgert. Verwirrt schaute ich zu Silver.

„Er meint, ob ich weiß, dass das der Ronda Wald ist. Das Zuhause der Elfen, die nicht gerade sehr gastfreundlich sind", sagte Silver. Ach so. Ich sah wieder zu Nick.

„Ja, er weiß was für ein Wald das ist." Nick schnaubte.

„Warum will er uns dann da durchschicken?" Ich verdrehte innerlich meine Augen.

„Weil es keinen anderen Weg gibt, um zu diesem Stein zu kommen. Wir müssen Silver wohl jetzt mal vertrauen." Nick kam auf mich zu und stellte sich vor mich.

„Ich vertraue ihm aber nicht wirklich und dir auch nicht.

Außerdem kannst du noch nicht einmal mit einer Waffe umgehen und ich habe keine Lust, dich beschützen zu müssen." Ach, jetzt hatte er seine Meinung wieder geändert. Wie gerne würde ich wissen wollen, was in seinem Kopf vorging.

„Nick, wir haben noch Zeit. Ich kann ihr ein wenig was über meinen Bogen beibringen. Ich habe auch noch mein Schwert", rettete Emma die Situation.

Nick schaute sie an und warf dann seine Hände in die Luft.

„Wenn es nicht anders möglich ist." Er ging wieder zu Brown und ließ sich dann dort auf den Boden sinken.

Luca schaute mich entschuldigend an und setzte sich dann neben Nick.

Emma ging zu Silver und holte einen Bogen und einen Köcher mit Pfeilen.

„Ich werde dir zeigen, wie es geht. Wer weiß, vielleicht bist du ja ein Naturtalent, so wie dein Bruder am Schwert." Sie grinste und übergab mir den Bogen.

Ich konnte mich nur dunkel daran erinnern, dass Sven mit mir auch einmal Bogenschießen war. Sofort hatte ich diese Erinnerung wieder in meinem Kopf.

„Ich habe Angst davor, Papa. Ich will das nicht machen." Mein Vater stand neben mir und hielt einen Bogen in der Hand.

Wir standen im Garten und er wollte es mir unbedingt zeigen.

„Aber Spatz. Es ist doch nichts Schlimmes dabei. Vielleicht macht es dir sogar Spaß." Ich schaute ihn skeptisch an.

Ich konnte nicht so recht daran glauben, dass es mir Spaß machen könnte, mit einer Waffe rumzuhantieren.

„Ich weiß wirklich nicht." Mein Vater seufzte und hockte sich vor mich.

Ich war selbst mit meinen zwölf Jahren noch sehr klein.

„Probiere es doch nur einmal aus. Wenn es dir nicht gefällt, können wir immer noch wieder aufhören", sagte er und schaute mir tief in die Augen.

Wir lieferten uns ein Blickduell und wieder mal gewann mein Vater.

„In Ordnung. Aber wenn es mir nicht gefällt, hören wir wirklich auf."

„Versprochen." Er gab mir einen Kuss auf die Stirn und gab mir dann den Bogen in die Hand.

Er lief etwa zehn Meter in den Garten und stellte eine Zielscheibe auf, danach kam er wieder zu mir.

„So, ich werde dir jetzt zeigen, wie man den Bogen hält."

Er stellte sich hinter mich.

Wir übten erst einmal ohne Pfeil, da keiner von uns wollte, dass wir einen Pfeil in den Fuß bekämen, oder woandershin.

„Du darfst den Ellenbogen nie zu hochziehen, sonst verrutscht dein ganzer Pfeil und fliegt nicht da lang, wo er lang fliegen soll."

Ich nickte und machte das, was er gesagt hatte.

„So, und jetzt versuchen wir es mit einem Pfeil. Ziel auf die Scheibe und lass die Sehne los, wenn du dir sicher bist." Er gab mir einen Pfeil und trat ein paar Schritte zurück.

Ich legte den Pfeil ein, zielte und ließ los.

Er traf genau die Mitte und ich konnte einen Jubelschrei nicht unterdrücken.

Mein Vater kam zu mir und grinste mich an.

„Es scheint dir ja doch Spaß zu machen und du bist ein Naturtalent." Ich grinste ihn an und konnte meine Freude nicht verstecken.

Wir machten noch den ganzen Tag weiter und ich verfehlte mein Ziel fast nie. Ich hatte tatsächlich Spaß daran.

„Elena? Bist du noch bei mir?" Ich zuckte zusammen und schaute Emma entschuldigend an.

„Tut mir leid. Ich war in Gedanken." Emma schaute mich an und dann kurz auf den Bogen.

„Sven hat es dir beigebracht, oder?", fragte sie vorsichtig. Ich nickte.

„Ja, hat er. Ich habe es auch eine lange Zeit hobbymäßig gemacht, irgendwann dann aber aufgehört." Emma legte eine Hand auf meine Schulter.

„Bald wirst du ihn vergessen können. Komm, wir gucken mal, wie viel du noch kannst."

Wir gingen etwas weiter von den Jungs weg und stellten uns dann vor einen großen Baum.

„Dann zeig mal, was du noch kannst." Sie stellte sich neben mich. Ich nahm einen Pfeil aus dem Köcher und legte ihn an. Dann zielte ich und ließ die Sehne los.

Der Pfeil zischte nach vorne und traf den Baum genau in der Mitte.

Emma neben mir keuchte überrascht auf.

Sie ging zu dem Baum und zog den Pfeil wieder raus.

„Nick würde jetzt sagen Anfängerglück. Also versuchen wir es noch einmal", sagte sie grinsend. Sie wusste ganz genau, dass es kein Anfängerglück war.

Ich zielte wieder auf die gleiche Stelle, ließ los und traf. Ich schaute zu Emma und sah sie grinsen.

„Zweimal die gleiche Stelle. In Ordnung, ich bin überzeugt."

„Jeder Drachenreiter hat ein bestimmtes Talent. Bei dir scheint es der Umgang mit dem Bogen zu sein", sagte dann Silver und ich musste grinsen.

„Womöglich." Emma kam wieder zu mir und gab mir den Pfeil.

„Dann können wir ja jetzt in den Wald."

„Sind Elfen wirklich so schlimm?" Diese Frage lag mir schon länger auf der Zunge. Emma seufzte.

„Naja, eigentlich nicht, aber sie sehen erst alle als Feinde an, bevor sie nachfragen.

Vor allem, seitdem Sven König ist. Sie können ihn überhaupt nicht leiden, daher kann es schon sein, dass sie uns erst gefangen nehmen und uns nicht glauben werden.

Ich habe einen Freund, der ein Elf ist, aber durch Sven, brach der Kontakt ab. Ich habe ihn schon lange nicht mehr gesehen und dass wir genau ihm über den Weg laufen, ist sehr gering."

„Okay. Aber werden sie uns auch angreifen, wenn Silver dabei ist?" Ich zeigte auf den Drachen. Wieder zuckte Emma nur mit den Schultern.

„Wir werden es wohl gleich herausfinden. Wir werden mit großer Wahrscheinlichkeit einer Patrouille über den Weg laufen.

Immerhin beschützen sie auch diesen Tempel." Na klasse, dann konnte das ja wirklich noch lustig werden.

Wir gingen zurück zu den Jungs.

Nick sah mich mit hochgezogenen Augenbrauen an, als wir bei ihnen ankamen.

„Ihr wart ja schnell wieder hier."

„Ja. Elena ist ein Naturtalent, so wie du mit dem Schwert", sagte Emma und zeigte dabei auf Luca. Dieser lächelte und legte mir seinen Arm um die Schulter.

„Sie ist halt meine Schwester." Er grinste mich an und ich erwiderte sein Grinsen.

„Heißt das, wir begeben uns jetzt in den Wald?", fragte Nick nach. Wir schauten uns alle nacheinander an, bis ich dann nickte.

„Ja, lasst uns los, bevor es noch dunkel wird." Nick, Luca und Emma nahmen ihre Schwerter und dann machten wir uns auf den Weg.

Die Drachen flogen über uns und wir wurden auch weiter von Silver geleitet.

14

Elena

Wir liefen seit gefühlt einer Stunde durch den Wald. Je tiefer wir reinliefen, desto dunkler und dichter wurde der Wald.

„Können wir eine Pause machen?", kam es von Emma und ich nickte.

Ich sagte Silver Bescheid und dann setzte ich mich auch auf den Boden wie die anderen drei.

„Sag mal, ist es eigentlich noch sehr weit bis zu diesem Tempel?", fragte Nick.

„Nein. Aber der Wald wird noch dichter, sagt Silver."

„Naja, solange wir keinen Elfen über den Weg laufen." Ich schaute Nick an, sagte dazu aber nichts mehr.

Wir machten zehn Minuten Pause und liefen dann weiter.

Irgendwann bekam ich das Gefühl, dass wir verfolgt wurden.

Hatten uns doch Elfen bemerkt?

Als ich etwas hörte, stoppte ich die anderen.

Sie hielten an, schauten mich aber verwirrt an.

„Was ist los, Elena?", fragte Luca leise und kam an meine Seite. Ich zeigte ihm nur, dass er leise sein soll und spannte einen Pfeil ein.

Ich konzentrierte mich auf eine Stelle und als das Geräusch wiederauftauchte, ließ ich die Sehne los.

Der Pfeil verschwand im Gebüsch, doch so schnell, wie er da drin verschwand, kam er auch wieder zurück.

„Elena!" Luca schubste mich weg und Nick sprang vor. Er zerteilte den Pfeil mit seinem Schwert.

Ich wollte mich bedanken, doch dazu fehlte die Zeit.

Aus dem Gebüsch, wo der Pfeil herkam, sprangen auf einmal Männer hervor. Sie umkreisten uns und hatten alle einen Bogen auf uns gerichtet. Sofort fielen mir ihre spitzen Ohren auf.

„Na, ganz toll. Musstest du unbedingt Elfen aufschrecken?", fragte Nick sarkastisch.

Ich verdrehte nur die Augen, doch plötzlich rannte Emma an mir vorbei auf die Elfen zu.

Was hatte sie denn vor?

Ich wollte sie noch packen, doch sie war zu schnell weg. Ich sah ihr nach und entdeckte dann einen Elfen, der seine Arme ausgebreitet hatte. Das musste ihr Freund sein. Also waren wir doch ihm über den Weg gelaufen.

Ich ließ meinen Bogen sinken und beobachtete die beiden.

Emma lief in seine Arme und er wirbelte sie herum.

Ich konnte aus dem Augenwinkel sehen, dass es meinem Bruder nicht gefiel.

Hat er tatsächlich Gefühle für sie? Darum würde ich mich später noch kümmern.

„Es ist schon so lange her. Du wolltest mich doch besuchen kommen", sagte der Elf mit einem belustigten Unterton. Emma lachte nur.

„Ich habe nicht wirklich Zeit dafür gehabt, aber die Geschichte kann ich dir später erzählen, jetzt nehmt erst mal eure Bögen runter. Sie sind meine Freunde.

Wir wollten euch nicht erschrecken."

Der Elf nickte und die anderen senkten ihre Bögen.

Emma kam mit dem Elf zu uns rüber.

Luca und Nick beäugten ihn skeptisch.

„Leute, darf ich euch vorstellen? Das ist Dario.

Er ist ein sehr alter Freund meiner Familie und für mich wie ein großer Bruder.

Dario, das sind Luca, Nick und Elena. Sie ist…"

„Die letzte Drachenreiterin", sagte Dario und seine Augen wurden groß.

Sofort gingen er und seine Männer auf die Knie.

Ich fühlte mich unwohl.

„Bitte, steht wieder auf. Ich bin so etwas überhaupt nicht gewohnt." Sie folgten meiner Bitte und standen wieder auf.

„Wir haben schon lange auf Euch gewartet, Mylady. Wir wussten sehr lange, dass Ihr hier bald auftauchen würdet, um Euren Platz auf dem Thron einzufordern.

Ihr seid unsere Königin und braucht dabei unsere Hilfe und die von dem Stein." Er grinste mich wissend an.

Ich war einfach nur sprachlos, genau wie die anderen drei.

Ich wusste nicht, was bei den Elfen normal war und was nicht, aber Dario beeindruckte mich jetzt schon.

„Du weißt also, wo er ist?", fragte ich ihn.

„Ja. Wir sind die Wächter des Tempels. Wir beschützen die Ruhestätte und den Stein. Ich kann Euch dahin bringen."

„Du kannst auch einfach du sagen, ja? Das andere ist mir unangenehm."

„Wie meine Königin wünscht." Er verbeugte sich leicht und ich konnte sehen, wie Nick seine Augen verdrehte.

„Kannst du uns einfach zu diesem Tempel bringen?", fragte Nick dann ein wenig genervt.

Dario schaute kurz zu ihm, nickte dann aber.

„Folgt mir einfach." Dario ging vor und wir folgten ihm.

„Du scheinst noch besonderer zu sein, als ich vorher gedacht habe", sagte auf einmal Silver.

Ich war verwirrt.

„Warum? Wie kommst du denn jetzt darauf?"

„Ich wusste nicht, dass die Elfen schon von dir wussten, das ist nur über eine Prophezeiung möglich.

Aber ich kenne keine, in der eine Drachenreiterin vorkam.

Ich werde noch herausfinden, was dich so besonders macht." Über Silvers Worte musste ich einfach nur grinsen.

Wir liefen noch eine weitere Stunde, bis wir vor einem großen Tor anhielten.

Ich betrachtete den Torbogen genauer. Oben am Bogen selbst waren Verzierungen.

Links und rechts saßen zwei Drachen aus Stein vor den Säulen des Tores.

Sie sahen sehr echt aus.

Ich sah durch das Tor und den Weg hinauf. Der Weg endete vor einer Treppe aus weißem Marmor und diese führte zum Tempel.

Der Tempel war ganz in Weiß gehalten. Das Dach war eine runde Kuppel.

Überall standen Statuen von Drachen. Mal mit einem Reiter und mal ohne Reiter.

Es sah einfach nur traumhaft aus.

Dario drehte sich zu uns und ich richtete meine Aufmerksamkeit auf ihn.

„Ab hier müssen Elena und ich allein weitergehen. Nur Elfen und Drachenreiter können dieses Tor durchqueren und den Tempel betreten. Meine Männer werden euch zum Dorf bringen.

Wir werden später wieder zu euch stoßen." Luca kam auf mich zu.

„Ist das in Ordnung?" Er vertraute Dario anscheinend nicht.

„Ja, es ist alles gut. Wir haben im Grunde ja nicht wirklich eine andere Wahl."

„Okay." Er lächelte mich kurz an und ging dann mit den anderen mit.

Als sie außer Sichtweite waren, drehte ich mich wieder zu Dario.

„Wollen wir dann los?" Er bot mir seinen Arm an. Ich harkte mich ein und dann gingen wir durch das Tor.

Es fühlte sich tatsächlich danach an, als würden wir durch eine Art Vorhang gehen.

Dario blieb nochmal stehen, als er meinen erstaunten Blick bemerkte.

„Dafür sind sie verantwortlich." Er deutete auf die Drachen vor dem Tor.

„Die beiden passen darauf auf, dass auch wirklich nur die Richtigen hier lang gehen."

„Durch einen Zauber?" Dario grinste.

„Es hat keiner gesagt, dass es sich um Statuen handelt", sagte dann Silver belustigt und ich schaute verwundert wieder zu den Drachen. Und genau in dem Moment zwinkerte mir einer von ihnen zu.

Ich schreckte zurück und Dario konnte sich ein kleines Lachen nicht verkneifen.

„Das sind Steindrachen. Sie können ihr Leben lang so sitzen und bewachen daher meistens solche Tempel."

Ich war beeindruckt und sah sie mir noch einmal genauer an.

„Wir sind erfreut, Euch kennen zu lernen, meine Königin", hörte ich dann eine fremde Stimme in meinem Kopf.

Einer der Steindrachen hatte zu mir gesprochen.

„Ja, ich freue mich auch." Ich drehte mich wieder zu Dario.

„Dann lass uns zum Tempel." Er nickte und bot mir wieder seinen Arm an.

Ich harkte mich ein und wir liefen den Weg hoch. Vor der Tür blieben wir wieder stehen, da mich eine Statue in den Bann zog.

„Sind diese Drachen auch alle echt?" Dario lachte kurz, schüttelte dann aber mit dem Kopf.

„Nein. Das sind alles Statuen. Das hier sind River und Kilian.

Kilian war der bekannteste Drachenreiter und River sein Drache.

River war auch die rechte Hand von Silver, deinem Drachen."

Ich schaute ihn überrascht an.

„Woher weißt du das?"

„Wie gesagt. Wir wussten, dass du kommen würdest und es war dir und Silver schon immer vorbestimmt, zueinanderzufinden.

Du bist die Königin der Drachen und er ist der König der Drachen. Zusammen seid ihr ein starkes Team mit unvorstellbaren Kräften."

„Oh, okay." Ich schaute noch einmal zu der Statue. Sie stand auf einem Sockel und auf diesem Sockel lagen auch ein Schwert und ein paar andere Dinge.

Ich beschloss, später danach zu fragen und wir gingen in den Tempel.

Doch auch hier begrüßten mich lebensgroße Statuen von Drachen und ihren Reitern.

Ich schaute hoch an die Decke, aber sie schien unendlich, vermutlich ein Zauber.

Der Tempel sah von innen genau so schön aus wie von außen.

Überall waren Goldverzierungen und der ganze Tempel schimmerte.

Ausgefüllt wurde er von den lebensgroßen Statuen.

Es standen auch Tische daneben, auf denen die unterschiedlichsten Sachen drauflagen wie auch schon draußen bei Kilian.

Von Waffen bis zu Büchern lag alles auf den Tischen.

Doch fielen mir besonders die Urnen auf den Sockeln der Statuen auf.

„Was ist das hier?" Ich drehte mich zu Dario.

„Hier sind die gefallenen Drachenreiter mit ihren Drachen beerdigt. Daher stehen die Statuen auch auf Sockeln.

Sobald ein Reiter mit seinem Drachen eine große Tat vollbracht hat, bauen wir Elfen ihnen eine lebensgroße Statue.

Später, wenn sie dann versterben, werden die Reiter hier beerdigt.

Drachen wandeln sich nach ihrem Tot zu Asche und daher stehen hier auch diese Urnen.

Ein Reiter ist mit seinem Drachen bis in den Tod verbunden und daher auch nie getrennt." Ich war fasziniert.

Ich ging auf eine Statue zu, wo eine Frau auf dem Drachen saß.

Auf dem Tisch lagen jede Menge Dolche und Büche über Kräuter.

„Wer war das?" Dario kam zu mir und stellte sich neben mich.

„Das war der erste Elf, der auf einem Drachen geritten ist." Stimmt, jetzt sah ich ihre spitzen Ohren auch.

„Sie hieß Savena und ihr Drache war Sun. Die beiden waren wirklich unzertrennlich, manchmal sogar schlimmer, als man es bei euch Reitern gewohnt war.

Savena war ein Elf und hatte daher die Macht der Natur. Sie war die Ehefrau von Kilian." Er zeigte auf ein bestimmtes Buch und strich ehrfürchtig darüber.

„Dieses Buch beinhaltet ihre stärksten Zauber und Tränke."

„Warum steht Kilian eigentlich draußen?" Diese Frage hatte ich mir jetzt schon länger gestellt.

„Kilian war schon immer der Beschützer der Drachenreiter. Er wollte, dass sie dasteht, damit er auch nach dem Tod noch auf die Reiter aufpassen konnte.

Er war nicht ohne Grund König. Er war auch dein Onkel." Verwirrt schaute ich Dario an.

„Kilian war mein Onkel?" Er nickte.

„Ja. Er war der Bruder deines Vaters. Daher stammt ja das Drachenreitergen in eurer Familie." Ich schaute wieder zu Savena hoch.

„Dann war sie meine Tante." Dario nickte. Ich war erstaunt. Luca hatte mir noch nie davon erzählt, dass wir mit dem alten König verwandt waren.

Es wurde zwar schon einmal erwähnt, dass unser Onkel ein Drachenreiter war, aber niemand hatte gesagt, dass er der König war.

„Sollen wir weitergehen?" Ich nickte und Dario führte mich weiter durch den Tempel.

Wir gingen einen Gang lang, bis wir vor einer großen verzierten Doppeltür stehen blieben.

„Bis du bereit?", fragte Dario und legte seine Hand auf die Türklinke.

„Ja, bin ich." Dario öffnete die Tür und wir traten in den Raum.

„Willkommen im Herzstück des Tempels." Ich schaute mich um.

Der Raum war in ein warmes Licht gehüllt und in der Mitte des Raumes war eine Anhöhe.

Auf dieser stand ein kleiner runder Tisch.

Wir liefen auf diesen Tisch zu und fasziniert blickte ich auf den großen Stein, der auf dem Tisch lag.

Es war eine Art Edelstein, der in allen Regenbogenfarben leuchtete.

„Einst haben wir Elfen diesen Edelstein geschaffen, um die Drachen beherrschen zu können. Natürlich nur, wenn sie sich gegen uns gestellt hätten.

Zum Glück geschah das nie.

Dieser Stein kann jede schwarze Drachenseele einfangen, aber auch Menschen, die zum Teil eine Drachenseele besitzen wie ihr Drachenreiter. Aber auch nur Drachenreiter können den Stein benutzen und davon noch nicht einmal alle."

„Nicht jeder Drachenreiter kann den Stein benutzen?"

„Nein, nur die, die ein reines Herz haben."

Stimmt, das hatte Silver auch schon einmal erwähnt.

„Bei allen anderen würde er starke Verbrennungen verursachen", fügte Dario noch hinzu. Erschrocken schaute ich ihn an.

„Verbrennungen?" Misstrauisch schaute ich zu dem Stein.

Dario lachte.

„Ich glaube wirklich, dass du dir keine Sorgen machen musst." Dario trat ein paar Schritte nach hinten.

Das war ja sehr vertrauenserweckend. Ich schluckte und schaute wieder zu dem Stein.

Mein Körper wurde warm und kalt und Panik kroch meinen Rücken hoch.

„Du musst dich beruhigen und dir vertrauen, Elena", hörte ich dann die Stimme von Silver. Er spürte anscheinend, dass ich Angst hatte.

Ich versuchte, mich ein wenig zu beruhigen und griff dann nach dem Stein. Es passierte nichts und

212

ich drehte mich zu Dario um. Dieser lächelte mich an.

Doch plötzlich wurde der Stein warm und ich riss meine Augen auf. Ich wollte ihn fallen lassen, doch ich konnte meine Hände nicht öffnen.

Panisch blickte ich umher.

„Beruhige dich, Elena. Konzentrier dich und mach langsam deine Hand auf." Silvers Stimme beruhigte mich etwas und ich konzentrierte mich.

Langsam öffnete ich meine Hand und sofort stieg der Stein in die Luft. Er leuchtete in den unterschiedlichsten Farben.

Eine Gänsehaut, breitete sich auf meiner Haut aus.

Ich konnte die Kraft, die vom Stein ausging, spüren. Die Luft um mich herum war am Pulsieren.

Auf einmal kam der Stein auf mich zu und drückte sich an meinen Hals.

Ich stand kurz davor, wieder Panik zu bekommen, doch in dem Moment, kühlte der Stein wieder ab und ich sah zu Dario.

Er hatte seine Augen vor Erstaunen weit aufgerissen.

Ich sah an meinem Hals runter und entdeckte dort eine Kette, die aus dem Stein bestand.

„Das ist noch nicht alles. Dahinten ist eine Spiegelwand", sagte Dario und zeigte hinter mich.

Ich drehte mich um und lief auf die Wand zu. Als ich mein Spiegelbild sah, holte ich erschrocken Luft.

Meine Augen hatten sich auch verändert.

Ich hatte keine normalen Menschenaugen mehr.

Mich guckten zwei Drachenaugen an. Sie waren lila und hatten diese typischen Schlitze.

Jetzt bemerkte ich auch, dass ich besser sehen konnte.

Ich sah mich im Raum um und konnte jede kleinste Bewegung sehen. Selbst die kleinste Spinne in der hintersten Ecke konnte ich erkennen.

Ich nahm eine Bewegung neben mir war und schaute sofort dahin.

Dario hob sofort abwehrend seine Hände.

„Ich bin es nur. Aber wow. Das habe ich auch noch nie gesehen." Er schaute mich bewundernd an.

„Bleibt das denn jetzt für immer so oder werden meine Augen wieder normal?" Dario zuckte nur mit den Schultern.

„Ich habe so was noch nie gesehen. Ich kann dir leider nicht sagen, ob es so für immer bleibt." Ich seufzte und drehte mich nochmal zum Spiegel.

Immer noch schauten mich diese Drachenaugen an. Es sah ungewohnt aus.

Warum passierte das nur?

„Wir sollten vielleicht zurück zu den anderen gehen. Im Dorf können wir in den alten Büchern nachforschen.

Vielleicht finden wir ja etwas zu deinem Zustand." Ich nickte und wir verließen den Tempel.

Wir machten uns auf den Weg zum Elfendorf und nach einer halben Stunde kamen wir dort auch an.

Wir durchquerten ein großes Tor, an dem uns die Wachen freundlich zunickten.

Dario schaute mich von der Seite an.

„Deine Augen sind wieder normal", sagte er und ich atmete erleichtert auf.

„Das ist schön." Er lächelte, dann drehte er sich einmal im Kreis.

„Und ich heiße dich herzlich Willkommen in meinem Dorf." Ich lachte leise und lächelte ihn dann an.

Das Dorf war einfach nur wunderschön.

„Und jetzt werde ich dir den Hauptplatz zeigen", sagte er und wir machten uns auf den Weg dahin.

15

Elena

Als wir am Hauptplatz ankamen, wurde ich sofort von jeder Menge Elfen umringt.

Sie sprachen mit mir oder fassten mich einfach nur an.

Sie hießen mich willkommen und sagten, wie froh sie seien, dass ich endlich da war.

Dario schaffte es dann nach einiger Zeit, sie endlich loszuwerden.

„Ich muss mich entschuldigen. Aber wir Elfen warten nun mal schon länger auf dich."

„Daran werde ich mich nicht so schnell gewöhnen." Dario legte eine Hand auf meine Schulter.

„Glaub mir. Du wirst dich schneller daran gewöhnen, als du glaubst.

Außerdem hast du Freunde, die dir dabei helfen werden. Vor allem er." Dario zeigte nach oben und ich sah, wie Silver zur Landung ansetzte.

Er landete auf dem Hauptplatz und wurde dann auch sofort von Elfen umringt. Er schien es nur eindeutig mehr zu genießen.

„Ja. Aber ich weiß trotzdem nicht, ob ich wirklich dafür geschaffen bin, auf einem Thron zu sitzen."

„Und ob du das bist. Du bist dafür geboren worden, genauso wie Silver. Ihr beiden werdet dieses Reich in einen verdienten Frieden führen." Er lächelte mich aufmunternd an und ich erwiderte es vorsichtig.

„Komm. Lass uns zu den anderen gehen. Ich glaube, sie warten schon auf uns." Ich nickte und wir liefen zu einer kleinen Hütte.

Wir gingen rein und sofort kamen Luca und Emma auf mich zu und nahmen mich in den Arm.

„Ihr seid wieder da. Wir haben uns schon Sorgen gemacht", sagte Emma, als wir uns wieder gelöst hatten.

„Ja. Dario hat mir noch viel erzählt und er hat mir das Dorf gezeigt." Emma boxte Dario in die Schulter.

„Eyy!" Dario hielt sich die Schulter, musste sich aber ein Lachen verkneifen.

„Du hast mir das Dorf noch nie gezeigt", sagte Emma empört und ich beschloss, sie allein zu lassen.

Ich ging in die Küche, in der dann auch Nick saß. Er schaute mich einmal kurz an, beachtete mich aber nicht weiter.

„Ist das der Stein?", fragte dann Luca, der wieder neben mir auftauchte.

Er kam mit seinen Fingern näher und ich gab ihm einen heftigen Schlag auf die Hand. Erschrocken wich er zurück.

„Warum schlägst du mich?"

„Nur ich kann diesen Stein berühren. Andere würde er verbrennen." Luca nickte verständnisvoll.

„Wenn du ihn um den Hals trägst, passiert nichts. Nur benutzen können die anderen ihn nicht", nahm Dario uns die Angst.

Kurz nachdem er das gesagt hatte, hatte Emma den Stein in den Händen. Sie schaute sich den Stein an und ging dann grinsend weg.

Ich schüttelte nur grinsend den Kopf.

Emma, Dario und Nick verschwanden in einen anderen Raum.

„Was ist da alles passiert?", fragte Luca genauer nach.

„Naja. Ich habe den Stein berührt und er hat sich sofort um meinen Hals gelegt.

Meine Augen haben sich auch verändert." Luca schaute mich verwundert an.

„Verändert?" Ich nickte.

„Ja. Ich hatte Drachenaugen. Sie sind jetzt aber wieder normal."

Luca nickte anerkennend.

„Du scheinst tatsächlich sehr besonders zu sein."

„Stört es dich eigentlich?" Fragend schaute ich ihn an.

„Was? Dass du die Drachenreiterin in der Familie bist? Nein, es stört mich nicht, im Gegenteil. Es bringt sehr viel Verantwortung mit sich und diese muss ich jetzt nicht mehr tragen." Ich schaute ihn böse an und er lachte. Er legte seine Hand auf meine Schulter.

„Keine Angst, Elena. Ich werde immer hinter dir stehen. Ich bin nur sehr froh, dass ich kein König werde."

„Wusstest du eigentlich davon, dass wir mit Kilian verwandt sind?"

Luca zog seine Hand zurück und nickte.

„Ja, das wusste ich. Erst aus diesem Grund bist du überhaupt die nächste Königin. Tut mir leid, dass ich es dir nicht erzählt habe." Ich legte meine Arme um seine Schulter.

„Macht doch nichts. Dario hat diesen Teil der Geschichte übernommen." Luca lachte und wir gingen zu den anderen.

Sie saßen im Wohnzimmer und waren in einer Unterhaltung vertieft.

Emma drehte sich sofort zu mir, als wir reinkamen.

„Elena. Dario hat mir gerade erzählt, dass die zwei Drachen am Tor echte Drachen sind", sagte sie begeistert.

„Ja, das sind sie. Ich habe mich auch ganz schön erschrocken, als einer von ihnen mir zugezwinkert hat." Ich lachte und Emma stimmte in mein Lachen ein.

„Euch Mädchen muss man nicht verstehen, oder?", fragte Dario und beobachtete uns skeptisch.

„Nein, muss man nicht", sagte ich dann und ließ mich neben Emma fallen.

„Elena, kommst du einmal zu mir?" Ich seufzte und stand wieder auf. Sofort lagen alle Blicke verwirrt auf mir.

„Alles in Ordnung?", fragte dann Luca.

„Ja. Silver möchte nur was von mir. Wartet nicht auf mich." Ich ging nach draußen und schaute mich um.

„Wo bist du denn?"

„Etwas weiter außerhalb vom Dorf." Also lief ich los. Ich ließ das Dorf hinter mir und lief am Waldrand lang.

Als ich auf einer Lichtung ankam, landete Silver vor mir.

„Was ist denn los, Silver?" Silver zeigte mit seinem Kopf auf seinen Rücken und legte sich dabei hin.

„Steig auf und vertrau mir einfach." Verwirrt ging ich auf ihn zu und stieg auf seinen Rücken.

„Was ist denn so wichtig, dass du es mir nicht sagen kannst?"

„Warte es ab, Elena", sagte er belustigt. Ich seufzte und hielt mich fest. Silver stand auf und erhob sich dann in die Luft.

Brown flog hinter uns, aber auch er bliebt still und ließ mich im Dunkeln.

Wir ließen das Dorf hinter uns und nach zehn Minuten auch den Wald. Vor uns tat sich jetzt eine riesengroße Schlucht auf.

Immer noch wusste ich nicht, wohin wir flogen, doch immer, wenn ich fragte, gab er mir die gleiche Antwort.

Also hatte ich keine andere Wahl als zu warten.

Ich reckte meine Nase in die Luft und fühlte den Wind.

Er roch nach frischen Blumen und es war einfach wunderschön.

Dieses Gefühl, hier oben auf einem Drachen zu sitzen, war einfach unbeschreiblich.

Nach einer gefühlten Ewigkeit tauchte vor uns eine Bergkette auf, doch Silver machte keine Anstalten hochzufliegen, damit wir über die Berge fliegen konnten.

Er steuerte weiter geradeaus auf die Berge zu.

„Silver, du siehst die Bergkette da vorne, oder?", fragte ich ihn und versuchte mein Zittern in der Stimme zu verbergen.

„Mach dir keine Sorgen Elena und vertraue mir. " Die Berge kamen näher und plötzlich ging Silver in einen Sturzflug über.

Ich krallte mich fest und da sah ich auch, dass wir in eine Art Tunnel flogen.

„Gut festhalten da oben ", kam es von Silver und kurz danach flogen wir auch die ersten Schrauben.

„Ahh!" Ich krallte mich noch fester, beugte mich tiefer, da die Decke verdammt nah kam.

Irgendwann sah ich Licht am anderen Ende. Silver flog darauf zu und dann dadurch.

Durch den Helligkeitswechsel musste ich kurz meine Augen zukneifen.

Ich spürte, wie Silver langsamer wurde und wieder gemütlicher flog.

„Öffne deine Augen, Elena. Sonst verpasst du ja noch alles. " Also tat ich es.

Langsam öffnete ich meine Augen und schaute mich um.

Wir waren in einem riesigen Tal.

Dieses Tal wurde von der Bergkette eingekreist.

Unter uns waren kleine Wälder und auch Häuser standen vereinzelt rum.

„Silver, wo sind wir hier?" Silver flog eine Kurve und ich musste mich wieder mehr festhalten.

„Das hier ist das Tal der Drachen. Hierher sind wir alle geflüchtet, als Sven Jagd auf uns gemacht hat.

Auch die Drachenreiter haben sich hier eine Zeitlang versteckt, daher auch die Häuser.

Weiter dahinten gibt es auch einen kleinen Zentralpunkt wie im Elfendorf.

Doch nach dem Kampf kehrten nicht viele zurück, vor allem keine Drachenreiter."

Ich schaute mich um. Das muss hart gewesen sein, allein und abgeschnitten von dem Rest der Welt hier zu leben.

Silver setze zum Landeanflug an und wir landeten auf einer kleinen Lichtung.

„Ruft, wenn Ihr mich braucht, meine Königin", sagte Brown und flog dann davon.

Ich stieg von Silvers Rücken und legte eine Hand auf seine Schulter.

„Leben hier überhaupt noch Drachen?"

„Ja, es leben noch welche und sie haben sich hier versteckt." Silver hob seinen Kopf und fing an zu brüllen.

Sofort hielt ich mir meine Ohren zu und nahm die Hände auch erst wieder runter, als Silver seinen Kopf senkte.

„Und was war das jetzt?"

„Warte es ab." Ich seufzte und schaute durch die Gegend.

Nach einiger Zeit hörte ich ein Brüllen von weiter weg. Sofort spürte ich, dass Silver glücklich war und das löste auch bei mir Freude aus.

In das Brüllen stimmten immer mehr Drachen ein und so langsam landeten auch immer mehr bei uns.

Dadurch wurden auch die Stimmen in meinem Kopf lauter.

„Unser König ist wieder da!"

„Ist das ein Mensch? Was macht ein Mensch hier?!"

„Ist sie unsere Königin?" Ich hielt mir meinen Kopf und ging in die Hocke.

Die Schmerzen waren unausstehlich und ich versuchte nicht zu schreien.

Silver bemerkte es.

„Ihr dürft nicht all gleichzeitig reden, das verursacht Schmerzen bei ihr, also seid still!", rief Silver und sein Ton duldete keinen Widerspruch.

Sofort verstummten die ganzen Drachen und traten ein paar Schritte zurück.

Silver atmete einmal kurz ein und aus.

„Und um eure Frage zu beantworten.

Ja, sie ist die letzte Drachenreiterin und eure Königin." Die Drachen fingen an auf und ab zu springen.

Ich musste über das Schauspiel einfach lachen.

„*Silver!*", ertönte dann plötzlich eine gewaltige Stimme.

Die Drachen wurden wieder ruhiger und traten einen Schritt zurück.

In dem Moment landete ein weiterer Drache vor uns.

Seine Schuppen waren feuerrot und er war nur ein wenig kleiner als Silver.

„*Es ist schön, dich wiederzusehen, mein alter Freund*", sagte Silver und beugte seinen Kopf zur Begrüßung.

„*Silver, wir haben dich vermisst. Viele dachten schon, du wärst im Kampf gefallen.*" Der Blick vom roten Drachen ging zu mir.

„*Aber du scheinst mit guten Nachrichten gekommen zu sein.*" Er beugte sich zu mir runter, sodass sein Kopf auf derselben Höhe war wie mein Kopf.

„*Mein Name ist Red und ich heiße Euch herzlich Willkommen, meine Königin.*" Er verbeugte sich und die anderen Drachen taten es ihm gleich.

Ich knetete meine Hände und trat auf Red zu.

„Bitte, ihr braucht euch nicht zu verbeugen."

„*Aber Ihr seid die Königin. Doch wenn es Euer Wunsch ist, unterlassen wir das.*" Red ging wieder hoch und auch die anderen Drachen.

Schüchtern lächelte ich sie an.

„Mein Name ist übrigens Elena."

„Elena, das ist ein schöner Name. Kommst du mit uns spielen?" Ich schaute nach unten und entdeckte drei kleine Babydrachen.

„Ihr seid ja süß. Natürlich spiele ich mit euch."
Die drei freuten sich und zogen mich mit sich.

Ich schaute noch einmal zu Silver, bevor die drei mich ganz weggezogen hatten.

Dieser lächelte mich einfach nur an und redete dann mit Red.

Ich drehte mich wieder zu den Kleinen und fing an, mit ihnen zu spielen.

Erst als es anfing, dunkler zu werden und die Kleinen schlafen mussten, ging ich wieder zu Silver.

„Wir sollten vielleicht langsam zurück. Nicht dass sie sich noch Sorgen machen." Silver nickte und ließ mich auf seinen Rücken steigen.

„Wir werden bald wiederkommen", sagte ich zu den anderen Drachen, dann hob Silver auch schon ab und wir flogen zurück zum Elfendorf.

Als wir dort ankamen, war es schon ganz dunkel und ich schlich mich leise ins Haus.

„Du kannst im Wohnzimmer schlafen." Ich fasste mir ans Herz und versuchte, einen Schrei zu unterdrücken.

„Verdammt, musst du mich so erschrecken?" Ich drehte mich zu Dario, der in der Tür zur Küche stand.

„Tut mir leid. War nicht meine Absicht. Ihr wart sehr lange weg und du wusstest ja noch nicht, wo du schlafen kannst."

„Ein Zettel hätte es, glaube ich, auch getan. Du hättest nicht extra wachbleiben müssen." Dario winkte ab.

„Ich war sowieso noch wach. Musste noch Patrouille laufen und bin auch gerade erst wieder da." Er reichte mir eine Decke und ein Kissen.

„Wenn du noch was brauchst, melde dich." Er wollte die Treppe raufgehen, als er sich noch einmal umdrehte.

„Ach und pass auf. Nick liegt auf dem Boden." Ich nickte und Dario verschwand nach oben.

Auf Zehnspitzen lief ich dann ins Wohnzimmer.

Doch gerade als ich mich auf das Sofa fallen lassen wollte, ging ein kleines Licht an und ich sah in das verschlafene Gesicht von Nick.

„Wo warst du?", fragte er sofort. Ich seufzte und schmiss meine Sachen auf das Sofa.

„Ist doch egal. Ich bin wieder hier und mir geht es gut." Ich setzte mich und zog mir meine Stiefel aus.

„Luca hat sich Sorgen gemacht, dass du so lange weg warst. Wäre es nach ihm gegangen, hätte er schon vor zwei Stunden einen Suchtrupp losgeschickt."

„Und was interessiert dich das?", fragte ich ihn dann, da er mir langsam auf die Nerven ging.

Er kümmerte sich doch eh am liebsten um sich selbst und ich hatte auch keine Lust, mit ihm zu plaudern.

„Tut es nicht, aber Emma und Luca sind Freunde von mir und daher frage ich dich noch einmal. Wo warst du?"

„Und ich wiederhole es auch nur ungerne noch einmal. Geht dich nichts an. Ich war bei Silver." Nick schnaubte und legte sich wieder auf den Rücken. Das Licht ließ er aber an.

„Ich komme dir nicht zur Hilfe, wenn du mal in der Klemme stecken solltest."

„Ich glaube das beruht auf Gegenseitigkeit." Ich legte meine Füße hoch und schmiss die Decke über meine Beine.

Es tat gut, mal wieder auf etwas weicherem zu liegen, als auf so einer dünnen Isomatte mit einem Schlafsack.

„Was hast du jetzt eigentlich vor?", fragte Nick dann nach einiger Zeit.

Ich drehte meinen Kopf zu ihm und schaute ihn an. Er guckte an die Decke und bemerkte meinen Blick nicht.

„Ich weiß es ehrlich gesagt nicht", gab ich dann nach einiger Zeit zu.

Ich drehte meinen Kopf auch wieder zurück und schaute an die Decke.

„Ich habe jetzt diesen Stein, aber ich weiß überhaupt nicht, was ich damit machen soll.

Ja, er kann Sven einfangen, aber dann müssen wir ja zu ihm und zu dritt schaffen wir das nicht.

Ich wäre tot, bevor ich überhaupt bei ihm ankomme."

„Da sind wir ja mal einer Meinung." Ich verdrehte meine Augen. Warum redete ich eigentlich mit ihm darüber, wenn doch sowieso nur blöde Sprüche kamen?

„Wenn es zu einem Kampf kommen sollte, weiß ich, dass die Elfen auf jeden Fall hinter dir stehen werden."

„Und du?" Ich drehte meinen Kopf wieder und schaute ihn an.

Auch er sah mich an.

„Ich stehe hinter meiner Königin", sagte er und drehte sich dann wieder weg. Kurz darauf machte er das Licht aus.

„Gute Nacht, Elena."

„Gute Nacht." Ich machte meine Augen zu und war nach einer kurzen Zeit eingeschlafen.

16

Elena

Am Morgen legte sich etwas Schweres auf mich und ich war sofort wach.

„Du darfst mir nie wieder so einen Schrecken einjagen", sagte jemand und ich erkannte die helle Stimme sofort.

Ich machte meine Augen auf und sah in das strahlende Blau von Emmas Augen.

„Tut mir leid, aber kannst du trotzdem von mir runtergehen?" Emmas Augen blitzten belustigt und sie ging von mir runter.

Ich setzte mich auf und entdeckte dann auch Luca an der Tür zum Wohnzimmer.

„Wo warst du gestern noch so lange?", fragte er sofort. Ich fuhr mir durch meine Haare und seufzte.

„Können wir nicht erst einmal frühstücken, bevor ihr mich verhört?" Luca nickte und drehte sich um.

Ich sah zu dem Platz, an dem Nick gestern lag, aber er war schon verschwunden.

Ich schaute an mir runter und verzog mein Gesicht. Ich musste irgendwie an frische Klamotten kommen.

„Wir holen uns gleich frische Klamotten. Ich brauche auch welche", sagte Emma, die meinen Blick bemerkt hatte.

„Gut. Dann lass uns jetzt frühstücken." Ich stand auf und fuhr einmal über meine Sachen, in der Hoffnung, dass sie etwas ordentlicher aussehen würden, aber das war nicht der Fall.

Wir gingen in die Küche zu den anderen und setzten uns an den Tisch. Dario stellte gerade alles drauf.

„Guten Morgen, Elena. Ich wollte Emma aufhalten, aber sie hat sich nicht aufhalten lassen", sagte er und schaute mich entschuldigend an.

„Ach, schon gut."

Als Dario alles an Essen auf den Tisch gestellt hatte, setzte er sich selbst auch hin.

„Dann haut mal rein. Ich kann mir vorstellen, dass ihr schon länger nicht mehr richtig gegessen habt." Das ließen wir uns nicht zweimal sagen und wir fingen an zu essen.

„So. Wo warst du gestern jetzt so lange?", nahm Luca das Thema nach einer halben Stunde wieder auf. Sofort lagen auch alle Blicke neugierig auf mir.

„Ich war mit Silver unterwegs. Er wollte mir unbedingt was zeigen." Dario grinste wissend und konzentrierte sich wieder auf sein Brötchen.

Also musste er von dem Dorf wissen.

„Und was wollte er dir zeigen? Muss ich alles aus deiner Nase rausziehen?" Ich verdrehte die Augen.

„Silver hat mir ein verstecktes Drachental gezeigt. Dort leben auch heute noch Drachen.

Bei dem großen Krieg sind sie dorthin geflüchtet. Auch ein kleines Dorf steht dort, da auch die Drachenreiter damals noch dort gelebt hatten. Als Sven sie gejagt hatte." Luca, Nick und Emma schauten mich erstaunt an.

„Es gibt also tatsächlich noch mehr Drachen? Sven hat sie nicht alle ausgelöscht?", fragte Luca nach und ich nickte nur.

Luca war baff und Nick konnte ich auch ansehen, dass er mich am liebsten mit Fragen löchern würde, es aber nicht tat.

„Also Emma. Du und Elena wollt gleich ein paar neue Klamotten haben?", wechselte Dario das Thema.

„Ja. Weißt du, wo wir dafür hingehen können?" Dario nickte.

„Ich bringe euch nach dem Frühstück dahin." Wir stimmten zu und aßen dann in Ruhe auf.

Nach dem Essen halfen Emma und ich noch beim Saubermachen.

Die Jungs waren schon nach draußen verschwunden.

Nachdem auch das fertig war, gingen auch wir raus.

Silver entdeckte ich sofort auf dem Hauptplatz.

„Guten Morgen, Elena", begrüßte er mich, als er mich sah.

„Guten Morgen. Was machst du hier unten?" Als ich die Frage gestellt hatte, tauchte auf einmal ein kleines Mädchen auf dem Rücken von Silver auf.

„Mit den Kindern spielen, wie du siehst", sagte Silver belustigt. Ich beobachte ihn lächelnd.

„Wollen wir dann weiter?", fragte Emma, die neben mir stehengeblieben ist.

„Ja" Ich wollte weitergehen, doch da lief gerade ein kleines Mädchen auf Silver zu.

Silver senkte den Kopf, damit das Mädchen ihn berühren konnte.

Das Schauspiel ließ mich einfach glücklich lächeln.

Würde ich nicht wissen, dass Sven hinter uns her war, um mich und die Drachen zu töten, würde ich denken, dass alles gut sei und wir glücklich wären.

„Elena?" Ich drehte mich zu Emma.

„Tut mir leid. Aber das musste ich einfach beobachten."

Emma schaute zu Silver und sah das Mädchen.

„Ja, das ist wirklich süß. Man könnte schon denken, dass alles gut ist", sagte auch sie verträumt.

„Hey Mädels. Wollt ihr jetzt frische Klamotten
oder nicht?", rief Dario und wir drehte uns zu
ihm. Er stand schon etwas weit weg und winkte
uns zu.

„Ja wir kommen!" Wir liefen auf Dario zu.

*„Sei bloß vorsichtig bei den Kindern. Sie sind so
glücklich, dass wir hier sind."*

*„Ich hatte nichts anderes vor, Elena. Ich weiß,
wie sehr die Elfen den Frieden herbeisehnen."*

Das brachte mich wieder zum Lächeln und ich
konzentrierte mich auf Emma.

Wir kamen bei Dario an und er ging mit uns weiter.

Dabei zeigte er Emma endlich das Dorf. Mit mir
war er ja gestern schon herumgegangen.

Wir mussten auch immer mal wieder anhalten,
weil Elfen mit mir reden wollten.

Nach fast einer halben Stunde standen wir dann
vor einem kleinen Shop.

„Na endlich! Du bist ja ein richtiger Star, wenn
ich in Zukunft mit dir shoppen gehen will, muss
ich mich wohl daran gewöhnen", sagte Emma
und ich verdrehte fast unauffällig die Augen.

Wir gingen in den Laden und Dario verschwand sofort in einem kleinen Nebenraum.

Ich schaute mich in der Zeit da um. Überall hingen Stoffe oder auch mal ganze Kleider.

Ich berührte einen Stoff und er fühlte sich einfach wunderschön an.

„Das ist Elfenseide." Ich zuckte zusammen und drehte mich zu der Stimme. Dario war mit einer jungen Frau wiederaufgetaucht.

Die Frau schaute mich mit einem Lächeln an. Sie kam auf mich zu.

„Elfenseide ist sehr robust. Die kann man nicht so schnell kaputt machen. Selbst Feuer hält sie stand." Ich war erstaunt.

„So, ihr beide braucht also neue Kleider. Dann seid ihr bei mir richtig.

Ich bin Elfrina und werde euch bei dem Problem helfen."

„Gut, dann lass ich euch Mädchen mal allein." Dario verabschiedete sich und ging raus.

Elfrina drehte sich zu uns und klatschte in die Hände.

„Dann wollen wir mal loslegen. Ich werde euch ein paar Kleider machen." Sie schob uns in den Nebenraum und fing, an uns zu vermessen.

Wir redeten viel dabei und Elfrina war eine richtige Tratschtante. Wir verstanden uns sofort richtig gut.

Nach drei Stunden hatten Emma und ich neue Kleider und waren überglücklich.

„Danke, Elfrina." Sie winkte ab.

„Ihr braucht euch doch nicht zu bedanken, das habe ich sehr gerne gemacht." Sie umarmte uns beide kurz, dann gingen Emma und ich raus.

„Sie kann ganz schön viel reden", sagte Emma und grinste.

„Ja, da hast du recht, aber erst dadurch hat es so viel Spaß gemacht."

„Ja, das stimmt." Wir gingen zurück zu dem Haus von Dario.

„Ah, ihr seid wieder da. Wie war es?", fragte er sofort, als wir reinkamen.

„Es war schön. Jetzt bringen wir die Sachen erst einmal weg", sagte Emma und verschwand nach oben. Ich lief ins Wohnzimmer und packte meine Sachen in meine Tasche.

„Dario, wo kann ich denn hier duschen?" Ich stand in der Küchentür und beobachtete Dario.

Er drehte sich zu mir.

„Einfach die Treppe hoch und die erste Tür rechts. Handtücher habe ich euch schon herausgelegt."

„Danke." Ich ging wieder ins Wohnzimmer, holte meine Sachen und ging dann nach oben.

Ich fand das Bad schnell.

Ich zog mich aus und stellte mich unter die Dusche.

Als das warme Wasser auf meine Haut traf, seufzte ich zufrieden.

Nach einer halben Stunde stieg ich aus der Dusche und zog mich wieder an. Danach ging ich nach unten, doch es war keiner mehr im Haus.

„Wahrscheinlich laufen sie alle draußen rum", sagte ich zu mir und verließ das Haus.

Ich lief zum Zentralpunkt, bei dem ich dann auch wieder auf Silver traf.

„Du siehst zufrieden aus", sagte er, als ich bei ihm ankam.

„Ich war duschen und es tat einfach nur verdammt gut."

„Das freut mich. Dario sitzt übrigens dahinten."

Ich nickte und lief dort hin.

„Hallo, Elena. Na, fühlst du dich besser?", fragte Dario, als er mich sah. Ich nickte.

„Ja. So gut habe ich mich schon länger nicht mehr gefühlt." Er grinste mich an und ich setzte mich neben ihn.

Zusammen beobachteten wir, wie Silver mit den Kindern spielte.

Doch plötzlich hob er ruckartig seinen Kopf und ich konnte seine Unruhe spüren.

„Was ist los?", fragte Dario sofort, der aufge-
sprungen war und anscheinend genauso in
Alarmbereitschaft stand.

„Irgendwas stimmt nicht." Ich lief zu Silver
rüber. Die Kinder waren weggesprungen, als er
seinen Kopf gehoben hatte.

„Silver, was ist los?"

*„Ich spüre Gefahr, aber ich weiß nicht, woher sie
kommt"*, sagte er nur und ich hatte eine böse Vorahnung.

Sofort rannte ich wieder zu Dario.

„Du musst sofort alle verstecken oder wegbringen. Sammle deine stärksten Krieger zusammen.
Wir werden angegriffen."

Wie aufs Stichwort brüllte Silver einmal laut und
ging plötzlich in die Luft.

Er wehrte einen Speer ab, der genau auf mich zu-
geflogen kam.

Das ließ auch Dario sofort reagieren und er rannte
los. Kurz danach ertönte im Dorf ein Signalton
und alle liefen zu ihren Häusern.

Ich fing an, Luca, Emma und Nick zu suchen,
aber ich lief nur Nick über den Weg.

Er warf mir meinen Bogen und meinen Köcher
zu, als er bei mir ankam.

„Danke. Aber wo sind Luca und Emma?"

„Sie helfen, die Kinder an einen sicheren Ort zu bringen." Ich nickte und wollte wieder zu Silver, aber Nick hielt mich nochmal auf.

„Elena, am Himmel." Mit weit aufgerissenen Augen schaute ich hoch.

Doch als ich die Wächterdrachen erkannte, atmete ich erleichtert auf.

„Das sind nur die Wächterdrachen. Sie wollen uns mit Sicherheit helfen."

„Dann ist ja gut. Ich habe schon befürchtet, die gehören zum Gegner", sagte Nick und zog sein Schwert aus der Scheide.

Ich machte meinen Bogen bereit, und da hörten wir auch schon SEINE Stimme.

„Elena?!" Sofort drehten wir uns in Richtung Waldrand.

Dort kam Sven mit seinen Leuten angeritten. Er sah nicht wirklich glücklich aus.

Nick stellte sich in Angriffsposition und aus dem Augenwinkel sah ich, wie sich die Elfen neben und hinter uns formatierten.

Silver landete hinter mir und ich fühlte mich sofort gestärkt.

Sven blieb ungefähr zehn Meter vor uns mit seinen Leuten stehen.

Sein Blick lag auf uns und dann fing er an zu lachen.

„Ein Drache, ein paar unerfahrene Krieger und ein paar Elfen sollen mich aufhalten?"

„Du solltest zählen lernen, Sven!", schrie ich und in dem Moment landeten die beiden Wächterdrachen neben mir.

Ich konnte beobachten, wie sich die Miene von Sven änderte, doch er hatte sich wieder schnell unter Kontrolle.

„Zwei weitere Drachen werden auch nichts ändern, Elena! Du hast die Wahl. Entweder du kommst freiwillig mit mir und kannst leben, oder ich werde dieses Dorf, deine Schmusedrachen und dich auslöschen.

Dieses Dorf wird brennen, Elena!"

„Dafür musst du erst mal an uns vorbei!", rief Dario. Wieder lachte Sven.

„Ihr werdet es nicht verhindern können. Einzig und allein Elena kann was ändern. Ich bekomme dich entweder tot oder lebendig, das ist mir mittlerweile egal.

Holt sie euch!" Svens Männer stürmten los. Die Elfen liefen ihnen entgegen.

„*Dürfen wir, Königin?*", fragte einer der Wächterdrachen.

„Ja, holt sie euch." Das ließen sich die beiden nicht zweimal sagen und sie stiegen in die Luft.

„Das wird ein Spaß", sagte Nick und stürzte sich in das Geschehen.

Ich verlor Nick in der Menge, doch dann musste ich auch schon selbst einen abwehren.

Silver war auch schon in der Menge verschwunden.

Ich versuchte mich durch die Menge zu kämpfen. Je näher ich Sven kam, desto mehr fing der Stein an zu leuchten.

„Spring auf, Elena. Wir machen das zusammen."
Silver landete vor mir und ich sprang auf seinen Rücken.

Zusammen flogen wir in die Richtung, in der Sven kämpfte, aber wir kamen nicht sehr weit.

Plötzlich legte sich ein Netz über uns und holte uns so vom Himmel.

Silver schrie wütend auf und versuchte sich aus dem Netz zu befreien, dadurch verhedderte ich mich aber umso mehr in dem Netz.

„Silver, bleib mal ruhig oder wir kommen hier gar nicht raus!", schrie ich ihn an und er blieb ruhig stehen.

Ich nahm einen meiner Pfeile und schnitt ein Loch in das Netz, bis ich frei war.

„Jetzt darfst du wieder deine Sache machen." Das ließ sich Silver nicht zweimal sagen und er fing, an sich das Netz vom Körper zu schütteln.

„Elena, hinter dir!" Ich drehte mich um und konnte gerade so mit meinem Bogen das Schwert von Sven parieren.

„Du verdammt kleine Göre!" Er drückte stärker, doch ich nahm Schwung und schubste ihn nach hinten.

Schnell legte ich einen Pfeil an und zielte damit auf ihn.

Ich sah, wie Silver Feuer speien wollte, doch ich hielt ihn auf.

„Jetzt noch nicht." Er hörte nur widerwillig auf mich.

„Ihr beiden habt eine sehr starke Verbindung, das kann ich spüren."

„Du kannst gar nichts, Sven. Deswegen ist dein Weg hier auch zu Ende." Sven lachte laut.

Wir fingen an, uns im Kreis zu drehen, immer den anderen im Blick.

„Du hast nicht den Mut dazu, auf mich zu schießen, Elena.

Ich habe dich großgezogen und kenne dich sehr gut."

„Du kennst mich nicht!", schrie ich ihn an.

„Du hast mich jahrelang belogen und willst mich jetzt nur noch tot sehen.

Wir haben uns nie richtig gekannt." Ich ließ die Sehne los und der Pfeil schoss auf ihn zu, doch er zerteilte ihn mit seinem Schwert.

„Nicht schlecht. Damit habe ich tatsächlich nicht gerechnet." Er grinste und schnell legte ich einen weiteren Pfeil an.

„Doch du musst wissen, dass es nicht immer mein Plan war, dich zu töten. Eigentlich war es nie mein Plan."

„Das glaube ich dir jetzt auch." Svens Gesichtsausdruck wurde ernst.

„Du bist selbst daran schuld, dass du sterben sollst.

Ich habe dir so oft die Möglichkeit gegeben, mit mir zu kommen und alles beim Alten zu belassen, doch du hast immer wieder abgelehnt.

Jetzt bist du zu gefährlich für mich und daher ist der Tod der einzige Weg.

Damals, als ich erfahren habe, was du bist und was du einmal sein wirst, wollte ich dich auf meiner Seite.

Ich habe gedacht, da du noch so klein warst, ich könnte dich als meine Tochter großziehen, aber dein lausiger Bruder musste ja dazwischenkommen.

Jetzt kann ich dich nur noch töten, bevor du mich besiegen kannst." Er hob sein Schwert und kam auf mich zugestürmt.

Silver sprang dazwischen und schleuderte Sven mit seinem Schwanz weg. Als er dann zum nächsten Angriff ansetzten wollte, wurde er von Svens Männern bedrängt und kam nicht durch.

Ich nahm mir Zeit und spannte meinen Bogen erneut, dann sah ich, wie Sven wieder auf mich zulief.

Ich zielte und schoss ab. Dieses Mal traf ich ihm am Bein und das ließ ihn sofort taumeln.

Ich schoss zwei weitere Pfeile auf ihn, bis er am Boden lag.

Mit einem weiterem zielte ich auf sein Herz und ging auf ihn zu.

„Es ist vorbei, Sven."

„Glaubst du, dass es wirklich so leicht ist? Ich habe zwar keinen eigenen Drachen mehr, aber ich kann sie immer noch befehligen", lachte Sven erschöpft und bevor ich überhaupt richtig reagieren konnte, sah ich über mir eine Säule aus Feuer, die genau auf mich zukam.

„Verdammt." Ich wollte weg, doch ich fand keinen Weg.

Ich stolperte und landete auf den Boden.

„Elena!" Silver tauchte über mir auf. Er landete vor mir und breitete seine Flügel über mir aus.

Die Feuersäule prallte an ihm ab und ich blieb unbeschädigt.

Als die Gefahr vorüber war, machte Silver Platz und ich konnte gerade noch sehen, wie Sven von einem Drachen weggetragen wurde.

„Du wirst freiwillig zu mir kommen, Elena. Wenn du sie lebend wiedersehen willst!", schrie er noch, bis er im Wald verschwand.

Seine Männer folgten dem Drachen.

Als alles vorbei war, spürte ich auf einmal die Erschöpfung und meine Beine sackten weg.

Ich spürte, wie ich auf etwas Weichem landete.

„Du solltest dich auf jeden Fall ausruhen", sagte Silver und ich bemerkte, dass ich auf einem seiner Flügel lag.

Damit hatte er mich wohl aufgefangen.

„Elena, ich werde dich zu mir bringen, damit du dich ausruhen kannst", sagte Dario, der neben mir aufgetaucht war.

Er legte einen Arm um meine Schulter und wollte mich so stützen. Doch als er mich hochhob, spürte ich einen starken Schmerz in meiner Schulter und schrie auf.

„Okay. Das sollten wir uns gleich auch mal angucken."

Langsam liefen wir zu seinem Haus. Ich schaute mich währenddessen ein wenig um.

Überall lagen Tote, doch zu meiner Freude waren die meisten Leute von Sven.

Das ganze Dorf war verwüstet, doch die Elfen fingen schon an, das Chaos zu beseitigen.

Wir kamen bei seinem Hause an und gingen rein.

Vorsichtig setzte Dario mich auf einem Küchen-stuhl ab.

„Ich geh kurz ein paar Sachen holen. Fall mir so-lange bitte nicht vom Stuhl." Ich nickte und er verschwand nach oben.

Kurze Zeit später kam er wieder runter.

„Ich hoffe, es macht dir nichts aus, kurz dein Shirt auszuziehen? Ich will mir deine Schulter anse-hen." Ich nickte und hob langsam meine Arme.

Es tat weh, aber nach einer kurzen Zeit hatte ich das Shirt ausgezogen.

„Du hast dir die Schulter anscheinend heftig ge-stoßen. Sie ist fast lila. Aber sonst ist da alles in Ordnung.

Ich rühre dir was gegen die Schmerzen an." Er fing an, in der Küche herumzuwuseln.

Nach zwei Minuten kam er mit einer kleinen Schüssel wieder zu mir.

„Diese Kräuter werden dir die Schmerzen neh-men und deinem Körper helfen, schneller zu hei-len.

Achtung, es wird kalt." Er schmierte das Zeug auf meinen Bluterguss.

Kurz zuckte ich zusammen, aber als ich mich an die Kälte gewöhnt hatte, ging es.

„So, fertig. Du kannst dein Shirt wieder anzie-hen." Das machte ich auch und Dario brachte die Sachen zur Spüle.

Ich hatte gerade mein Shirt an, als plötzlich die Tür mit einem großen Schwung aufging und Nick hereinrannte.

Dario war sofort bei ihm.

„Nick, alles in Ordnung? Versuch, dich zu beruhigen und setz dich kurz hin."

„Nein, nicht sitzen. Bitte sagt mir, dass ihr wisst, wo Emma und Luca sind?" Sofort wurden meine Augen größer und der letzte Satz von Sven spukte in meinem Kopf rum. Wenn du sie lebend wiedersehen willst.

Ich fasste mir an den Kopf und sackte wieder auf den Stuhl. Dario war sofort wieder neben mir.

„Nick. Sven hat sie", sagte ich dann nach einiger Zeit.

17

Elena

Wir suchten sie die ganze Nacht, doch am Ende mussten wir uns eingestehen, dass sie tatsächlich bei Sven waren.

Nick war wütend darüber und gab mir, welch Überraschung, die Schuld daran.

Mittlerweile waren drei Tage vergangen und Dario legte mir jeden Tag nahe, dass wir von hier verschwinden sollten.

„Sven kommt wieder, wenn er bemerkt, dass ihr nicht nach ihnen sucht."

„Das glaube ich nicht. Er wird sie einfach nur immer mehr foltern und Infos aus ihnen rauspressen, je länger wir brauchen." Ich seufzte und ließ mich auf das Sofa fallen.

Dario setzte sich neben mich.

„Du hast immer noch nicht herausgefunden, wo sie sein könnten?" Ich schüttelte meinen Kopf.

„Er ist nicht mit ihnen zum Schloss. Er hat sie irgendwo anders versteckt und wo dieses Versteck ist, weiß ich leider nicht." Ich versteckte mein Gesicht in meinen Händen.

„Und trotzdem sollten du und Nick hier verschwinden. Irgendwohin, wo ihr in Ruhe nach den beiden suchen könnt."

„Dann versuch mal, mit Nick darüber zu reden. Er blockt sofort ab, wenn es darum geht, das Dorf zu verlassen.

Er hat dann das Gefühl, wir würden sie im Stich lassen." Dario lachte und verwirrt schaute ich ihn an.

„Was gibt es da zu lachen?" Er stand auf und zog mich auch auf die Beine.

„Du bist eine Drachenreiterin und eine Kriegerin. Lässt du dich wirklich von ihm kleinkriegen?" Ich schüttelte meinen Kopf und Dario lächelte mich an.

„Gut. Nick ist am Stall." Mit diesen Worten verließ er das Wohnzimmer.

Also musste ich mit ihm reden. Ich seufzte und verließ das Haus. Draußen machte ich mich auf den Weg zu den Ställen.

Dabei landete Silver neben mir.

„Startest du einen weiteren Versuch?", fragte er und ich konnte hören, dass er belustigt klang.

„Ja. Wir müssen an einen anderen Ort und so langsam sollte er das ja wohl verstehen."

„Naja. So wie ich Nick so langsam kenne, wirst du weiter mit einem sturen Bock kämpfen

müssen. " Nach diesen Worten flog Silver wieder nach oben.

„Du bist ja eine großartige Hilfe. "

Ich verdrehte die Augen und lief weiter zum Stall.

„Ich will nicht mit dir reden!", sagte er sofort wütend, als er mich am Stall entdeckte.

„Wie lange willst du das denn noch durchziehen? Was bringt dir das, nicht mit mir zu reden?" Nick unterbrach seine Arbeit und drehte sich zu mir.

„Du willst mir nur wieder was davon erzählen, dass wir hier wegmüssen.

Ich werde hier nicht weggehen, also geh mir nicht weiter auf die Nerven." Ich seufzte.

„Aber hier sind wir nicht sicher."

„Pah!! Wir sind nirgendwo sicher! Wir waren es mal, als du noch nicht hier warst! Wärst du nicht gewesen, würden wir bei unseren Familien sitzen!" Jetzt riss auch bei mir der Geduldsfaden.

„Du glaubst wirklich, dass ihr dann in Ruhe leben könntet, wenn ich nicht hier wäre?

Soll ich dir mal was sagen. Wenn ich nicht hier wäre, hätte Sven mich umgedreht und ich würde jetzt gegen euch kämpfen.

Wahrscheinlich wärt ihr schon längst tot!" Ich drehte mich um und ging.

Ich hatte nichts mehr zu sagen und wollte auch nicht darauf warten, dass Nick mich weiter beleidigte.

Seine Worte hatten weh getan, doch das sollte er nicht merken.

„Elena, alles in Ordnung bei dir?", fragte Silver besorgt. Ich wischte mir eine Träne weg und schüttelte meinen Kopf.

„Ja, bei mir ist alles in Ordnung. Weißt du, wo Dario ist?"

„Ich glaube auf dem Hauptplatz." Also lief ich dahin. Silver hatte zum Glück nichts mehr gesagt. Als Dario mich sah, kam er schon auf mich zu.

„Und wie ist es gelaufen?" Ich setzte mich auf die Bank und schaute ihn an.

„Scheiße ist es gelaufen. Es sind wieder nur Beleidigungen gefallen." Dario seufzte und setzte sich neben mich.

„Er macht mir die Vorwürfe, es wäre alles meine Schuld und ohne mich wäre alles besser." Dario legte eine Hand auf meine Schulter.

„Solange du selbst dir die Schuld nicht gibst. Ich glaube auch mehr, dass Nick wütend auf sich selbst ist, weil er Emma und Luca nicht beschützen konnte."

„Also dränge ich mich nicht zwischen sie?" Ich schaute Dario an und er schüttelte seinen Kopf.

„Elena, du bist die Schwester von Luca, und Emma, hat in dir eine beste Freundin gefunden. Du drängst dich nirgendwo zwischen.

Nick braucht vielleicht einfach nur ein wenig Zeit, sich daran zu gewöhnen, dass jetzt noch jemand im Team ist.

Die drei kennen sich schon seit Jahren, aber du drängst dich trotzdem nicht dazwischen."

„Danke, Dario. So was habe ich jetzt gebraucht." Er lächelte mich an.

„Es ist mir eine Freude, meine Königin wieder zum Lächeln zu bringen." Ich lachte und boxte ihm gegen die Schulter.

„Aber was mache ich jetzt mit Nick? Ich kann nicht allein auf die Suche nach den beiden gehen." Dario überlegte.

Als er in die Hände klatschte, war mir klar, dass er eine Idee hatte.

„Ich weiß etwas, aber es wird ihm nicht gefallen." Er erklärte mir seinen Plan und ich fand ihn auch gut.

Ich schickte Silver sofort los und ging mit Dario in die Hütte, um unsere Taschen zu packen.

Ich packte meine zusammen und Dario die von Nick.

„Wir machen euch aber erst mal noch was zu essen. Ohne Essen lass ich euch hier nicht weg." Mit diesen Worten verschwand er in die Küche. Ich folgte ihm lachend und half ihm dann.

Nach einer halben Stunde hatten wir unsere Vorräte aufgestockt und warteten jetzt nur noch auf Silver.

Wir würden Nick ohne sein Einverständnis mitnehmen, aber es ging leider nicht anders.

„Wir sind da, Elena", hörte ich dann die Stimme von Silver.

„Wir können die Sachen auf die Drachen packen", sagte ich dann zu Dario und zusammen gingen wir raus.

Wir machten unsere Sachen auf dem Rücken von Silver fest.

„Was muss ich machen, meine Königin?", fragte Red, den Silver geholt hatte, um zu helfen.

„Du musst einfach so lange außer Sichtweite bleiben, bis Nick wieder nein sagt oder ich dich rufe. Wenn er nein sagt, schnappst du ihn dir einfach. In Ordnung?"

„Jawohl, meine Königin." Mit diesen Worten stieg er wieder in die Luft. Ich drehte mich zu Dario.

„Wir werden wiederkommen, wenn wir sie gefunden haben."

„Auf jeden Fall. Passt auf euch auf." Wir umarmten uns kurz, dann lief ich wieder Richtung Stall. Nick drehte sich genervt zu mir, als er mich sah.

„Ich werde mich nicht entschuldigen und ich werde auch nicht mit dir gehen." Ich seufzte.

„In Ordnung. Ich habe es auf die nette Weise versucht." Schon stürzte Red hinab und packte sich Nick.

Er strampelte mit den Beinen und versuchte loszukommen.

„Das kannst du nicht machen! Lass mich verdammt noch mal runter! Du bist eine kleine Nervensäge!" Und noch viele weitere Beleidigungen fielen, aber ich ignorierte ihn.

Ich stieg auf den Rücken von Silver und dann flogen wir auch schon los.

Es vergingen weitere zehn Minuten, in denen Nick fluchte, bis er sich wohl damit abfand und auf den Rücken von Red kletterte.

Da gab er dann auch erst mal Ruhe.

Nach einer halben Stunde Flug steuerten wir auf die Höhlen zu und ich konnte sehen, dass Nick begeistert war.

Als er meinen Blick spürte, versuchte er schnell wieder neutral zu gucken.

Ich schüttelte nur grinsend den Kopf und konzentrierte mich wieder darauf, mich festzuhalten.

Als die Höhlen dann hinter uns waren, setzten die beiden Drachen zum Landeanflug an.

„Wow. Ist das das Drachental?", fragte Nick und schaute sich dabei begeistert um.

„Ja, ist es." Ein paar Drachen kamen zu uns rüber, um mich zu begrüßen, danach hielten sie Nick im Auge.

Dieser beobachtete die Drachen fasziniert.

„Wer ist das, Elena?", fragte einer der kleinen Drachen.

„Das ist Nick. Ein Bekannter von mir, der mich aber nicht leiden kann." Ich streichelte den kleinen Drachen, der dann auch sofort anfing, mit meiner Hand zu spielen.

„Ich werde mich mal umsehen", sagte Nick dann und verschwand in einer Richtung.

„Hab ein Auge auf ihn, okay?", sagte ich zu einem der Drachen neben mir, als Nick schon weiter weg war. Dieser nickte und folgte Nick.

„Wollen wir die Sachen in eines der Häuser bringen?", fragte Silver.

„Ja gerne." Ich stieg wieder auf seinen Rücken und wir flogen zu dem nächsten Haus.

Dort landete er und ich stieg ab.

„Das ist das alte Haus von Kilian und Savena. Jetzt soll es dir gehören." Ich betrachtete das Haus.

Es war ein wenig runtergekommen, aber nichts, was man nicht schnell beheben konnte.

Ich schnürte die Sachen von Silvers Rücken runter und ging vorsichtig in das Haus.

Als ich die Sachen abstellte, verursachte das eine große Staubwolke, die mir sofort die Luft abschnürte und ich hustete.

„Dieses Haus muss auf jeden Fall geputzt werden."

„Dann hast du ja was zu tun", sagte Silver und musste darüber lachen. Ich verdrehte nur die Augen und ging weiter.

Die Möbel waren mit einem Tuch abgedeckt und hin und wieder war eine Tür nicht richtig in den Angeln.

Man sah, dass hier schon sehr lange keiner mehr gelebt hatte.

Doch plötzlich stolperte ich über etwas und landete auf dem Boden.

Als ich wieder aufstehen wollte, spürte ich ein Schwert an meiner Kehle und erstarrte.

Silver draußen bemerkte es und brüllte auf.

„Nein Silver. Wir wollen hier nichts zerstören."
Er schnaubte, gab aber Ruhe.

Ich sah hoch zu meinem Angreifer und erschrak.

Ich hatte gedacht, Nick wollte mir einen Schrecken einjagen, aber das war nicht der Fall.

„Wer bist du und was machst du in dem Haus hier?!" Der Junge drückte das Schwert weiter runter und ich spürte die Unruhe von Silver.

„Wenn du nicht als Drachenfutter enden willst, solltest du von mir runter gehen und das Schwert von meiner Kehle nehmen", sagte ich ganz ruhig.

„Die Drachen hier würden mir nie was tun."

„Da wäre ich mir nicht so sicher", knurrte Silver.

„Du hast mir immer noch nicht meine Frage beantwortet", sagte er gefährlich, doch bevor ich etwas antworten konnte, wurde er von mir runtergezogen.

Schnell stand ich auf und sah, dass Nick vor dem Jungen stand.

„Wenn du jemanden angreifst, solltest du dir sicher sein, dass dein Opfer auch allein ist", knurrte Nick gefährlich und richtete sein Schwert auf den Jungen. Der Junge lachte nur.

„Wenn ihr mich tötet, kommt ihr hier auch nicht mehr raus!"

„Das werden wir ja sehen!" Schon stürmte Nick mit hocherhobenem Schwert auf ihn zu.

Die beiden Schwerter stießen einander.

„Nick wird ihn töten, wenn du da nicht zwischengehst", sagte Silver und ich musste ihm Recht geben.

Ich trat zwischen sie. Nick hielt sofort in seinem nächsten Angriff inne, doch der Junge stoppte nicht.

Ich machte mich schon darauf gefasst, das Schwert in meiner Schulter zu spüren, doch dann fing der Anhänger an zu leuchten. Eine Blase bildete sich um mich herum, wehrte das Schwert ab und schleuderte den Jungen nach hinten.

So schnell, wie die Blase kam, verschwand sie auch wieder. Ich drehte mich zu Nick, der mich mit großen Augen anschaute.

„Elena. Deine Augen."

„Erkläre ich dir später." Ich drehte mich wieder zu dem Jungen. Er lag stöhnend auf dem Boden und versuchte sich aufzusetzen.

Ich griff nach seinem Schwert und hielt es ihm an die Kehle. Sofort schaute er mich an und erschrak, als er meine Augen sah.

„Jetzt stelle ich die Fragen. Wer bist du und was machst du hier?" Meine Frage wurde von einem Grollen unterstrichen.

„Ich bin Daniel und ich wohne hier." Jetzt war ich verwirrt. Er wohnte hier? Ich ließ das Schwert sinken und Daniel stand auf.

„Du wohnst hier?" Er nickte.

„Ja. Noch kein Mensch hat dieses Tal gefunden und ich bin hier geboren. Also, wer bist du?"

Ich gab Nick das Schwert und wandte mich dann wieder zu Daniel.

„Ich bin Elena. Die letzte Drachenreiterin."

„Stimmt nicht." Verwundert schaute ich ihn an.

„Wie, stimmt nicht?" Er lachte.

„Ich bin auch ein Drachenreiter." Nick hinter mir lachte und ich schaute Daniel ungläubig an.

„Elena, bring ihn zu mir, dann zeige ich ihm mal, wer hier der letzte Drachenreiter ist!", knurrte Silver gefährlich.

„Wir sollten mal rausgehen", sagte ich dann und ging raus. Die beiden Jungs folgten mir.

Als Daniel Silver sah, erhellte sich sein Gesicht.

Jetzt war ich endgültig sprachlos.

Auch Silver schien den Jungen zu erkennen, da er plötzlich nicht mehr bedrohlich aussah.

„Silver, bist du es wirklich? Ich habe gedacht, du bist tot."

„Daniel!? Aber wie? Ich dachte, man hätte dich hier weggebracht." Nick und ich schauten uns verwirrt an und beobachteten die beiden.

Daniel schüttelte traurig den Kopf.

„Nein. Als uns die Nachricht erreicht hat, dass ihr es nicht geschafft habt, sind die anderen sofort los und haben mich zurückgelassen.

Ich war noch zu klein, doch als keiner zurückkam, musste ich lernen, allein zurechtzukommen.

Ein paar Drachen haben mich gefunden und mir dann geholfen.

Aber nicht alle Drachen wussten, dass ich hier war." Silver seufzte und legte seinen Kopf auf die Schulter von Daniel.

„Hätte ich gewusst das du hier bist, wäre ich schon eindeutig früher zurückkehrt." Daniel winkte ab.

„Ich bin gut zurechtgekommen, außerdem hast du so endlich deine Reiterin gefunden." Daniel drehte sich zu mir und lächelte mich an.

„Tut mir leid, dass ich dich angegriffen habe. Hätte ich gewusst, wer du bist, wäre das nicht passiert."

„Ach, es ist doch nichts passiert. Ich frage mich nur gerade, warum du uns vor ein paar Tagen nicht gesehen hast. Hast du das Brüllen nicht gehört?" Daniel kratzte sich im Nacken.

„Doch habe ich. Ich habe auch gesehen, wie alle Drachen zu einem Punkt geflogen sind. Da wollte ich dann nicht zwischenwuseln und bin erst sehr spät nach Hause gegangen.

Wie gesagt, nicht alle Drachen wissen, dass ich hier bin."

„Aber es wäre dir doch nichts passiert. Keiner der Drachen würde sich trauen, den Sohn von Savena und Kilian anzugreifen."

„Warte. Du bist der Sohn von Kilian und Savena?", fragte ich überrascht. Daniel schaute auf den Boden und nickte. Dabei fielen mir auch seine Ohren auf, die leicht spitz zuliefen.

„Ja. Deswegen bin auch ich ein Drachenreiter."

„Du bist der Sohn des verstorbenen Königs?",
sagte dann Nick. Stimmt, er war ja auch noch da.
Daniel nickte.

„Ja, aber mir war seit der Geburt klar, dass ich
seinen Platz nie einnehmen würde. Denn der ist
für dich bestimmt." Er zeigte auf mich.

„Mein Vater liebte die Legende. Deine Augen haben mir eigentlich schon den Beweis geliefert,
aber ich wollte es erst nicht glauben.

Silver hat dann die restlichen Zweifel gedämpft."
Ich konnte in den Augen von Daniel die Trauer
sehen. Entweder, er war traurig, weil er lieber
König gewesen wäre, oder weil er an seine Eltern
erinnert wurde.

„Vielleicht gehen wir lieber rein. Es wird gleich
schon dunkel und drinnen können wir besser reden." Daniel und Nick stimmten zu und wir gingen rein.

Daniel fing dann an, im Haus alles anzumachen
und bereitete den Esstisch vor.

„Dafür, dass du hier wohnst, sieht es hier aber
ganz schön schlimm aus", sagte ich lachend.

Daniel zuckte verlegen mit den Schultern.

„Naja. Ich war nie wirklich hier drinnen. Manchmal waren die Erinnerungen einfach zu stark."
Ich konnte ihn verstehen. Er vermisste seine Eltern.

Wir setzen uns an den Tisch und unterhielten uns weiter.

Daniel zeigte irgendwann auf meinen Stein.

„Er hat mich abgewehrt, oder? Das ist der Seelenstein." Ich nickte.

„Hat dir dein Vater auch darüber was erzählt?" Er schüttelte den Kopf.

„Nein. Keiner kennt die Geheimnisse des Steins. Noch nicht einmal die Drachen. Wir wissen nur das, was wir auch brauchen.

Du warst aber anscheinend überrascht darüber, dass er dich geschützt hat."

„Ja. Aber jetzt weiß ich ja, warum er es getan hat." Wir lachten, dann wurde Daniel ernst.

„Aber was macht ihr hier? Eigentlich kommt man her, um sich zu verstecken."

„Was anderes machen wir ja auch nicht. Man lässt lieber den Bruder und die Freundin im Stich", sagte Nick genervt. Wütend sah ich ihn an.

„Das stimmt nicht, Nick. Wir haben von hier eine größere Möglichkeit, die beiden zu finden."

„Na, wenn du meinst." Nick stand auf und ging nach draußen. Ich sah ihm hinterher.

„Er ist wohl nicht wirklich erfreut, dass ihr hier seid." Ich seufzte und drehte mich wieder nach vorne.

„Nein. Er glaubt, ich würde unsere Freunde im Stich lassen, dabei sind wir hier einfach am sichersten." Daniel nickte.

„Sie sind in Svens Gewalt?" Jetzt nickte ich. Daniel schaute mich mitleidig an. Mir kam ein weiterer Gedanke.

Daniel war der Sohn von Kilian, damit mein Cousin.

Ob er das wusste?

„Daniel? Was weißt du über deine Familie?" Daniel lächelte und stand auf.

„Das kann ich dir zeigen. Ich habe angefangen, die alten Bücher meiner Eltern zu durchstöbern und habe dabei einen alten Stammbaum gefunden."

Wir gingen nach oben in einen kleinen Raum. Ich schaute mich um.

Ein alter Schreibtisch stand am anderen Ende des Raums mit einer dicken Staubschicht drauf.

Das musste mal ein Arbeitszimmer gewesen sein.

Daniel ging auf einen Karton zu und hob ein dickes Buch auf.

„Hier sind alle Stammbäume meiner Familie drin. Und die, der anderen Drachenreiter." Er schlug es auf und sofort sah ich den Stammbaum von Kilian und Savena.

Ich folgte Kilians Linie und war erstaunt, dass ich Luca und mich fand.

„Sieh mal da." Ich zeigte drauf und Daniel folgte meinem Blick.

Mehrmals schaute er verwirrt zwischen mir und dem Bild hin und her.

„Das war vor ein paar Tagen noch nicht da. Du bist meine Cousine", stellte er erfreut fest und umarmte mich einmal.

Doch ich fragte mich immer noch, wie das Bild da reinkam.

„Ist das ein magisches Buch?" Daniel schüttelte mit dem Kopf.

„Nicht direkt.

Es ist schon irgendwie magisch, aber halt nur, was den Stammbaum angeht.

Wenn das Buch merkt, dass sich der Stammbaum erweitert hat, fügt er die Bilder hinzu.

Ich nehme mal an, dass das dein Bruder ist." Er zeigte auf das Bild von Luca und ich nickte.

„Ja, das ist er. Wusstest du denn gar nichts von uns?", fragte ich ihn dann. Er schüttelte mit dem Kopf.

„Ich wusste, dass mein Vater einen Bruder hat, aber ich habe ihn nie kennengelernt.

Ich würde mich auch nicht wundern, wenn sie von mir nichts wüssten." Ich legte meine Hand auf seine Schulter.

„Das werden wir bald schon herausfinden." Ich schaute wieder auf das Buch.

Mich würde interessieren, wie der Stammbaum von Sven aussah.

„Du sagtest ja gerade, da sind alle Stammbäume drin. Von jedem Drachenreiter, also auch der von Sven, richtig?" Daniel sah mich verwirrt an, nickte dann aber und schlug die richtige Seite auf. Ich sah das Bild von Sven. Ich folgte der Linie und entdeckte unter ihm das Bild von einem Jungen.

„Was bedeutet es, wenn die Bilder so grau sind?"

„Das diese Person verstorben ist. Ich wusste gar nicht, dass Sven einen Sohn hatte."

„Doch ich schon. Ich wollte nur schauen ob es der Wahrheit entspricht und er scheint tatsächlich tot zu sein. Naja egal, jetzt muss ich erst einmal herausfinden, wo sich mein Bruder und meine Freundin aufhalten." Daniel nickte.

„Und ich werde dir dabei helfen." Er klappte das Buch zu und wir gingen gemeinsam wieder nach unten.

Hoffentlich fanden wir schnell eine Lösung.

18

Elena

Daniel und ich hatten noch bis spät in die Nacht nach einer Lösung gesucht und erst Red und Silver brachten uns auf die rettende Idee.

Sofort ging ich dieser nach und fand dann auch tatsächlich heraus, wo sie sich befanden.

Sven hatte sie nicht ins Schloss gebracht, sondern zurück in die Menschenwelt.

Ich wollte es Nick erzählen, doch er zeigte sich den Rest des Abends nicht mehr.

Jetzt saßen Daniel und ich am Esstisch und frühstückten.

„Die Betten müssen auf jeden Fall erneuert werden", kam es von der Treppe und Daniel und ich schauten dorthin.

„Guten Morgen, Nick", erwiderte Daniel darauf nur und grinste ihn an. Nick setzte sich zu uns an den Tisch und nahm den Teller von Daniel entgegen.

„Du scheinst immer noch sauer zu sein", stellte ich nach einiger Zeit fest. Nick legte seinen Löffel auf den Tisch und schaute mich an.

„Das fragst du auch wirklich noch? Du lässt deine Freunde im Stich, nur damit du in Sicherheit bist. Sie würden sofort für dich sterben und würden dich überall rausholen", sagte er und ich meinte, in seiner Stimme Traurigkeit zu hören.

„Nick, du musst mir einfach mal vertrauen. Wir hätten im Elfendorf nichts mehr machen können. Ich wollte hierher, weil ich auch wusste, dass man uns hier helfen kann.

Daniel und ich haben gestern die ganze Zeit nach einer Lösung gesucht und sie auch gefunden.

Sven hat die beiden mit ins Menschenreich genommen und alle Portale geschlossen. Nur noch zwei stehen offen.

Das an seinem Schloss und das hier im Drachental.

Ich würde meine Freunde nie im Stich lassen."

Mit den Worten stand ich auf und ging raus. Ich konnte es gerade nicht mehr ertragen, Nick anzusehen.

Wie konnte er nur denken, ich würde die beiden im Stich lassen?

Luca war mein Bruder und Emma meine beste Freundin.

Ich würde sie niemals im Stich lassen. Diese Schmerzen, wünschte ich niemanden.

Automatisch, gingen meine Gedanken zu Lilly und Florian.

Ich hätte nie damit gerechnet, dass er mich so enttäuschen konnte und jetzt hatte ich Lilly mit ihm allein gelassen.

Ich seufzte und war froh, als ich über mir einen Schatten entdeckte. Kurzdarauf landete Silver vor meinen Füßen.

„Ich habe gemerkt, dass du traurig bist."

„Ach, ich habe mich nur wieder mit Nick gestritten."

„Und ich dachte, er wäre froh, dass wir etwas über Luca und Emma herausgefunden haben."
Ich lachte.

„Dafür hätte er mich erst mal aussprechen lassen müssen." Ich seufzte wieder. Silver senkte seinen Kopf und schaute mich an.

„Ich weiß vielleicht etwas, was deine Laune ein wenig heben wird. Komm, steig auf." Er legte sich hin und ich stieg auf seinen Rücken.

Als ich oben war, hob er sofort ab und flog weg von dem kleinen Dorf.

„Silver, wo willst du mit mir hin?" Ich konnte das Häuschen schon nicht mehr sehen und vor uns ragten nur die Berge hoch in den Himmel.

„Lass dich überraschen." Er setzte wieder zum Landeanflug an.

Wir standen jetzt genau vor einer der Bergwände, doch als ich genauer hinsah, erkannte ich eine

Öffnung, die von einem riesigen Tor verschlossen wurde.

„Willst du etwa da rein?" Er nickte und ich lief in die Richtung.

Das Tor bestand aus schwarzen Gitterstäben und hatte in der Mitte einen goldenen Drachenkopf.

Vorsichtig drückte ich das Tor auf. Mit einem leisen Quietschen öffnete es sich.

Ich schaute noch einmal zu Silver.

„Du kannst ruhig reingehen. Da drin ist nichts Schlimmes." Er schien zu wissen, was sich in der Höhle befand.

Ich vertraute ihm und trat langsam in die Höhle.

Je weiter ich hinein ging, desto dunkler wurde es, bis ich meine eigenen Hände nicht mehr sehen konnte.

„Silver!" Schon tauchte er neben mir auf und er hatte eine Fackel im Maul. Ich lächelte ihn an und nahm ihm die Fackel ab.

So gingen wir weiter. Der Gang erstreckte sich immer weiter, bis wir in einem großen Raum ankamen, doch hier brachte das Licht der Fackel nichts mehr.

„Silver, kannst du mir helfen."

„Ich bin gleich wieder da." Er verschwand im Dunkeln.

Nach kurzer Zeit sah ich einen kleinen Feuerstrahl und danach erhellte sich auf einmal die ganze Höhle.

Silver stand vor einer Feuerschüssel, die mit vielen anderen Schüsseln in diesem Raum verbunden war.

Erstaunt schaute ich mich um und erkannte, dass wir in einer Schmiede standen.

Ich lief auf einen der alten Öfen zu.

„Was haben sie hierdrin geschmiedet?" Ich drehte mich zu Silver, doch er gab mir keine Antwort, sondern lief einfach nur in eine kleine Nebenhöhle.

Ich lief ihm hinterher und blieb dann neben ihm stehen.

In dieser kleinen Höhle hingen überall Ständer an der Wand und an drei Ständern hingen auch immer noch drei Rüstungen.

Sie waren zu groß für Menschen, daher nahm ich an, dass es sich um Drachenrüstungen handelte.

„Ist das deine?" Ich lief auf eine schwarze Rüstung zu, die auf der Brust ein Blitz Symbol hatte.

Silver nickte. Er wirkte traurig, als er sich die anderen beiden Rüstungen anschaute.

„Ich nehme mal an, das sind die Rüstungen von Sun und River."

„Ja. Die einzigen Rüstungen, die hier noch hängen. Die anderen scheinen es nachher besser gemacht zu haben."

„Warum hängen eure denn noch hier?"

Silver seufzte.

„Damals, als wir das Tal verlassen hatten, waren wir auf dem Weg, um Sven anzugreifen.
Wir wollten einen Überraschungsangriff starten. Dafür wären die Rüstungen zu laut gewesen."

„Und dabei sind Kilian und Savena gestorben?"

Silver nickte und ich sah die Trauer in seinen Augen.

„Als wir nicht zurückkehrt sind, scheinen sich die anderen auf den Weg gemacht zu haben. Aber sie haben trotz der Rüstung verloren." Wir beide schauten nachdenklich auf die Rüstungen.

„Warum hast du mich hierhergebracht?"

„Du sollst wissen, dass es Rüstungen gibt und auch Waffen. Diese Schmiede hat eigentlich schon zu lange stillgestanden.
Die Waffen und Rüstungen, die hier geschmiedet wurden, bestanden aus Drachenstahl. Der härteste Stahl, den es in dieser Welt gibt.
Wir sollten diese Schmiede wieder in Betrieb neben, wenn wir wirklich vorhaben gegen Sven in den Kampf zu ziehen. Noch mal ziehe ich nicht ohne Rüstung in den Kampf."

„Das ist eine kluge Entscheidung und ich weiß auch schon, wem wir diese Schmiede in die Hand geben können."

„Daniel." Ich nickte.

„Auch das ist eine kluge Entscheidung." Wir lachten und Silver erzählte mir dann noch mehr Geschichten über das Tal.

Irgendwann flogen wir dann zurück und wir trafen Daniel vor dem Haus an.

Wir landeten und ich sprang von Silvers Rücken.

„Na, hat dir Silver das Tal gezeigt?" Ich nickte.

„Ist Nick da?" Daniel schüttelte den Kopf.

„Er ist dir nach einiger Zeit hinterhergelaufen, aber ich glaube, da warst du schon mit Silver weg. Seitdem habe ich ihn nicht mehr gesehen." Ich zuckte mit den Schultern. Der würde schon wiederauftauchen.

„Du, Daniel. Ich muss dich etwas fragen. Weißt du von der Schmiede hinten an der Bergkette?" Daniels Augen wurden größer. Er scheint sie zu kennen.

„Ja, aber ich habe gedacht, sie wurde zerstört." Ich schüttelte meinen Kopf.

„Nein, wurde sie nicht. Silver hat sie mir gezeigt und wir sind beide der Meinung, dass sie wieder laufen sollte und du der Beste dafür bist." Seine Augen wurden noch größer.

„Natürlich würden dir die Drachen helfen, ange-
führt von Red."

„Oh Mann, Elena. Danke. Es wird mir eine Ehre
sein, mit den Drachen zusammen die Schmiede
wiederzubeleben." Er schloss mich einmal in
seine Arme und ich musste lachen.

„Dann mach dich mit Red mal sofort auf den
Weg, wenn du gerade nichts anderes zu tun hast."
Das ließ sich Daniel nicht zweimal sagen und war
schnell verschwunden.

Ich freute mich für ihn und beschloss, mit Silver
gemeinsam weiter das Tal zu erkunden.

Erst spät am Abend kamen wir wieder und ich
ging auch sofort ins Bett.

Die beiden Jungs hatte ich den ganzen Tag nicht
gesehen.

· · ·

Am nächsten Morgen wurde ich wach, da plötzlich die Tür aufgerissen wurde.

Ich saß kerzengerade im Bett und schaute Nick
erschrocken an.

„Ich weiß, dass du sauer auf mich bist, trotzdem
könntest du mich etwas sanfter wecken", maulte
ich genervt und schaute ihn an.

Doch ihm schien das Grinsen nicht zu vergehen.

„Ich glaube, ich weiß, wo genau Sven die beiden versteckt." Sofort war meine schlechte Laune vergangen und ich sprang aus dem Bett und auf Nick zu.

„Was hast du herausgefunden?" Doch anstatt mir zu antworten, starrte Nick mich nur an.

Ich fuchtelte vor seinem Gesicht rum, bis mir klar wurde, warum er mich so anstarrte.

Ich schlief meistens nur in Unterhose und einem Top.

Sofort wurde ich rot.

„Dreh dich um!!" Das schien ihn aus seiner Starre zu wecken und er drehte sich schnell um.

„T… tut mir leid", stammelte er. Ich hatte Nick noch nie stammeln hören.

Ich machte mir keine weiteren Gedanken darüber und suchte mir schnell eine Decke. Diese wickelte ich dann um meinen Körper.

„Du kannst dich wieder umdrehen und mir erzählen, was du herausgefunden hast." Nick drehte sich langsam um und räusperte sich.

„Also, ich weiß, wo sich die beiden befinden. Zumindest die Stadt.

Sagt dir der Name Mountain View etwas?" Meine Augen wurden groß. Natürlich. In dieser Stadt war ich groß geworden.

„Ja. Dort haben Sven und ich gelebt. Luca hat mich dort gefunden."

„Das würde zumindest erklären, warum Sven dorthin gegangen ist und wir müssen auch dort hin." Nick war aufgeregt, aber ich konnte ihn verstehen. Wir hatten endlich eine eindeutige Richtung, wo sich die beiden befinden könnten.

„In Ordnung, aber ich will mich erst einmal anziehen und wir müssen Daniel Bescheid sagen."

„Natürlich, dann lass ich dich jetzt allein." Nick drehte sich zur Tür und wollte gehen, doch er blieb noch einmal stehen.

Fragend schaute ich seinen Rücken an, doch dann schüttelte er seinen Kopf und ging raus.

Verwirrt sah ich ihm nach. Er wollte doch noch etwas sagen, oder nicht? Ich zuckte mit den Schultern und nahm mir frische Sachen aus meinem Rucksack.

Ich war sehr froh darum, dass wir hier laufendes Wasser hatten.

Ich machte mich kurz frisch und zog mich dann an. Nachdem ich damit fertig war, nahm ich meinen Rucksack und ging nach unten.

Ich fand Nick und Daniel zusammen am Esstisch.

„Guten Morgen, Elena. Ich wollte Nick aufhalten, aber er ist dann doch ein wenig stärker als ich." Daniel schaute mich entschuldigend an.

„Schon gut. Er hatte ja zum Glück gute Nachrichten, sonst wäre er nicht mehr lebend nach unten gekommen." Ich schaute Nick grinsend an.

Dieser schnaubte nur und verschränkte seine Arme vor der Brust. Daniel lachte und stand dann auf.

„Ich habe schon etwas vorbereitet. Ihr sollt ja nicht hungern." Er gab mir ein Lunchpaket und ich verstaute es in meinem Rucksack.

„Du kommst also nicht mit?" Daniel schüttelte mit seinem Kopf.

„Ich werde die Schmiede betreuen und ich wäre euch auch keine große Hilfe. Kommt einfach nur heile wieder zurück." Ich nickte und umarmte Daniel, dann drehte ich mich zu Nick.

„Also, von mir aus können wir los. Silver soll uns zu dem Portal bringen." Nick sprang auf und schnappte sich seine Tasche.

Zusammen verließen wir das Haus und Silver brachte uns zu dem Portal.

Als wir davorstanden, stupste er mich von hinten an. Ich wusste sofort, was er wollte.

„Du kannst nicht mitkommen Silver." Ich drehte mich zu ihm.

„Es ist aber keine gute Idee, dass Reiter und Drachen getrennt werden", sagte er daraufhin nur. Ich seufzte.

„Silver. Diese Welt ist zu gefährlich für dich. Du würdest zu stark auffallen. Du musst mir vertrauen, dass ich das allein schaffe." Ich schaute Silver durchdringlich an.

Nach einiger Zeit hörte ich ihn seufzen.

„Aber pass wirklich auf dich auf." Ich nickte und umarmte ihn noch mal, dann lief ich auf Nick zu.

„Bist du endlich soweit?", fragte er und schaute mich an.

„Ja, das bin ich. Lass uns die beiden wieder zurückholen."

Mit den Worten traten wir in das Portal.

Alles wurde strahlend weiß und ich musste meine Augen zusammenkeifen. Auf einmal spürte ich eine Hand in meiner und schaute erschrocken zu Nick.

Doch hier konnte man nicht sprechen.

Ich sah, wie er mich zu einer Tür zog und dann zusammen mit mir hindurch ging, dann wurde alles schwarz.

• • •

„Elena, wach auf!" Jemand rüttelte an meiner Schulter. Langsam öffnete ich die Augen, kniff sie aber sofort wieder zusammen, da die Sonne blendete.

Ich hörte jemanden seufzen und meine Schulter wurde losgelassen.

„Du jagst einem aber immer wieder einen Schrecken ein. Warum wirst du dabei nur ohnmächtig?" Das war Nick.

Ich fasste mir an den Kopf und setzte mich vorsichtig auf.

„Ich habe keine Ahnung, sonst würde ich es dir vielleicht sagen." Nick lachte und ich versuchte noch einmal, langsam meine Augen aufzumachen.

Die Sonne blendete zwar immer noch, aber ich gewöhnte mich daran.

Ich sah neben mich und entdeckte Nick neben mir auf dem Boden. Er schaute Richtung Himmel.

„Warum hast du vorhin nach meiner Hand gegriffen?", fragte ich ihn dann. Nick drehte seinen Kopf zu mir.

„Weil du mir dort sonst abgehauen wärst. Ich konnte in deinem Gesicht schon sehen, dass du gleich wieder dein Bewusstsein verlieren würdest, also habe ich deine Hand genommen.

Wahrscheinlich wärst du sonst noch da drin." Er schaute wieder zum Himmel. Diese ruhige Seite kannte ich von Nick gar nicht, aber ich wusste auch, dass sie nicht lange anhalten würde.

Verlegen kratzte ich mich im Nacken und schaute auf den Boden.

Als ich ein Geräusch neben mir wahrnahm, schaute ich wieder zu ihm.

Er war gerade dabei aufzustehen.

„Wir sollten vielleicht weiter", sagte er, nahm seine Sachen und lief Richtung Straße.

Schnell sprang ich auch auf.

„Warte auf mich. Wir sollten vielleicht erstmal eine Bleibe für heute Nacht finden!", rief ich ihm hinterher. Ich schnappte mir meine Tasche und rannte ihm nach.

Natürlich wartete Nick nicht auf mich.

„Hast du vielleicht schon eine Idee, wo wir schlafen können? Immerhin hast du hier in dieser Stadt gelebt", fragte er dann, als ich neben ihm war.

Ich schaute ihn kurz von der Seite böse an und dachte dann nach.

Zu meinem alten Haus konnten wir nicht, da Sven wahrscheinlich damit rechnen würde.

Mir kam eine Idee, aber sie würde Nick nicht gefallen.

„Es wird dir nicht gefallen, aber da können wir wahrscheinlich schlafen." Nick blieb stehen und schaute mich an.

„Du meinst doch nicht etwa deine Freunde, oder?" Ich nickte langsam und er seufzte.

„Wir haben ja im Grunde keine Wahl", sagte er und so machten wir uns dann auf den Weg zu Lilly.

Dass wir nicht zu Florian konnten, wusste er ja nicht und das sollte auch erst mal so bleiben.

Außerdem würden sich die beiden nur die Köpfe einhauen.

Wir liefen an der Straße entlang, doch jedes Mal, wenn wir an einem Auto vorbeiliefen oder eines an uns vorbeifuhr, beobachtete Nick sie skeptisch.

In der Welt der Drachen gab es keine Autos. Das hatte mir Luca ja mal erklärt. Aber ich würde auch nicht sagen, dass sie in der Zeit stehengeblieben sind.

„Die Dinger stinken ja richtig. Wie können die Leute das hier nur aushalten?" Ich zuckte mit meinen Schultern.

„Sie sind damit groß geworden. Irgendwann nehmen sie den Geruch nicht mehr wahr." Darauf sagte er nichts mehr. Still liefen wir weiter, bis wir vor dem Haus von Lilly ankamen.

Ich klingelte und nach zwei Minuten machte Lilly auf, doch sie war anscheinend nicht sehr erfreut, mich zu sehen.

Ihr Blick ging zu Nick und dann wieder zu mir.

„Du traust dich wirklich zu mir zu kommen, nach dem, was du getan hast?" Verwirrt schaute ich sie an.

Was soll ich getan haben?

„Wovon sprichst du Lilly?" Lilly lachte bitter und mir kam eine böse Vorahnung.

„Florian hat mir alles erzählt. Du betrügst Florian mit diesem Kerl, machst einfach Schluss mit ihm und tauchst dann jetzt mit diesem Kerl hier auf!" Mir fiel meine Kinnlade runter.

Was hatte sie gerade gesagt?

„Du hast sie wohl nicht mehr alle. Ich würde doch nie was mit ihr anfangen", kam es darauf nur von Nick und auch seine Worte verletzten mich etwas.

„Warum sollte mich mein bester Freund anlügen?", fragte Lilly dann und in dem Moment fand ich meine Sprache wieder.

„Und was ist mit deiner besten Freundin? Ich würde dich niemals anlügen, Lilly."

„Florian hat gesagt, dass du so etwas sagen wirst, daher glaube ich dir nicht.

Du bist doch auch lieber da geblieben, anstatt mit uns zurückzugehen.

Ja, ich weiß, du hast uns was von Familie erzählt, aber wahrscheinlich war das auch nur eine Lüge. Ich will, dass du aus meinem Leben verschwindest. Ich hätte niemals gedacht, dass du zu so etwas fähig bist!" Lilly knallte die Tür vor meiner Nase zu.

„Aber er ist doch derjenige", fing ich meinen Satz an, beendete ihn aber nicht. Sie würde mir sowieso nicht glauben.

Traurig schaute ich auf den Boden und drehte mich dann um. Nick ignorierte ich bewusst.

Ich setzte mich auf die Bordsteinkante und stützte meinen Kopf in meine Hände.

Aus dem Augenwinkel bekam ich mit, wie Nick sich neben mich setzt. Meine Trauer nahm die überhand.

„Du willst doch nichts mit mir zu tun haben, warum setzte du dich dann zu mir?" Ich wollte keine Antwort auf die Frage.

Ich stand auf und ging. Nick folgte mir nicht und darüber war ich auch sehr froh.

19

Luca

„Luca, ich bin so müde." Emma kuschelte sich an mich und ich schlang meine Arme um ihren dünnen Körper.

Wir saßen jetzt schon eine längere Zeit in diesem Käfig und ich hatte mein Zeitgefühl verloren.

Ich betrachtete Emma. Sie sah nicht sehr gut aus. Sie bekam immer wieder Panikattacken und würde es nicht mehr sehr lange in diesem Käfig aushalten.

Als wir sie damals aus dem Kerker befreit hatten, war sie schon am Ende gewesen und jetzt saßen wir in diesem Käfig.

Sven ließ sich immer wieder etwas Neues einfallen.

„Alles okay bei dir, Emma?" Ich fragte sie mehrmals.

Manchmal lag sie so ruhig, dass man keine Atmung erkennen konnte und meistens könnte ich dabei dann in Panik verfallen.

„Ja. So gut, wie es mir hier drin gehen kann", sagte sie und man hörte ihr an, dass sie geschwächt war.

Ich schaute auf mein Essen runter, was wir bekommen hatten.

Langsam schob ich es zu Emma rüber.

„Hier, iss das. Dann geht es dir vielleicht besser."
Emma schaute mich an.

„Aber dann hast du doch nichts mehr. Ich werde das nicht essen." Sie schob es wieder zurück, aber so schnell, würde ich nicht aufgeben.

„Emma. Dir geht es am schlechtesten. Iss es einfach." Ich sah ihr fest in die Augen und nach einem kurzen Zögern, nahm sie es dann und aß.

Emma war mir wichtiger als mein eigenes Leben. Ich würde es nie vor den anderen zugeben, aber mir lag etwas an Emma.

„Glaubst du, sie haben schon herausgefunden, wo wir sind?", fragte Emma nach einiger Zeit.

„Ich vermute eher, dass sich die beiden tot gestritten haben." Emma lachte und ich merkte sofort, wie ich das vermisst hatte.

„Ja, wahrscheinlich hast du recht." Sie setzte sich vorsichtig auf und schaute mich an.

„Was haben du und Nick eigentlich besprochen? Ihr saht beide nicht wirklich glücklich aus danach." Ich schluckte und kratzte mich nervös im Nacken.

Hatte ich es so offensichtlich gezeigt? Wie sollte man reagieren, wenn der beste Freund, einem beichtet, dass er Gefühle für meine Schwester hat.

Außerdem wollte er es sich nicht eingestehen und Elena weiterhin von sich stoßen.

Ich hatte gehofft, dass die beiden Mädchen es nicht mitbekommen hätten.

„Naja. Er hat mir eigentlich gesagt, dass ich es niemandem erzählen darf." Im Grunde hatte er gesagt, ich dürfte es Elena nicht erzählen, von Emma war nicht die Rede.

Aber wahrscheinlich würde sie mit Elena darüber sprechen.

„Bitte, Luca. Ich erzähle auch Elena nichts, wenn sie es nicht erfahren darf." Emma schaute mich mit flehenden Augen an und denen konnte ich einfach nicht widerstehen.

„Na gut. Er hat mir erzählt, dass…" Ich wurde durch das Aufschließen der Tür unterbrochen.

Sofort schauten Emma und ich in die Richtung.

„Na, warum hört ihr denn auf zu reden?" Sven kam mit einem breiten Grinsen ins Zimmer.

„Habt ihr etwa Angst, dass mir etwas rausrutschen könnte, wenn ich eure geliebte Freundin in meinen Fängen habe?"

„Sie wird nicht in deine Fänge gehen." Sven kam zu uns und sah mich durch die Gitterstäbe an.

„Und ob sie das wird. Sie wird doch wohl nicht ihren Bruder und ihre beste Freundin im Stich lassen." Ich sah ihn böse an und Sven lachte wieder. „Das wäre doch viel zu schade. Zumindest für dich.

Für deine hübsche Freundin würde ich schon eine Aufgabe finden. Sie ist bei meinen Männern beliebt." Sofort erstarrte ich und Emma war die Angst ins Gesicht geschrieben.

„Dazu wird es nie kommen", knurrte ich gefährlich.

„Das werden wir sehen." Mit diesen Worten verließ Sven wieder den Raum.

Ich schaute zu Emma und nahm sie tröstend in den Arm.

„Ich werde nicht zulassen, dass sie dir irgendwie weh tun werden." Sie kuschelte sich an mich.

Ich sah zu der Stelle, an der Sven gerade noch gestanden hatte. Als etwas auf dem Boden glitzerte, setzte ich mich aufrecht hin.

„Was ist, Luca?" Ich ließ Emma los und ging näher an die Tür.

„Da liegt etwas." Ich legte mich flach auf den Boden und streckte meinen Arm durch die Gitterstäbe.

Ich bekam es zu fassen und zog meinen Arm wieder rein. Ich öffnete meine Hand und bekam große Augen.

„Ein Nagel", sprach Emma dann meinen Gedanken aus. Ich nickte und drehte mich zu dem Schloss.

„Warte, Luca. Was ist, wenn es eine Falle von Sven ist? Er hat genau an diesem Punkt gestanden und dann liegt da plötzlich ein Nagel?

Irgendwas stimmt da nicht." Ich drehte mich zu Emma.

„Wir müssen es aber probieren. Du hältst es hier nicht mehr lange aus." Ich drehte mich wieder zu dem Schloss.

Ich wusste, dass Emma recht hatte, aber wir mussten jede Chance nehmen.

Nach einer gefühlten Ewigkeit machte es endlich „Klack" und die Tür ging auf.

Ich reichte Emma meine Hand und sie griff danach.

„Und wenn es zumindest einer von uns schafft", sagte ich zu ihr und sie nickte.

Leise gingen wir zur Tür und ich machte sie vorsichtig auf.

Ich steckte meinen Kopf durch die Tür und schaute nach rechts und nach links.

Es war keiner zu sehen, also zog ich Emma nach draußen. Wir rannten den Flur entlang, bis wir vor einer weiteren Tür stehen bleiben mussten.

Die Tür nach draußen ins Freie. Ich griff nach der Klinke und drückte sie runter.

Die Tür sprang auf. Wir liefen nach draußen und atmeten die frische Luft ein.

Als ich mich umsah, stellte ich fest, dass wir nicht mehr in unserer Welt waren.

„Wir sind in der Menschenwelt", sagte ich dann zu Emma. Sie schaute mich erschrocken an.

Als dann noch ein Klatschen hinter uns ertönte, zuckten wir zusammen.

„Das habt ihr beide wirklich großartig gemacht." Sven. Ich drehte mein Gesicht zu Emma.

„Lauf. Lauf so schnell du kannst und schau nicht zurück." Sie wollte etwas sagen, doch ich stoppte sie mit meinem Blick.

Sie nickte und ich schaute zu Sven.

„Du hast das geplant?", fragte ich ihn und ließ Emmas Hand in der Zeit los.

„Ja, das habe ich. Ich wollte sehen, wie ihr euch so anstellt. Ein bisschen Bewegung tut doch jedem gut." Ich schaute Sven böse an und schob Emma immer weiter hinter mich.

„Damit wirst du nicht durchkommen."

„Bin ich doch schon." Er grinste blöd, war aber nur auf mich konzentriert.

„Jetzt, Emma." Sofort nahm sie die Beine in die Hand und ich konnte für eine kurze Zeit tatsächlich Überraschung auf Svens Gesicht sehen.

„Damit habe ich jetzt ehrlichereeise nicht gerechnet, aber sie wird nicht weit kommen. Holt sie

288

euch zurück!" Vier Männer stürmten in die gleiche Richtung wie Emma.

Ich versuchte sie noch aufzuhalten, doch ich wurde selbst von zwei Männern attackiert.

Dadurch, dass ich geschwächt war, hatten sie mich sehr schnell zu Boden gebracht.

Die Füße von Sven tauchten in meinem Sichtfeld auf.

„Du hättest deine Freundin nicht dazu anstiften dürfen, wegzurennen. Dafür wird sie nun bestraft." Ich zappelte und versuchte aus den Griffen der Männer loszukommen, aber sie waren einfach zu stark.

„Bitte, Sven. Lass sie daraus. Mit mir kannst du alles machen." Es entstand eine Stille, dann wurde ich plötzlich hochgehoben und stand jetzt genau vor Sven.

„Den Neffen von Kilian foltern? Warum nicht." Er grinste und gab seinen Männern ein Zeichen.

Ich wurde wieder reingetragen und bevor die Tür wieder zuging, konnte ich gerade noch sehen, wie die vier Männer mit Emma über den Schultern wiederkamen.

Ich ließ meinen Kopf sinken. Für Emma würde ich alles durchstehen.

20

Elena

Ziellos wanderte ich durch die Stadt. Nick hatte anscheinend auch nicht angefangen, nach mir zu suchen, da ich ihm seitdem nicht mehr über den Weg gelaufen war.

Es fing an zu dämmern und langsam sollte ich mir einen Platz zum Schlafen suchen.

Ich lief an einem großen leerstehenden Gebäude vorbei und blieb stehen.

Das wäre doch der perfekte Ort. Vor allem für meinen großen Schatten.

Kurz nachdem ich mich von Nick getrennt hatte, hatte ich ihn gespürt. Der würde sich gleich was anhören müssen.

Ich betrat das Gelände und dann das Gebäude. Ich nahm die Treppe bis nach ganz oben auf das Dach.

Dort breitete ich dann meine Sachen aus und setzte mich hin.

Ich genoss die Stille, bis ich nach einiger Zeit seufzte.

„So. Du kannst jetzt rauskommen, Silver! Auf deine Erklärung bin ich gespannt!" Ich stand auf und drehte mich um.

Zwei Minuten später landete er mit gesenktem Kopf vor mir.

Als ich Nick auf seinem Rücken entdeckte, konnte ich es nicht glauben.

„Du steckst mit ihm unter einer Decke? Hast du die ganze Zeit schon gewusst, dass er hier ist?" Nick sprang von seinem Rücken und schüttelte seinen Kopf.

„Nein. Erst als du verschwunden warst. Ich kann ihn zwar nicht verstehen, aber in dem Moment waren wir beide einer Meinung.

Wir würden dich nicht allein lassen." Ich seufzte und verschränkte die Arme vor der Brust.

„Hast du auch noch etwas dazu zu sagen?"

„Nick hat Recht. Er wusste nichts davon, es war meine Entscheidung.

Ich kann dich doch nicht allein in eine andere Welt lassen.

Vor allem nicht, wenn Sven auch hier ist." Ich seufzte und ließ meine Arme sinken.

„Es würde jetzt sowieso zu viel Zeit kosten, dich wieder zum Portal zu bringen, daher kannst du hierbleiben.

Du musst aber aufpassen. Flieg hoch genug und weich den Flugzeugen aus.

Die Menschen hier würden, glaube ich, nicht mit einem Drachen klarkommen." Silver nickte zufrieden und legte sich dann hin.

Er war wahrscheinlich genauso kaputt von dem Tag wie ich.

Dieses Reisen durch die Portale zerrte ganz schön an meinen Kräften.

Ich drehte mich zu Nick.

„Ich dachte, du wärst einfach gegangen. Ich brauche niemanden, der auf mich aufpasst." Nick seufzte.

„Ich habe es deinem Bruder versprochen, außerdem war es nicht so gemeint.

Aber warum hat es dieser Florian auf einmal so auf dich abgesehen?" Ich versteifte mich und ich konnte auch sehen, dass Silver sich auch anspannte.

Nick bekam die Reaktion mit.

„Elena, was ist passiert? Ich muss das wissen, wenn ich dich weiter beschützen soll." Man konnte ein leichtes Flehen in seiner Stimme hören.

Warum wollte er es denn so genau wissen?

„Rede mit ihm darüber. Er wirkt nicht so, als würde er sich dann über dich lustig machen", half mir dann Silver und ich seufzte.

„Florian hat mich betrogen. Als wir allein in dem Wald waren, hat er es mir gesagt und dort mit mir Schluss gemacht.

Ich war die ganze Zeit nur sein Accessoire und als er begriff, dass er mich sowieso verlieren würde, hat er es beendet und mir alles gesagt."

„Der Tag, an dem du so lange verschwunden warst und erst später mit Luca wiederkamst?" Ich nickte. Nick fuhr sich durch die Haare.

Er wirkte aufgewühlt, aber ich konnte mich auch täuschen.

Ich schaute auf den Boden, weil ich Angst vor seiner Reaktion hatte, doch als nach einiger Zeit immer noch keine Reaktion kam, sah ich doch hoch.

Nick stand aber nicht mehr vor mir, er hatte sich an den Rand des Gebäudes gesetzt.

„Du hast gefragt und wolltest eine Antwort", sagte ich dann nur beleidigt und ging zu Silver.

Ich hatte zumindest ein kleines „Tut mir leid" erwartet, aber dass nichts kam, tat auch irgendwie weh.

Ich setzte mich vor Silver und lehnte meinen Rücken an ihn.

Nach einer Zeit war ich auch eingeschlafen und es interessierte mich nicht mehr, was Nick darüber dachte.

· · ·

Am Morgen wurde ich durch Silvers Bewegungen geweckt.

Langsam öffnete ich meine Augen und musste mich erst einmal orientieren, wo ich war.

Wir waren auf einem alten Gebäude, da Lilly mich nicht mehr in ihrem Leben haben wollte.

Der Gedanke an Lilly machte mich wieder traurig und ich schaute zu Nick.

Er schlief noch. Er hatte zu dem ganzen Thema nichts gesagt. Ich stand auf und Silver beschwerte sich kurz, schlief dann aber weiter.

Ich lief zu dem Rand des Gebäudes und schaute runter.

Die Stadt erwachte gerade zum Leben. Lilly hatte wahrscheinlich Schule.

Ich wusste nicht, was für ein Tag heute war, noch wusste ich, wie spät es war.

Vielleicht sollte ich noch einmal versuchen, mit Lilly zu sprechen. Es tat mir im Herzen weh, so wieder diese Welt zu verlassen.

Ich drehte mich zu den anderen beiden um. Es sah nicht danach aus, als würden sie in der nächsten Zeit wach werden.

Diese Zeit würde ich nutzen, um mit Lilly zu sprechen.

Leise nahm ich mir meinen Rucksack und machte mich dann auf den Weg zu meiner alten Schule.

Ich musste nur aufpassen, dass mich keiner der Lehrer sah, sie würden wahrscheinlich sofort die Polizei anrufen.

Nach einer halben Stunde kam ich an meiner alten Schule an.

Als ich die ganzen Leute sah, war ich mir sicher, dass heute Schule war.

„Hey, Elena. Du wieder hier? Ist dir deine neue Familie auf die Nerven gegangen?" Ich erkannte die Stimme sofort. Ich hatte gehofft, ihm nicht über den Weg zu laufen.

„Florian. Dass du es wirklich wagst mich anzusprechen, nachdem du diese fiesen Gerüchte verbreitest hast." Mein Ton ließ sein Grinsen aus seinem Gesicht verschwinden.

Er wurde ernst und kam mir näher.

„Du bist mir egal, Elena, aber ich wollte das restliche Leben, das du hier noch hast, zerstören und das habe ich geschafft.

Die gute Lilly kann man so schnell von etwas überzeugen, vor allem, wenn man sich schon so lange kennt. Sie war so am Boden zerstört, weil du nicht wieder mit zurückgekommen bist.

Ich wollte ihr einfach nur ihre Trauer nehmen. Dass eure Freundschaft dadurch kaputt gegangen ist, bist du selbst schuld." Ich holte aus und meine Hand machte Bekanntschaft mit Florians Gesicht.

Die Leute um uns herum blieben stehen und schauten uns geschockt an.

Nachdem ich realisiert hatte, was ich gemacht hatte, schaute ich Florian geschockt an.

„Florian, das wollte ich nicht."

„Lass es gut sein, Elena. Du handelst dir sonst noch sehr viel Ärger ein." Mit diesen Worten verschwand er wütend zum Eingang.

Hoffentlich hatte ich es nicht noch schlimmer gemacht.

Ich fing an, nach Lilly zu suchen und fand sie auch schnell. Zielstrebig lief ich auf sie zu, doch als sie mich sah, wollte sie gerade umdrehen und gehen.

„Lilly, bitte! Lass uns vernünftig darüber reden."

Das brachte sie zum Stoppen, aber sie drehte sich nicht zu mir um.

Ich lief vor sie und schaute sie an.

„Dann fang an." Ich holte Luft.

„Alles, was Florian dir erzählt hat, war eine Lüge. Er hat mich betrogen, mit Tessa.

Da er nicht damit klarkam, dass ich bei meiner Familie bleiben wollte, hat er diesen ganzen Mist erzählt. Er wollte dir deine Trauer nehmen und mein restliches Leben hier zerstören.

Das musst du mir glauben, Lilly." Lilly seufzte.

Kurz bekam ich Hoffnung, aber vergebens.

„Lass es gut sein, Elena, und hör auf, mir irgendwelche Lügen zu erzählen. Verschwinde einfach aus meinem Leben." Mit diesen Worten ging sie. Ich wollte sie aufhalten, wurde aber selbst festgehalten.

Wütend drehte ich mich um.

„Verdammt, Nick. Ich muss es ihr erklären", sagte ich verzweifelt.

„Elena, das bringt jetzt nichts. Wir müssen deinen Bruder und Emma finden. Sie will dir doch nicht zuhören."

„Nick hat Recht, Elena. Dein Bruder und Emma sind jetzt wichtiger.

Ich weiß, es schmerzt dich jetzt sehr, aber irgendwann wird es vergehen und du kannst wieder darüber lachen." Silver hatte Recht.

Ich wurde wieder ruhiger und Nick ließ mich los. Erleichtert schaute er mich an.

„Und weißt du schon, wo wir anfangen können?", fragte er und ich nickte.

„Ja. Es gibt alte Lagerhallen, versteckt in den Wäldern. Dort können wir anfangen."

Er nickte und wir machten uns auf den Weg dahin.

Nach einer halben Stunde kamen wir an den Wäldern an und wir fingen an, sie zu durchqueren.

Aber sie waren dichter, als ich in Erinnerung hatte.

„Du bist dir auch immer noch sicher, dass diese Hallen in diesem Wald stehen?", fragte Nick mittlerweile schon zum dritten Mal.

„Ja, das bin ich. Du musst mir einfach mal vertrauen, anstatt die ganze Zeit zu nörgeln", blaffte ich zurück und lief weiter.

„Ihr könntet auch allgemein mal aufhören zu streiten. Ihr seid schlimmer als jedes Drachenkind", mischte sich dann jetzt auch Silver ein. Ich sagte darauf nichts.

„Elena, lass uns mal eine Pause machen. Wir laufen schon seit Stunden." Ich sah Nick an und stimmte ihm dann zu.

„Silver, du kannst auch runterkommen. Ich glaube nicht, dass hier Menschen sind."

„Ich bin auf dem Weg."

„Ich hoffe, du bist dir sicher, dass hier keine Menschen mehr sind." Nick setzte sich auf den Boden. Ich hatte einen Baumstumpf gefunden, auf den ich mich setzte.

„Kannst du einfach mal aufhören, mich zu reizen?" Nick hob abwehrend seine Hände.

„Ich habe nichts gemacht. Ich will einfach nur nicht, dass dein Drache entdeckt werden könnte."

„Wird er schon nicht. Danke für deine Sorge."

„Jetzt hört doch endlich mal auf. Es fängt an zu nerven", sagte dann Silver, der gerade hinter mir landete.

„Ich habe doch noch nicht einmal angefangen. Er redet schon, seitdem wir uns kennen so mit mir."

„Dann kann ich euch nicht helfen." Ich verdrehte meine Augen und nahm mir etwas zu essen aus meiner Tasche.

Ich aß mein Brot und beobachtete Nick dabei verstohlen.

Er wirkte unaufmerksam und irgendwie nachdenklich.

Aber das auch schon die ganze Zeit. Ich fragte mich, was ihn so beschäftigte.

Plötzlich hob Silver ruckartig seinen Kopf. Nick und ich waren sofort in Alarmbereitschaft.

„Silver? Alles in Ordnung?" Silver schüttelte kurz seinen Kopf und nickte dann.

„Ja. Ich habe nur gedacht, ich hätte etwas gehört. War aber nur ein Tier." Ich entspannte mich wieder und Nick bekam es auch mit.

„Er sollte lieber nicht bei jedem kleinen Tier hochschrecken." Silver schnaubte empört.

„Er kann froh sein, dass ich ihn überhaupt warne", sagte Silver und ich musste mir ein Grinsen verkneifen. Zum Glück sah es keiner der beiden.

Nach einer halben Stunde beschlossen, wir weiter nach den Lagerhallen zu suchen.

Nick und ich vom Boden aus und Silver aus der Luft. Irgendwann fing es an zu dämmern und Nick hatte auch wieder die Rolle des Nörglers eingenommen.

„Elena, so langsam sollten wir uns einen Platz zum Schlafen suchen. Es…" Ich hob die Hand, um ihn zu stoppen.

Ich hatte etwas gehört, aber Nick musste ja dazwischenreden.

„Sei ruhig. Ich glaube, ich höre Stimmen." Ich ging etwas in die Hocke und Nick war sofort an meiner Seite.

„Du musst dich ausruhen. Mit den Wunden kannst du nicht mehr weit laufen." Nick und ich schauten uns an.

Wir waren uns beide einig. Wir kannten diese Stimme.

Ich stellte mich wieder aufrecht hin.

„Emma!? Luca!? Wo seid ihr?!", riefen Nick und ich dann gleichzeitig.

„Elena?! Seid ihr das?! Wir sind hier!?" Wir folgten der Stimme und erkannten dann auch durch das Gestrüpp einen Arm, der nach uns winkte.

Nick und ich liefen zu den beiden hin und wir waren erleichtert, als wir Emma und Luca sahen.

Luca lag auf dem Waldboden und Emma kniete neben ihm.

Sofort ließ ich mich neben meinen Bruder fallen.

Er lag auf dem Bauch und man konnte seinen Rücken sehen.

Das Shirt war aufgerissen und der ganze Rücken war voller Blut.

„Emma, was ist passiert? Warum sieht Luca so aus?"

„Er hat sich für mich foltern lassen. Sie haben ihn ausgepeitscht und die Flucht war jetzt einfach zu viel für ihn."

„Hör doch endlich auf, dir Sorgen um mich zu machen", hustete Luca erschöpft.

„Sie hat einen guten Grund, sich Sorgen um dich zu machen. Irgendwie müssen wir ihm doch helfen können." Ich sah zu Nick, doch er sah genauso ratlos aus wie ich.

Ich hörte, wie Silver hinter mir landete.

„Du kannst ihm helfen, Elena. Ich habe schon früh gespürt, dass du die Fähigkeit besitzt, andere zu heilen. Du musst einfach an dich glauben", sagte er.

Ich sah ungläubig in die Luft und fragte mich, was für seltsame Dinge noch passieren könnten und wie viele Dinge ich noch nicht wusste.

„Dann werde ich es ausprobieren." Ich legte vorsichtig meine Hände auf den Rücken von Luca. Kurz keuchte er dabei schmerzhaft auf.

„Tut mir leid." Ich fing an mich zu konzentrieren. Ich dachte daran, wie sich die Wunden auf seinem Rücken schlossen und der Schmerz verschwand.

Ich schloss meine Augen und dachte weiter daran, stellte es mir bildlich vor.

Auf einmal spürte ich, wie meine Handflächen warm wurden und Nick und Emma neben mir keuchten auf.

„Elena, du glühst", sagte Emma und sofort öffnete ich meine Augen und holte selbst erschrocken Luft.

Ich war tatsächlich am Glühen genauso wie der Stein um meinen Hals.

Luca öffnete auf einmal erschrocken seine Augen und sein Rücken fing an zu glühen.

So schnell, wie es gekommen war, war es auch wieder verschwunden und ich sackte erschöpft nach hinten.

Sofort spürte ich zwei Arme, die mich hielten.

Ich sah nach hinten und schaute in die grünen Augen von Nick.

„Wow, Elena. Es sind tatsächlich nur noch Narben zu sehen", sagte Emma dann und lenkte meine Aufmerksamkeit wieder auf sich und Luca.

Ich ließ mir von Nick hoch helfen und stützte mich dann an einen Baum.

Emma war währenddessen mit Luca aufgestanden. Er sah jetzt wesentlich besser aus.

„Ich spüre gar nichts mehr, Elena. Du hast wirklich starke Kräfte." Luca kam auf mich zu und umarmte mich, danach betrachtete er mich besorgt.

„Aber es scheint auch an deinen Kräften zu nagen." Ich winkte ab.

„Es wird gleich schon wieder gehen. Ich habe diese Kräfte noch nie benutzt, wahrscheinlich bin ich deswegen jetzt so kaputt." Er zuckte mit den Schultern und betrachtete mich weiter besorgt.

„Wie seid ihr eigentlich da herausgekommen?", fragte Nick dann nach einiger Zeit.

Diese Frage hatte ich mir auch schon gestellt. Luca drehte sich zu Nick.

„Als ich gefoltert worden bin, konnte ich in einem kurzen Moment meinem Peiniger die Schlüssel abnehmen.

Damit konnte ich dann unseren Käfig aufschließen und wir konnten fliehen."

„Das war wirklich gewagt", sagte Nick und ich stimmte ihm zu.

„Ja, schon. Aber wir hatten nicht wirklich eine andere Wahl. Ich weiß nicht, wie lange Sven noch damit gewartet hätte, uns zu töten."

„Wahrscheinlich nicht mehr allzu lange. Aber jetzt seid ihr ja hier und alles ist wieder gut." Nick legte einen Arm um die Schulter von Luca.

„Ja. Aber ich glaube, wir sollten uns einen Platz zum Schlafen suchen. So langsam wird es dunkel." Nick stimmte ihm zu und die beiden liefen vor.

Silver erhob sich wieder in die Luft und Emma und ich gingen den Jungs hinter her.

„Und wie geht es dir?" Emma lächelte mich leicht an.

„Seitdem ich wieder bei euch bin, besser." Ich erwiderte ihr Lächeln.

„Was meintest du eigentlich damit, dass er sich für dich hat foltern lassen?" Sie seufzte und schaute auf den Boden.

„Wir sind einmal in die Falle von Sven getappt. Aus irgendeinem Grund hatte er uns einen Nagel dagelassen. Wir haben uns nichts dabei gedacht und wollten fliehen.

Wir schafften es bis nach draußen, doch dann stand er hinter uns. Es ging alles so schnell.

Luca wurde weggebracht und später sagte mir einer der Männer, dass er sich für mich bestrafen lässt, damit mir nichts passiert. Ich habe so ein schlechtes Gewissen." Ich legte meine Hand auf ihre Schulter.

„Du brauchst kein schlechtes Gewissen zu haben, Emma.

Irgendwie ist es doch sogar süß, dass er dich beschützen wollte und Schmerzen für dich ertragen hat." Emma lächelte leicht und nickte.

„Du hast Recht. Ich werde mich auf jeden Fall noch bei ihm bedanken." Ich lächelte sie an, dann guckten wir, dass wir wieder zu den Jungs aufschlossen.

Nach einer halben Stunde fanden wir endlich eine kleine Höhle, in der wir mit Drachen reinpassten. Silver kam runter und machte uns sofort ein kleines Feuer.

Wir setzten uns um das Feuer und gaben Luca und Emma etwas zu essen.

„Ich bin so froh, dass wir wieder zusammen sind", sagte Luca und biss halb verhungert in das Brot.

„Ja, ich auch. Jetzt sollten wir so schnell wie möglich wieder in unsere Welt.

Ich glaube nicht, dass Sven euch kampflos aufgibt. Er wird mit Sicherheit nach euch suchen", sagte Nick und ich stimmte ihm zu.

„Na, dann hoffen wir mal, dass er uns nicht im Schlaf überrascht."

„Keine Sorge. Das wird er schon nicht", sagte Silver und ich musste grinsen.

„Warum grinst du so?", fragte Nick und die anderen beiden schauten mich auch verwundert an.

„Weil Silver gesagt hat, dass ihr euch keine Sorgen machen müsst."

Nick seufzte laut und Luca und Emma schüttelten grinsend den Kopf.

„Wie habt…" Luca stoppte mitten in seinem Satz und schaute nach draußen.

„Ich glaube, er hat ihn entdeckt." Verwirrt schaute ich zu Silver.

„Wen entdeckt?", fragte ich ihn, doch bevor er mir eine Antwort geben konnte, sprang Luca auf einmal auf und rannte nach draußen.

Sofort waren wir anderen drei hinter ihm.

„Du wagst es tatsächlich, mir unter die Augen zu treten, nach dem, was du meiner Schwester angetan hast?!", rief er und holte Florian hinter einem Baum her.

Was machte der denn hier? Ich drehte mich zu Silver, der immer noch in der Höhle stand.

„Warum sagst du uns nicht, dass er hinter uns herschleicht?" Silver lachte.

„Weil ich wissen wollte, wie Luca reagiert. Ich darf ihm ja nichts tun, aber Luca wirst du so schnell nicht aufhalten können, Florian eine zu verpassen." Wie aufs Kommando ertönte hinter mir ein dumpfer Schlag.

Ich drehte mich um und sah, wie Florian sich die Nase hielt und Emma dazwischen ging.

Schnell lief ich zu ihnen rüber.

„Ich habe dir gesagt, dass er es bereuen wird, wenn ich ihn noch einmal sehe", sagte Luca zu mir und ich seufzte.

Ich wollte mich zu Florian drehen, doch da stürmte Nick an mir vorbei und nagelte Florian an einem Baum fest.

„Du wirst jetzt verschwinden, ohne etwas zu sagen und dich nie wieder Elena oder einem von uns nähern.

Du wirst Lilly die Wahrheit erzählen, hast du mich verstanden?" Ängstlich nickte Florian und Nick ließ ihn wieder los.

„Jetzt verschwinde!" Sofort nahm er seine Beine in die Hand und rannte weg.

Mich hätte sehr interessiert, warum er uns gefolgt war. Ich schaute Nick ungläubig an.

Er drehte sich zu mir.

„Frag einfach nicht, Elena." Mit diesen Worten drehte er sich um und ging in die Höhle. Luca folgte ihm und Emma drehte sich zu mir.

„Weißt du, was da gerade abgegangen ist?", fragte sie dann. Stimmt. Sie wusste von dem ganzen ja noch nichts.

„Das ist eine längere Geschichte." Ich fing an, ihr alles zu erzählen und sie schaute mich geschockt an.

„Wenn so etwas noch einmal passiert, will ich, dass du zu mir kommst. Wir sind Freunde, Elena

und ich will nicht, dass dich irgendjemand verletzt", sagte sie dann, als ich fertig mit dem Erzählen war.

„Danke, Emma." Wir umarmten uns, bis wir
dann beschlossen, zurück in die Höhle zu gehen.
Die Jungs hatten es sich schon gemütlich gemacht und schliefen.

„Wir sollten auch schlafen. Gute Nacht, Elena."
Emma legte sich auch hin. Ich lief zu Silver und
kuschelte mich an ihn.

Nach einiger Zeit schlief ich dann ein.

21

Elena

„Elena! Ihr müsst aufwachen." Sofort war ich hellwach. Ich lag auf dem Boden und nicht mehr an Silver gekuschelt.

Ich schaute nach draußen und entdeckte seine Gestalt vor der Höhle.

„Was ist denn los, Silver?"

„Sven und seine Leute sind nicht mehr weit weg. Wir müssen hier so schnell wie möglich verschwinden." Jetzt war ich auf den Beinen. Schnell lief ich zu den anderen und weckte sie.

„Leute, wir müssen weg. Sven ist in der Nähe." Das ließen sie sich nicht zweimal sagen.

Schnell packten wir unsere Sachen zusammen und machten uns dann auf den Weg.

„Wo, glaubt ihr könnte das nächste Portal sein?", fragte ich die anderen. Sie hatten etwas mehr Ahnung davon als ich.

„Frag deinen Drachen. Sie können Portale eigentlich aufspüren", sagte Luca und ich drehte mich zu Silver.

Um nicht von Sven entdeckt zu werden, blieb er bei uns auf dem Boden.

„*Ich kann es versuchen, aber nicht versprechen. Wenn die Portale inaktiv sind, kann man sie schwer aufspüren.*"

„Dann mach es." Silver blieb stehen und schloss seine Augen.

Ungeduldig scharrte Nick mit den Füßen, aber ich ignorierte ihn.

Nach fünf Minuten öffnete Silver wieder seine Augen.

„*Ich weiß, wo das nächste Portal ist. Folgt mir.*"

Silver lief voran und wir anderen folgten ihm.

Wir hatten ein schnelles Tempo drauf und kamen so gut voran.

Plötzlich blieb Silver stehen und wir anderen konnten gerade so noch stoppen.

„Silver, was ist los?", fragte ich sofort.

Doch bevor er antworten konnte, erhob er sich in die Luft und holte einen Mann aus einem Baum.

„Das ist einer von Svens Leuten!", rief Emma und sofort schmiss mir Nick meinen Bogen zu.

Gut, dass wir auch die Waffen von Luca und Emma mitgenommen hatten.

Ich hatte meinen Bogen gerade gefangen, da stürmten auch schon mehrere Männer aus dem Wald.

Silver wurde sofort bedrängt und auch ich hatte einiges zu tun.

Zwischendurch schaffte ich es, einen Blick auf Sven zu erhaschen. Er hatte hier auf uns gewartet. Sie waren in der Überzahl, aber wir hatten einen Drachen.

„Spring auf, Elena. So eine gute Chance hatten wir schon länger nicht mehr." Silver tauchte neben mir auf. Ich sprang auf seinen Rücken und er hob sofort ab.

Wir versuchten uns zu Sven durchzukämpfen, aber es war schwieriger, als es aussah.

Als ich bemerkte, dass ein Pfeilregen zu uns unterwegs war, steuerte ich Silver auf den Boden.

„Wir müssen sofort runter!" Silver landete auf dem Boden und ich sprang von seinem Rücken. Nick war sofort neben mir.

„Es sind zu viele, Elena. Wir müssen hier weg. Es scheint eine Falle von ihm gewesen zu sein." Nick schleuderte einen der Männer nach hinten.

Ich nickte und drehte mich wieder zu Silver.

„Wie lange kannst du uns alle tragen?"

„Nicht allzu lange, aber ich kann uns hier rausholen."

„Gut." Ich sagte den anderen Bescheid.

Sie kämpften sich zu Silver durch und ich hielt die Männer mit meinem Bogen auf Abstand.

Als alle auf dem Rücken von Silver waren, sprang ich auch auf und Silver erhob sich hoch in die Luft.

„Das hätte ins Auge gehen können", sagte Nick.

„Ja. Er muss dort auf uns gewartet haben", schlussfolgerte Luca.

„Ja. Gut, dass wir da rausgekommen sind. Jetzt sollten wir zurück in unsere Welt. Dort haben wir wenigstens Leute, die uns helfen." Alle stimmten mir zu und Silver flog so schnell er konnte zum Portal.

Nach einer halben Stunde musste Silver landen, da wir zu schwer wurden.

„Weit ist das Portal nicht mehr. Wir müssen nur noch geradeaus und dann ist es zwischen zwei Bäumen.

Du wirst es fühlen, wenn wir dort sind", sagte Silver erschöpft.

„In Ordnung. Dann gehen wir mal weiter." Wir liefen den Weg entlang, den uns Silver genannt hatte.

Nach kurzer Zeit kamen wir auf einer Lichtung an und ich spürte sofort ein Kribbeln auf meiner Haut.

Es breitete sich über meinen ganzen Körper aus. Um mich herum konnte ich das Knistern einer gewaltigen Magie wahrnehmen.

„Meinst du das Gefühl?", fragte ich Silver und dieser nickte nur.

„Was für ein Gefühl?" Emma schaute mich fragend an.

„Ich kann die Kraft dieses Portals spüren. Es fühlt sich einfach nur wundervoll an." Emma lachte über meine Begeisterung und dann gingen wir zu den Jungs, die weitergelaufen waren. Wir gingen auf zwei Bäume zu.

Sie sahen aus, als würden sie in jedem Moment umkippen, aber sie stützten sich gegenseitig und bildeten so eine Art Tor.

Das war wahrscheinlich das Portal.

„Es ist inaktiv", sagte Luca und seufzte.

„Sven hat alle Portale geschlossen. Auch in unserer Welt gab es nur noch zwei, die offen waren", sagte Nick zu ihm und ich spürte seinen Blick auf mir.

„Warum schaust du mich so an?"

„Ich hatte die Hoffnung, du wüsstest, wie man das Portal aktiviert." Ich verdrehte meine Augen und drehte mich zu Silver.

„Weißt du, wie wir es aktivieren können?"

„Nur Drachenreiter können es aktivieren. Du spürst doch die Energie des Portals. Nutze sie."

Ich nickte und ging zu den Bäumen rüber.

Ehrfürchtig strich ich über die Rinde und sofort verstärkte sich das Kribbeln in meinen Händen.

Plötzlich fing es in der Mitte der Bäume an zu schimmern und auf der Rinde fingen Runen an zu leuchten.

Strahlend ging ich wieder zu den anderen.

„Du hast es tatsächlich geschafft, das Portal zu aktivieren", sagte Luca und schaute mich erstaunt an.

„Ja, und jetzt ab nach Hause." Die anderen nickten und Nick verschwand sofort durch das Portal.

„Er hat es ja wirklich eilig, hier wegzukommen", lachte Emma und Luca schüttelte seinen Kopf.

„Dann sind wir jetzt die nächsten." Luca nahm die Hand von Emma und die beiden liefen durch das Portal.

Silver trat auch näher, doch ich drehte mich noch einmal zum Wald.

„Elena, wir sollten uns jetzt auch auf den Weg machen. Sven wird hinter uns sein."

„Ich weiß. Ich will mich nur verabschieden. Ich habe das Gefühl, dass ich diese Welt eine lange Zeit lang nicht mehr sehen werde."

Silver stellte sich neben mich.

„Du kannst jederzeit wieder hierher zurückkehren. Irgendwann wirst du diese Welt wiedersehen und vielleicht ist dann ja auch alles mit deiner Freundin geklärt." Ich lehnte mich an Silver.

„Wahrscheinlich hast du recht. Dann sollten wir die anderen nicht länger warten lassen." Silver nickte und legte sich hin.

Ich stieg auf seinen Rücken und zusammen näherten wir uns dem Portal.

„Bereit?"

„Ja, bereit." Silver trat durch das Portal. Alles um mich herum wurde weiß und fing an zu schimmern.

Wir schwebten durch den Strudel auf eine größere Tür zu.

Silver glitt hindurch und kurz wurde alles schwarz, aber nur für ein paar Sekunden.

Vor mir baute sich das Drachental auf. Dieses Mal hatte ich mein Bewusstsein nicht verloren.

Nick, Emma und Luca kamen auf uns zu.

„Da seid ihr ja. Wir hatten uns schon Sorgen gemacht, dass etwas passiert wäre", sagte Luca und umarmte mich, als ich von Silvers Rücken gestiegen war.

„Es ist alles gut. Ich musste mich nur noch verabschieden." Ich drückte Luca von mir weg und er lächelte mich aufmunternd an.

„Das wird schon." Er drehte sich von mir weg und betrachtete das Tal.

„So, aber jetzt erklärt uns mal, wo wir hier genau sind", sagte er dann und Emma nickte zustimmend.

Nick lächelte mich an und ich grinste auch.

„Wir sind im Drachental, mein lieber Bruder." Erstaunt drehte er sich zu mir um.

„Wirklich?" Ich nickte und er wurde noch begeisterter.

„Vater hat mir immer viel von diesem Tal erzählt. Ich hätte nicht gedacht, dass es das Tal wirklich gibt."

Ich legte eine Hand auf seine Schulter.

„Und ich kenne die beste Person, die dir das Tal zeigen könnte." Seine Augen fingen an zu strahlen.

„Daniel, wir sind wieder zurück. Könntest du uns abholen?"

„Ich bin schon auf dem Weg." Ich lächelte und Luca schaute mich verwirrt an.

„Ich habe jemanden gerufen, der uns abholt. Silver kann uns nicht alle tragen."

„Ach so, klar." Luca ging zu Emma und ich schaute in den Himmel.

Keine fünf Minuten später sah ich zwei Drachen am Himmel.

Sie setzten zum Landeanflug an und Luca und Emma wichen zurück.

„Es ist alles gut. Sie sind Freunde." Sie atmeten erleichtert auf.

„Elena!" Ich schaute wieder hoch zu dem Drachen und in dem Moment sprang Daniel von seinem Rücken.

Er zog mich sofort in eine feste Umarmung.

„Ich bin sehr froh, dass ihr es heil zurückgeschafft habt.

Als Silver sich davongeschlichen hatte, hatte ich keine Verbindung mehr zu dir."

„Und du bist wer?" Daniel ließ mich los und drehte sich zu Luca.

Dieser musterte Daniel misstrauisch.

Ich stellte mich neben Daniel und legte einen Arm um seine Schulter.

„Das, Luca, ist Daniel. Unser Cousin. Er ist der Sohn von Kilian und hat all die Jahre allein hier gelebt." Luca kam aus dem Staunen nicht mehr raus.

„Wir haben einen Cousin? Warum haben mir meine Eltern nie davon erzählt?"

„Weil sie es nicht wussten. Ich wurde hier in dem Tal geboren, also mitten im Krieg. Zu dem Zeitpunkt konnte Kilian keinen Kontakt zu euch aufnehmen.

Daher wusste keiner von mir."

„Und du hast die ganzen Jahre wirklich allein hier verbracht?", fragte Emma noch einmal nach. Ich konnte ihr ansehen, dass sie Mitleid mit Daniel hatte.

„Ja. Aber ich hatte die Drachen, daher war es nicht so einsam."

„Warte. Wenn du der Sohn von Kilian bist, dann bist du ein Drachenreiter?", fragte Luca.

„Jawohl. Der vorletzte. Nach mir wurde nur noch Elena geboren." Luca nickte und schien das alles zu verarbeiten.

„Er kann dir auch am besten das Tal zeigen, wenn du das immer noch willst", sagte ich dann und der Kopf von Luca schoss nach oben.

„Auf jeden Fall." Er kam auf uns zu und umarmte Daniel.

„Unsere Familie vergrößert sich immer mehr", sagte Luca grinsend und ich musste darüber meinen Kopf schütteln.

„Vielleicht sollten wir erst einmal zurück zum Dorf. Dort könnt ihr dann gerne weiter quatschen", sagte Nick und lief genervt zu einem der Drachen.

Ich schaute Luca an und gemeinsam fingen wir an zu lachen.

„Nick ändert sich auch nie, oder?", fragte dann Daniel und ich schüttelte meinen Kopf.

Er verdrehte die Augen und lief auch wieder zu einem der Drachen.

„Emma, wir beide fliegen bei Silver mit." Sie nickte und wir liefen zu Silver.

Wir stiegen auf seinen Rücken und die Jungs verteilten sich auf die anderen beiden Drachen.

Gemeinsam flogen wir zurück zum Dorf. Ich sah zu Luca rüber und konnte das Strahlen in seinen Augen sehen.

„Er ist hier wirklich glücklich." Emma seufzte hinter mir.

„Ja. Es ist schön zu sehen, dass er wieder so unbeschwert sein kann." Ich konnte ihr Lächeln in ihrer Stimme hören.

„Ja. Hoffentlich bleibt das so."

Wir setzten zum Landeanflug an und ich sprang sofort von Silvers Rücken.

Ich nahm meine Sachen und verschwand in mein Zimmer.

Daniel und Luca machten sich auf den Weg, das Tal zu erkunden, Emma verzog sich auch auf ihr Zimmer und was Nick machte, wusste ich nicht.

Ich setzte mich auf die Bettkante und ließ meinen Kopf in meine Hände sinken.

„Verzweifelt?" Mein Kopf schoss in die Höhe. Nick stand in der Tür und lehnte sich gegen den Rahmen. Sein Blick lag auf mir.

„Warum sollte ich verzweifelt sein?" Er zuckte mit seinen Schultern.

„Vielleicht, weil du keine Ahnung hast, was wir mit Sven machen sollen?"

Ich seufzte. „Ja, vielleicht, aber deswegen bin ich nicht sofort verzweifelt." Nick stieß sich von der Tür ab und kam auf mich zu.

„Naja, du wirkst aber so. Was ist es dann?" Nick setzte sich neben mich und ich schaute ihn verwundert an.

Soviel Zärtlichkeit hatte ich in seiner Stimme mir gegenüber noch nicht gehört.

„Erde an Elena." Er winkte mit seiner Hand vor meinem Gesicht und ich zuckte zusammen.

„Tut mir leid." Ich seufzte wieder und ließ mich nach hinten fallen.

„Ja, ich mache mir Sorgen, was mit Sven ist, aber ich bin nicht verzweifelt.

Wir müssen einen Plan aufstellen und darüber denke ich gerade nach."

„Da hast du recht. Wir sollten einen Plan haben, bevor er wieder in dieser Welt ist." Ich setzte mich wieder auf und schaute Nick an.

„Warum redest du auf einmal so ruhig mit mir? Wenn ich mich recht erinnere, hättest du mich vor ein paar Tagen gerne umgebracht." Nick lachte und fuhr sich durch die Haare.

„Lass uns nicht darüber reden und freu dich doch einfach darüber. Was hast du jetzt vor?"

Ich sah ihn eine kurze Zeit an und wendete dann meinen Blick ab.

„Ich werde mich mit Dario treffen. Er sollte wissen, dass es uns gut geht und ich werde dann mit ihm über Sven reden.

Egal, was wir machen oder was wir vorhaben, wir werden die Elfen dabei brauchen."

„Das ist mal ein Wort. Dann will ich dich nicht weiter aufhalten.

Ich werde den anderen Bescheid sagen, dass du bei den Elfen bist." Nick stand auf und verließ das Zimmer.

Kurz vor der Tür blieb er noch einmal stehen, drehte sich aber nicht zu mir um.

„Und eines solltest du wissen, Elena. Ich wäre nie in der Lage, dich zu töten.

Ganz egal wie sehr du mich nervst, du würdest mir fehlen, wenn du nicht mehr da wärst. Also, … weil ich dann niemanden mehr zum Ärgern hätte, versteht sich…" Mit diesen Worten ging er dann weiter und ließ mich mit offenem Mund zurück.

Er würde mich vermissen? Was war auf einmal mit Nick los? Ich schüttelte meinen Kopf und stand auf.

Darüber konnte ich mir später auch noch Gedanken machen.

Ich verließ das Haus und lief rüber zu Silver.

Er lag auf dem Platz und beobachtete die Kleinen Drachen beim Spielen.

„Elena. Wie kann ich dir helfen?"

„Ich möchte zu Dario. Kannst du mich hinbringen, oder bist du gerade sehr beschäftigt?" Ich musste grinsen, als ich sah, wie einer der kleinen mit dem Schwanz von Silver spielte.

Silver hob seinen Schwanz hoch und der kleine purzelte auf den Boden.

„Natürlich fliege ich mit dir dorthin." Ich grinste und stieg auf seinen Rücken.

Silver hob ab und wir flogen Richtung Elfendorf. Nach einer halben Stunde kamen wir am Dorf an und sofort versammelten sich mehrere Elfen um uns herum.

„Elena. Du bist wieder hier. Ist etwas passiert?" Dario kam auf uns zu und zog mich sofort in seine Arme.

„Nein, es ist alles gut. Wir haben die beiden finden können und sie sind jetzt in Sicherheit."

Dario seufzte erleichtert.

„Das ist schön zu hören, aber du bist nicht nur deswegen hier, richtig?" Ich nickte und sein Blick wurde ernst.

„Dann sollten wir vielleicht zu mir gehen." Er legte seinen Arm um meine Schulter und zog mich in die Richtung zu seiner Hütte.

Wir gingen rein und setzten uns ins Esszimmer.

„Also, was ist los?", kam Dario sofort auf den Punkt.

„Ich werde eure Hilfe brauchen, um Sven endgültig das Handwerk zu legen."

„Da kannst du zu 100% auf uns zählen und das weißt du auch." Ich seufzte.

„Ja natürlich, aber wir müssen uns einen Plan überlegen." Dario wirkte nachdenklich und fasste sich an den Kopf.

„Vielleicht sollten wir Späher zum Schloss schicken, die im Auge behalten, wann Sven wieder zurückkehrt."

„Das ist keine schlechte Idee. Am Schloss selbst haben wir das Überraschungsmoment auf unserer Seite."

„Also sollen wir ihn dort angreifen. Das hört sich gut an.

Ich werde meine Krieger vorbereiten und dann warten wir nur noch auf deinen Befehl."

„Befehl." Ich lachte. „Ich glaube, ich werde mich nie daran gewöhnen, dass ich die Königin sein soll." Dario lachte und sah mich an.

„Irgendwann wirst du dich daran gewöhnen, aber erst einmal sollten wir deinen Thron befreien."

„Ja. Ich bin sehr froh, euch an meiner Seite zu wissen." Dario griff über den Tisch nach meiner Hand.

„Und wir werden auch immer an deiner Seite sein. Es ist schon sehr lange vorherbestimmt, dass du auf den Thron kommst.

Eine Erbin des Drachenblutes, und zwar mehr, als du oder Silver erahnen könnt." Ich schaute Dario verwirrt an, ging aber nicht weiter darauf ein.

„Also wirst du Späher losschicken und ich werde auch einen Späher losschicken. Die beiden sollen sich dann treffen."

„In Ordnung. Für meine Königin." Er grinste mich an und ich konnte sein Grinsen nur erwidern.

Wir beschlossen, wieder nach draußen zu gehen, wo ich Silver sofort fand.

Er wurde von mehreren Elfen belagert.

„Silver ist hier wirklich sehr beliebt."

„Nicht nur er, Elena. Auch du bist hier sehr beliebt. Ich nehme mal an, dass du wieder zurück zum Tal fliegen wirst?" Ich nickte.

„Ja. Dort sind die anderen und auch wir werden uns für den Kampf vorbereiten. Ich hoffe, wir kommen da alle heil wieder raus." Dario legte seine Hand auf meine Schulter.

„Wir werden alles dafür tun, damit alles gut ausgehen wird. Aber…"

„Aber wir werden es nicht ohne Verluste schaffen. Ich weiß." Ich umarmte Dario.

„Danke für alles, Dario. Wir sehen uns."

„Ja." Er klopfte mir noch einmal auf die Schulter, dann ging ich rüber zu Silver.

Nachdem ich noch mit ein paar Elfen gesprochen hatte, stieg ich auf seinen Rücken und Silver flog sofort los.

Erst spät am Abend kamen wir wieder im Tal an und die anderen schliefen schon.

Ich würde morgen mit ihnen reden, also legte auch ich mich in mein Bett und schlief schnell ein.

22

Elena

Ein leises Klopfen weckte mich und ich setzte mich verschlafen auf.

„Ja?" Die Tür öffnete sich und Emma schaute in das Zimmer.

„Guten Morgen, Elena. Ich wollte dich wecken, da Daniel etwas zum Frühstück gemacht hat."

„Ja, danke." Emma verließ wieder mein Zimmer und ich fuhr mir verschlafen über die Augen, dann stand ich langsam auf.

Ich ging zum Fenster und schaute nach draußen.

Die Sonne schien und ich konnte die kleinen Drachen draußen spielen sehen.

Wenn man nicht wüsste, dass Sven bald zurückkehren würde, würde man denken, es sei ein ganz normaler schöner Tag.

Ich seufzte und beschloss mich umzuziehen. Danach ging ich runter zu den anderen.

„Guten Morgen, Elena", rief Daniel fröhlich und umarmte mich.

„Du bist eine ganz schöne Frohnatur", sagte ich lachend und setzte mich an den Tisch.

„Ja. Damit geht er mir schon den ganzen Morgen auf die Nerven", sagte Nick genervt und ich musste darüber lachen.

Daniel stellte einen Teller auf den Tisch und sah Nick an.

„Ja, damit versuche ich deine miese Laune zu überdecken." Der Spruch hatte gesessen und Nick tötete Daniel gerade mit seinen Blicken.

Wir anderen mussten uns ein Lachen verkneifen.

„Du solltest jetzt einfach nur essen, Nick", sagte Luca und schaute Nick belustigt an.

Er schnaubte nur und fing an zu essen.

Auch ich nahm mir etwas und aß.

„Wie war es gestern bei Dario? Ich kann es kaum erwarten, ihn wiederzusehen. Er muss wahrscheinlich einen Schrecken bekommen haben, als wir verschwunden sind", sagte Emma und ich schluckte meinen Bissen runter.

„Naja. Ich glaube Nick hat einen größeren Schrecken bekommen." Nick verschluckte sich und dadurch mussten wir wieder lachen.

Er schüttelte nur seinen Kopf und aß weiter, als er sich wieder beruhigt hatte.

„Und bei Dario war alles gut. Er ist froh, dass es euch gut geht und bereitet seine Elfenkrieger vor."

„Elfenkrieger?" Luca schaute mich fragend an.

„Ja. Wir sollten, nein wir müssen Sven angreifen, wenn er wieder hier ist, bevor er es tut."

„Und wie sollen wir herausfinden, wann er wieder in dieser Welt ist?", fragte Nick.

„Dario sendet Späher aus und das werden wir auch tun. Ich werde einen Drachen losschicken, der auch die Augen offenhalten soll."

„Lass mich mit dem Drachen fliegen." Verwundert schaute ich zu Daniel, genau wie alle anderen.

„Du willst mit ausspähen? Du warst noch nie außerhalb des Tals."

„Genau deswegen. Bitte Elena. Ich kann es mit Red machen. Er passt dann auf mich auf." Ich schaute in die Runde, dann seufzte ich.

„Meinetwegen. Aber du musst versprechen, auf dich aufzupassen."

„Klar." Ich sah in Daniels Augen und erkannte ein Strahlen darin.

„Du weißt gar nicht, wie glücklich du ihn damit machst. Es wird ihm gut tun, das Tal mal zu verlassen", hörte ich die Stimme von Silver in meinem Kopf. Darauf musste ich lächeln.

Wir aßen zu Ende, dann half ich Daniel, etwas Proviant fertig zu machen.

„Du bist dir wirklich sicher, dass du das machen willst?" Ich packte gerade ein Brötchen ein und schaute Daniel besorgt an.

„Elena, ich bin mir sicher." Er seufzte und schaute mich lächelnd an.

„Aber es ist schön, endlich wieder jemanden zu haben, der sich um mich Sorgen macht." Ich lächelte ihn an.

„Das glaube ich dir und ich bin sehr froh, dass wir dich gefunden haben." Daniel lächelte mich an und wir machten weiter.

· · ·

„Wo hast du Kochen gelernt, wenn du noch nicht einmal die Küche sauber gemacht hast?" Daniel und ich standen seit zwei Stunden in der Küche.

Red musste noch etwas mit den Drachen klären und daher hatte Daniel noch etwas Zeit.

„Naja. Ich glaube, das ist so ein Talent, das ich von meiner Mutter gelernt habe.

Elfen haben immer ein besonderes Talent, das sie sehr gut können.

Bei meiner Mutter war es die Kräuterkunde. Ich habe früh erkannt, dass auch ich einen Hang dazu habe.

Nur bei mir halt eher in die Richtung des Kochens." Er grinste mich an und ich erwiderte es.

Wir waren dabei, etwas Warmes für uns alle zu kochen. Allein der Duft des Essens ließ das Wasser in meinem Mund zusammenlaufen.

„Ich glaube, ihr habt schon länger nicht mehr so gut gegessen, oder?" fragte er nach einiger Zeit.

„Naja. So lange ist es nicht her. Aber du kannst wirklich verdammt gut kochen." Ich knuffte ihn in die Seite und er sprang weg.

„Lass mich lieber weiter kochen, sonst brennt es gleich noch an." Ich lachte und setzte mich auf einen Stuhl und beobachtete ihn weiter.

Dabei versank ich komplett in Gedanken.

„Papa, wo hast du eigentlich gelernt, so gut zu kochen?" Ich schaute Sven an und konnte mein Grinsen nicht unterdrücken.

Seitdem ich zu Hause angekommen war, wurde ich von diesem wunderschönen Duft eingenommen.

„Ich habe es von jemandem gelernt, der mir einst sehr nah gestanden hat.

Sie hat mir alles beigebracht, was mit dem Thema Kochen zu tun hat."

„Sie? Meinst du etwa meine Mutter?" Mein Vater drehte sich zu mir um und sein Blick war traurig.

„Nein, sie war nicht deine Mutter. Sie war eine gute Freundin von mir." Er drehte sich wieder zum Herd und machte mit dem Essen weiter.

„Du hast mir noch nie wirklich etwas über meine Mutter erzählt. Warum nicht, Vater?" Er hielt in seinen Bewegungen inne.

„Da gibt es nichts zu erzählen, Elena."

„Aber…" Er ließ den Kochlöffel fallen und drehte sich ruckartig zu mir um.

„Kein Aber, Elena! Zu deiner Mutter gibt es nichts zu sagen!" Er stand vor mir. Ich konnte Wut und Trauer in seinen Augen lesen.

Doch trotzdem fing ich an zu weinen. Mein Vater bemerkte es sofort und zog mich in seine Arme.

„Schsch, Elena. Ich wollte dich nicht anschreien. Es tut mir leid, mein Schatz." Er strich mir beruhigend über den Rücken und nach einiger Zeit beruhigte ich mich wieder.

Mein Vater drückte mich etwas von sich weg und sah mir tief in die Augen.

Er strich eine Strähne hinter mein Ohr und fing an zu reden: „Deine Mutter ist früh gestorben, E-lena, und es schmerzt mich immer noch sehr. Irgendwann werde ich mit dir darüber reden können, aber noch nicht jetzt."

„Werden wir dann auch zu ihrem Grab gehen?"

„Ja, mein Schatz, das werden wir." Er gab mir einen Kuss auf die Stirn und drehte sich dann wieder zum Herd.
„Setz dich, mein Schatz. Das Essen wird bald fertig sein." Ich nickte und setzte mich an die Theke. Von da aus beobachtete ich meinen Vater und dachte still an meine Mutter.

„Hallo. Erde an Elena?" Jemand fuchtelte vor meinem Gesicht herum und ich zuckte zusammen. Erleichtert atmete ich auf, als ich Daniel erkannte.

„Sorry, Daniel. Wolltest du etwas von mir?" Daniel sah mich an.

„Du warst völlig weggetreten. Ich habe bestimmt fünf Minuten versucht, deine Aufmerksamkeit zu bekommen.

Also, was ist los?" Er sah mich aufmerksam an und in dem Moment fiel mir ein, dass er noch gar nichts von Sven und meiner Vergangenheit wusste.

„Es ist nichts Schlimmes, Daniel. Ich habe mich nur an etwas erinnert."

„Und deswegen dieser niedergeschlagene Geschichtsausdruck." Er verschränkte die Arme und stellte sich vor mich.

Ich sah auf meine Hände und seufzte.

„Ja. Ich habe dir etwas noch nicht erzählt." Ich sah zu ihm auf und konnte die Verwunderung in seinen Augen lesen.

„Was hast du mir nicht erzählt?"

„Ich habe Luca und meine Eltern auch erst vor kurzem kennengelernt. Ich bin nicht bei ihnen aufgewachsen." Daniel hörte mir gespannt zu und ich redete weiter.

„Ich wurde damals, als ich klein war, von Sven entführt und er hat mich dann großgezogen.

Bis vor ein paar Monaten dachte ich noch, er wäre mein Vater.

Zwischendurch erinnere ich mich an Momente zurück, in dem zwischen uns noch alles in Ordnung war.

Er war damals ganz anders, aber anscheinend ist er einfach nur ein sehr guter Schauspieler." Daniels Mund stand offen.

„Sven hat dich großgezogen?", fragte er nach einiger Zeit nach. Ich nickte vorsichtig.

Daniel fuhr sich durch die Haare.

„Wow, damit muss ich erst einmal klarkommen. Warum hast du es mir nicht vorher erzählt?"

„Die Zeit war dafür nicht da.

Erst die Rettung meines Bruders und Emma und dann die Sache mit dem Angriff auf Sven.

Ich glaube, wir haben erst einmal genug Sachen zu tun."

„Und du musst selbst erst einmal damit klarkommen, oder?" Er sah mich an und ich seufzte.

„Ja, wahrscheinlich. Ich habe fast mein ganzes Leben mit ihm gelebt.

Aber er hat es zerstört und dafür wird er büßen."

Daniel kam auf mich zu und zog mich in seine Arme.

„Ich vermag es mir gar nicht vorzustellen, wie schwierig es für dich sein muss. Es tut mir leid, Elena." Ich erwiderte die Umarmung.

„Dir muss nichts leidtun. Du kannst gar nichts dafür." Daniel löste sich von mir und schaute mich an.

„Ich bin dein Cousin und will einfach nicht, dass du traurig bist." Ich lächelte und er klopfte mir einmal auf die Schulter.

„So, aber jetzt wollen wir das Essen fertig machen und dann essen. Ich kann es kaum erwarten." Er drehte sich wieder zum Herd.

„Daniel?" Er drehte sich wieder zu mir und sah mich an.

„Weißt du, ob deine Eltern mit Sven befreundet waren?

Gerade habe ich mich daran erinnert, wie Sven damals in der Küche gestanden hatte und für uns gekocht hat.

Er sagte mir, er habe es von einer Freundin gelernt und dabei war diese Trauer in seinen

Augen." Daniel überlegte und schüttelte dann seinen Kopf.

„Nein, ich weiß es nicht. Mich würde es nicht wundern, wenn sie einmal Freunde gewesen sind, immerhin waren sie alle Drachenreiter.

Vielleicht hat Sven sogar etwas für meine Mutter empfunden, was den Hass gegen meinen Vater noch weiter geschürt hat."

„Ja, wahrscheinlich." Daniel lächelte mich noch einmal an und machte dann das Essen fertig.

Ich nahm mir Teller und ging ins Esszimmer. Nachdem ich den Tisch gedeckt hatte, kamen die anderen auch alle pünktlich rein.

„Das riecht aber herrlich. Daniel, du kannst einfach verdammt gut kochen", sagte Luca und machte sich seinen Teller voll.

Es herrschte eine glückliche Stimmung, aber ich wusste, dass diese nicht mehr lange halten würde. Nach dem Essen stand Red vor der Tür und ich half Daniel, die Taschen auf seinem Rücken fest zu machen.

„Du musst auf jeden Fall auf dich aufpassen, ja?" Er umarmte mich.

„Natürlich, Elena. Mir wird schon nichts passieren. Ich kehre wieder zurück, wenn ich etwas weiß." Ich nickte und Daniel stieg auf den Rücken von Red.

„Ich werde auf ihn aufpassen, meine Königin."
Ich nickte Red zu und schon erhoben sie sich in die Lüfte.

„Vielleicht sollten wir die Zeit nutzen und ein wenig trainieren." Ich schaute zu Luca, der neben mir stand.

Er hielt mir ein Holzschwert hin.

„Wo hast du das denn gefunden?" Er zuckte mit den Schultern.

„Hier in der Nähe gibt es eine kleine Halle. Dort sind lauter Trainingssachen, aber die Halle ist runtergekommen."

„Wie fast alles hier." Er nickte.

„Ja, aber wenn der Krieg vorbei ist, können wir die Zeit nutzen und auch hier wieder alles aufbauen."

„Ja, das können wir." Ich nahm ihm das Holzschwert ab und hielt es ihm entgegen.

„Jetzt können wir erst einmal trainieren." Das ließ er sich nicht zweimal sagen und wir fingen an zu kämpfen.

Ich hatte nicht viel Ahnung vom Schwertkampf, aber mit der Hilfe von Luca lernte ich es schnell und wurde immer besser.

Mit Emma zusammen trainierte ich auch weiter das Bogenschießen und Silver und ich lernten, mit der Rüstung zu kämpfen.

Daniel hatte es in der Zeit, in der wir nach Luca und Emma gesucht hatten, geschafft, viele Rüstungen herzustellen.

Die Drachen hatten aber schon sehr lange nicht mehr mit den Rüstungen gekämpft und dabei halfen wir ihnen.

Wir wussten alle, sobald Daniel zurückkehrt, würde der Kampf beginnen.

Doch wir genossen den Frieden, solange er noch werte.

23

Daniel

„Hier sollten wir ein Lager aufschlagen, Daniel, und danach kann ich gucken, ob ich den Elf finde."

„In Ordnung, Red, dann lass uns runterfliegen."
Red setzte zum Landeanflug an und ich sprang sofort von seinem Rücken runter.

Ich schaute mich begeistert in dem Wald um. Es war ein wunderschönes Gefühl, endlich außerhalb des Tals zu sein.

„Sei vorsichtig, solange ich weg bin."

„Natürlich, Red. Du kennst mich doch."

„Genau deswegen." Red erhob sich wieder in die Luft und ich verdrehte meine Augen.

Red hatte mich großgezogen und ich war ein recht rebellisches Kind.

Vielleicht bin ich ab und zu mal abgehauen.

Ich legte meine Tasche ab und suchte mir Steine zusammen.

Ich sollte erst einmal ein kleines Feuer machen.

Durch den Flug war ich ganz schön abgekühlt.

Nachdem ich genug Steine hatte und damit einen kleinen Kreis gebildet hatte, suchte ich nach Holz. Auch das hatte ich schnell zusammen.

Ich machte mein Feuer und setzte mich auf den Boden.

„Ein Feuer ist nicht gerade unauffällig." Sofort sprang ich hoch, dabei schnappte ich mir mein Schwert und richtete es auf den Fremden.

„Wer bist du und was willst du?" Mein Gegenüber lachte und trat ins Licht.

„Du kannst dich beruhigen. Ich bin kein Feind." Es war ein Elf.

Ich senkte mein Schwert und schaute mir den Elf genauer an.

„Bist du der Späher, der von den Elfen geschickt wurde?" Er nickte und setzte sich auf den Boden. Ich legte mein Schwert wieder weg und setzte mich auch.

„Und du musst einer von den Vertrauten der Königin sein."

„Vertrauten?" Er lachte.

„Ja. Ich habe dich noch nie gesehen, auch nicht, als die Königin bei uns war. Ich bin übrigens Dylan." Ich nickte ihm zu und schaute dann ins Feuer.

„Ich habe sie auch erst vor kurzem kennengelernt."

„Bitte?" Dylan schaute mich fragend an. Ich hob meinen Blick wieder und sah ihn an.

„Ich habe sie auch erst vor kurzem kennengelernt. Ich habe seit vielen Jahren allein im Tal der Drachen gelebt."

„Du bist der Sohn von Kilian und Savena. Ich weiß." Erstaunt sah ich ihn an, doch Dylan stocherte nur mit einem Stock im Feuer rum.

„Woher weißt du das?" Er sah zu mir hoch.

„Ich bin ein Elf. Wir wissen viele Sachen. Wir hätten dich aus dem Tal rausgeholt, aber wir können nicht mit Drachen sprechen und ohne einen Drachen kommst du nicht ins Tal.

Es ist sehr schön zu sehen, dass es dir gut geht." Er lächelte mich einmal kurz an und stocherte dann weiter im Feuer.

Auch ich schaute wieder ins Feuer.

„Ich mache einen Rundflug. Passt so lange auf euch auf."

„In Ordnung." Ich schaute zu Dylan rüber.

„Red macht einen kleinen Rundflug."

„Okay, dann sollten wir so lange versuchen, ein wenig zu schlafen.

Ich bin schon seit gestern hier und es hat sich zum Glück noch nichts getan." Dylan legte sich hin und schloss seine Augen.

Nach kurzer Zeit war er eingeschlafen. Ich beschloss, wach zu bleiben und Wache zu halten.

Nach einer halben Stunde spürte ich Red wieder und kurze Zeit später stand er vor uns.

„Jetzt solltest du auch ein wenig schlafen. Ich werde über euch wachen." Ich nickte und legte mich auch hin.

Schnell war ich eingeschlafen.

. . .

„Hey, Daniel, du musst aufstehen." Jemand rüttelte an meiner Schulter und ich öffnete verschlafen die Augen.

„Ist was passiert?"

„Eine Patrouille." Mehr sagte Dylan nicht.

Er trat das Feuer aus und packte die Sachen zusammen.

Ich stand auf und half ihm schnell. Red war auch nicht mehr unten.

„Ich bin in Sicherheit, Daniel", hörte ich dann auch seine Stimme und war sofort erleichtert.

Dylan packte meinen Arm und zog mich plötzlich ins Dickicht.

Ich wollte etwas sagen, doch er legte einen Finger auf seine Lippen und dann sah ich auch schon, warum.

Soldaten kamen auf die Lichtung, auf der wir noch vor ein paar Sekunden gestanden hatten.

„Sie sind noch nicht lange weg. Findet sie!" Die Soldaten liefen umher.

„Wir müssen hier weg." Dylan zog mich in den Wald. Ich konnte mir gerade so noch meine Tasche schnappen.

Wir liefen, doch auch die Schritte hinter uns wurden lauter.

„Hey, stehen bleiben!" Dylan und ich drehten uns um und entdeckten hinter uns Soldaten.

„Lauf, Daniel! Ich komm hier schon klar." Dylan schubste mich nach vorne und zog im gleichen Atemzug einen Dolch.

Ich dachte gar nicht lange nach und lief weiter in den Wald.

Plötzlich wurde ich zurückgezogen und landete auf dem Boden.

„Du bleibst schön hier!" Über mir stand ein Soldat. Ich griff nach meinem Schwert, doch schnell war jemand hinter mir und zog mich auf die Beine.

Meine Arme wurden nach hinten gezogen.

„Sven wird es bestimmt interessieren, warum du hier in den Wäldern herumschleichst, Elf. Nehmt ihn mit." Ich wurde nach vorne gedrückt.

Meine Versuche, mich zu befreien, schlugen fehl. Sie trieben mich zum Schloss und dann durch die Mauer.

„Ich werde Elena…"

„Nein du wirst Elena nicht Bescheid sagen. Ich werde versuchen, mich zu befreien. Gib mir Zeit." Red schnaubte, gab aber Ruhe.

Ich konzentrierte mich wieder auf das Geschehen vor mir.

Der Soldat hinter mir schubste mich nach vorne und ich landete auf dem Boden.

„Wen haben wir denn hier?" Vor meinem Sichtfeld tauchten ein paar Schuhe auf. Ich sah nach oben, sofort in das Gesicht von Sven.

„Ein Elf. Euch habe ich ja schon länger nicht mehr gesehen." Er grinste mich gehässig an.

„Vielleicht verrätst du mir ja, wo sich euer hübsches Dorf befindet." Ich lachte.

„Dafür müsste ich aus dem Dorf kommen." Sein Grinsen verschwand und er holte aus

Mein Kopf schlug nach links und die Wange fing sofort an zu brennen.

„Woher sollst du denn sonst kommen? Du bist ein Elf." Ich lachte und Sven wurde dadurch nur noch wütender.

„Naja. Ich bin woanders groß geworden. Das verdanke ich nur dir." Sven ging in die Hocke, um mit mir auf gleicher Höhe zu sein.

Er nahm mein Gesicht in seine Hände und schaute mich an.

„Meine Schuld." Er drehte mein Gesicht nach links und nach rechts. Ich versuchte, es aus seinem Griff zu befreien, aber er war zu stark.

„Deine Augen. Sie kommen mir so bekannt vor."

„Mein König." Sven richtete sich auf und drehte sich zu seiner Wache.

„Was ist?!"

„Wir haben einen Drachen gesichtet. Er ist nicht weit weg von hier." Sofort ging der Blick von Sven wieder zu mir.

Das konnte nichts Gutes heißen.

„Findet ihn und holt ihn vom Himmel." Die Wache nickte und verschwand wieder. Sven richtete seine Aufmerksamkeit wieder auf mich.

Er packte sich meinen Arm und zog mich nach oben.

„Ich wusste sofort, dass mir deine Augen bekannt vorkommen.

Ich würde niemals die Augen der Frau vergessen, die ich geliebt habe." Mein Atem stockte. Er kannte meine Mutter und hatte sie geliebt? Das konnte ich nicht glauben. Auch wenn ich mit E-lena schon darüber gesprochen hatte.

„Du hast sie nicht geliebt", knurrte ich gefährlich.

Sven lachte und packte in meine Haare.

Jetzt gerade verfluchte ich mich dafür, dass ich sie noch nicht wieder abgeschnitten hatte.

„Du weißt gar nichts. Ich wusste nicht, dass Savena und Kilian einen Sohn hatten.

Ich nehme mal an, dass sie dich im Drachental versteckt haben. Da sind wahrscheinlich auch Elena und die anderen.

Sollst du etwa spionieren? Wollen sie mich angreifen?" Ich hielt meinen Mund geschlossen.

„In Ordnung, du willst also nicht reden. Dann wirst du halt fühlen.

Bringt ihn rein." Ich wurde von den Wachen gepackt und ins Schloss gezogen.

„Sicher, dass ich nicht helfen soll?", hörte ich wieder die besorgte Stimme von Red.

„Ja, ich bin mir sicher. Sorg du dafür, dass sie dich nicht vom Himmel holen.

Ich sollte bald wieder hier raus sein." Dazu sagte Red nichts mehr.

Ich wurde in eine Zelle geschubst, dort nahmen sie mir mein Schwert ab und ließen mich dann allein.

Ich rieb an meinen Handgelenken, die endlich wieder frei waren.

„Du wirst hier nicht mehr lebend rauskommen. Nur wenn du mir das sagst, was ich wissen will."
Ich drehte mich zu den Gittern und dort stand er.
Ich lief zu ihm rüber und stand jetzt vor ihm.

„Ich werde dir nichts verraten." Seine Mundwinkel zuckten.

„Du bist stur. Das hast du wahrscheinlich von deiner Mutter."

„Nimm ihren Namen nicht in den Mund!" Sven lachte.

„Du kommst sehr nach deinem Vater. Elena wird sehr glücklich gewesen sein, als sie erfuhr, dass sie noch einen Cousin hat.

Mich wundert es nur, dass sie dich so allein losgeschickt hat."

„Ich bin nicht allein."

„Ja genau. Der Drache. Der wird aber nicht mehr lange am Himmel sein. Meine Männer werden ihn vom Himmel holen. Du hättest nicht hierherkommen sollen."

„Elena wird dich stoppen. Dein Ende ist schon lange besiegelt."

„Das werden wir sehen. Sie soll es ruhig versuchen. Die Zelle neben dir wartet schon auf sie." Mit diesen Worten drehte er sich um.

„Und dich werde ich auch sehr schnell zum Reden bringen", sagte er beim Weggehen. Ich schluckte und sah ihm hinterher, bis er verschwunden war.

„Bitte sag mir, dass es dir gut geht Red."

„Ja, mir geht es gut. Sie haben die Fährte schon lange verloren.

Du solltest lieber versuchen, da rauszukommen. Mit meiner Geduld kannst du nicht lange rechnen."

„Ja. Gib mir einen Tag." Ich sah mich in der Zelle um, aber ich fand nichts.

Wenn ich bis morgen nicht hier rauskomme, würde Red zurück zum Tal fliegen.

Die beste Möglichkeit zu fliehen hatte ich nur, wenn Sven mich noch einmal aus der Zelle holt.

Ich setzte mich auf den Boden und vertrieb mir die Zeit.

Durch das kleine Fenster konnte ich sehen, wie es langsam dunkler wurde.

Heute würde er nicht mehr wiederkommen.

Meine Augen fielen immer öfter zu und irgendwann war ich eingeschlafen.

. . .

„Guten Morgen. Ach, ich freue mich ja so, den Sohn von Kilian foltern zu können." Sofort war ich wach und sprang auf.

Am Gitter stand Sven und grinste mich teuflisch an.

„Du kannst mich so lange foltern, wie du willst, ich werde das Tal und meine Königin nicht verraten." Sven schlug gegen das Gitter, doch ich zuckte nicht zusammen.

„Deine Königin." Er lachte.

„Sie wird nie eine Königin sein, vorher wird sie sterben. Holt ihn da raus." Wachen kamen auf uns zu und schlossen die Tür auf.

Einer der Wachmänner packte mich und zog mich nach draußen.

Jetzt oder nie. Ich holte mit meinen Armen Schwung und durch die Überraschung ließ der Wachmann mich los.

Im selben Moment schnappte ich mir sein Schwert und brachte ihn zu Boden.

Ich nahm meine Beine in die Hand und rannte raus.

„Schnappt ihn euch!! Er darf nicht entkommen!"

„Jetzt könnte ich deine Hilfe gebrauchen."

„Ich bin schon auf dem Weg."

Ich kam draußen an und wurde sofort von mehreren Männern belagert. Doch mit dem Schwert konnte ich gut umgehen.

Ich kämpfte mich durch, bis ich vor dem großen Eisentor ankam.

„Du wirst hier nicht rauskommen." Ich drehte mich um. Sven stand jetzt bei seinen Männern und hielt sie gerade zurück.

„Damit liegst du aber falsch." In dem Moment kam dann auch Red vom Himmel.

Sobald die Krallen von Red in Reichweite waren, nahm ich Anlauf und sprang.

Die Männer versuchten mich noch aufzuhalten, aber Red packte mich und flog sofort wieder höher.

„Ihr werdet den Kampf nicht gewinnen! Das kannst du Elena ruhig ausrichten!", waren die letzten Worte, die ich von ihm verstand.

Ich kletterte auf den Rücken von Red und atmete erst einmal erleichtert auf.

„Wir fliegen jetzt zu einem Treffpunkt, wo wir uns mit Dylan treffen."

„In Ordnung." Dylan. Ihn hatte ich schon fast wieder vergessen.

Red flog auf einen kleinen Hügel zu und landete dort. Ich stieg von seinem Rücken und entdeckte Dylan sofort.

„Du konntest also fliehen." Wir klatschten uns ab und ich nickte.

„Ja. Hat zwar etwas gedauert, aber ich habe es geschafft."

„Jetzt ist natürlich nur der Überraschungseffekt weg." Ich seufzte.

„Ja, stimmt. Darüber hatte ich noch gar nicht nachgedacht." Dylan seufzte auch und zuckte dann mit den Schultern.

„Daran kann man jetzt nichts mehr ändern. Wir sollten zurück zu unseren Leuten. Bis zum Tal fliegst du von hier auch noch etwas.

Ich nehme mal an, dann sehen wir uns im Kampf wieder." Dylan reichte mir seine Hand. Ich nahm sie.

„Ja. Hoffen wir darauf, dass alles gut ausgeht." Dylan grinste.

„Davon gehe ich aus. Ich glaube an unsere Königin." Mit diesen Worten verschwand er.

Ich schaute ihm hinterher, bis er im Wald verschwunden war.

„Wir sollten uns auch auf den Weg machen. Wir müssen Elena berichten und uns auf den Kampf vorbereiten."

„Ja, du hast recht." Ich lief zu ihm rüber und stieg auf seinen Rücken.

Red erhob sich in die Lüfte und wir flogen nach Hause.

24

Elena

„Daniel wird es schon gut gehen. Wenn man jahrelang allein leben kann, ohne Kontakt zu irgendwelchen Menschen, schafft er das auch." Emma legte eine Hand auf meine Schulter, um mich zu beruhigen.

Ich wusste, dass sie Recht hatte, aber trotzdem machte ich mir Sorgen.

„Vielleicht solltest du dich lieber konzentrieren und dein Schwert heben!", rief Nick und genau in dem Moment stürmte er auf mich zu.

Ich fasste mich sehr schnell wieder und parierte seinen Schlag, dann drehte ich mich unter seinen Armen her und holte selbst zum Angriff aus.

Nick konnte diesen aber auch abwehren.

„Gut gerettet."

„Danke." Nick zeigte mir ein paar Schritte. Ein wenig erinnerte mich der Schwertkampf ans Tanzen.

Manchmal verglich Nick es auch damit.

Es war jetzt vier Tage her, dass Daniel das Tal verlassen hatte.

In der Zeit hatten wir vieles geschafft. Jeder Drache besaß eine Rüstung und konnte darin kämpfen.

Ich verfehlte kein Ziel mehr mit meinem Bogen und auch mit dem Schwert wurde ich immer besser.

Luca hatte schon öfter gegen mich verloren.

Den einzigen, den ich noch nicht besiegt hatte, war Nick. Er war einfach zu gut.

„Für heute sollte es erst einmal reichen. Du hast dich ganz schön verbessert."

„Ein Kompliment mal aus deinem Mund zu hören." Ich grinste Nick an. Er verdrehte nur die Augen.

„Gewöhn dich lieber nicht daran. Auch wenn du die Königin bist, wird sich daran nichts ändern."

Er streckte mir die Zunge raus und nahm das Handtuch von Emma entgegen.

Er trocknete sich den Nacken und verschwand Richtung Hütte.

„Nick wird ja ganz schön handzahm." Sie gab auch mir ein Handtuch und ich trocknete mich ab.

„Ich glaube, daran würde ich mich nicht gewöhnen."

„Vielleicht mag er dich ja." Ich hustete und schaute Emma ungläubig an.

„Das glaubst auch nur du", sagte ich, als ich mich beruhigt hatte. Emma schüttelte lachend den

Kopf, sagte aber zum Glück nichts mehr zu dem Thema.

„Wie läuft es eigentlich zwischen dir und Luca?"
Sofort wurde sie rot und ich war vergessen.

„Naja, seit der Entführung weiß ich, dass er auch etwas für mich empfindet."

„Das war ja auch nicht zu übersehen." Wir lachten und setzten uns auf die Bank, die an der Hauswand stand.

„Aber ihr seid seitdem noch keinen Schritt weiter?", fragte ich weiter nach.

Emma seufzte und schaute in den Himmel.

„Ich weiß es ehrlich gesagt nicht. Wir haben, seitdem wir wieder hier sind, nicht viel miteinander geredet.

Das Drachental und dann das Training mit dir und den Drachen, ..." Ich legte eine Hand auf die Schulter von Emma. Sie drehte ihren Kopf zu mir.

„Emma. Wenn ich eines weiß, dann, dass mein Bruder etwas für dich empfindet. Das zwischen euch wird schon wieder." Ich lächelte sie aufmunternd an und sie erwiderte mein Lächeln.

Wir schauten beide in den Himmel und hingen unseren Gedanken nach.

Plötzlich sah ich einen dunklen Schatten im Himmel. Sofort stand ich und auch Silver konnte ich in meiner Nähe spüren.

„Alles in Ordnung, Elena?"

„Ja. Da kommt nur etwas auf uns zu." Ich zeigte in den Himmel und Emma stand sofort neben mir. Eine Hand an dem Griff ihres Schwertes.

Auch ich griff danach und dann warteten wir.

Als der Schatten näherkam, erkannte ich, dass es ein Drache war, dann entdeckte ich auch die Person auf seinem Rücken.

„Das sind Daniel und Red." Ich ließ meine Hand wieder sinken und ging auf sie zu.

Emma folgte mir.

Red landete und kurz darauf sprang Daniel von seinem Rücken. Sofort lief ich zu ihm rüber und nahm ihn in den Arm.

„Ich bin froh, dass du wieder da bist. Ich habe mir Sorgen gemacht." Ich löste mich wieder von ihm und Daniel lachte mich an.

„Es ist doch alles gut. Ich bin wieder hier." Emma umarmte Daniel auch.

„Das ist auch gut so. Sie hat uns wirklich ständig die Ohren vollgeheult." Ich boxte Emma gegen die Schulter und sie lachte.

Daniel verdrehte grinsend die Augen. Dabei fiel mir aber auch sein blaues Auge auf.

Sofort packte ich mir sein Gesicht und sah es mir genauer an.

„Was ist da passiert?" Daniel schaute auf den Boden. Also war doch nicht alles so gut verlaufen.

Emma schaute Daniel jetzt auch besorgt an.

„Vielleicht sollten wir dafür reingehen. Die anderen beiden sollten auch dabei sein."

„Okay."

„*Red. Du solltest zu Silver und den anderen Drachen.*"

„*Natürlich, meine Königin.*" Red flog wieder weg und wir liefen in die Hütte.

Luca und Nick saßen am Esstisch und spielten Karten.

Als sie uns reinkommen sahen und Daniel entdeckten, standen sie sofort auf.

„Wir sind froh, dass du wieder heil hier bist", sagte Luca.

„Danke. Aber wir sollten uns hinsetzten. Ich muss euch etwas erzählen." Wir nickten und setzten uns an den Esstisch.

„Also. Ist Sven wieder zurück?", sprach Nick sofort das Thema an.

„Ja, das ist er. Aber wir haben auch keinen Überraschungseffekt mehr."

„Hast du daher dein blaues Auge?" Ich zeigte auf sein Gesicht. Ich konnte mir so langsam schon denken, was vorgefallen war.

Daniel nickte.

„Ja. Dylan und ich hatten uns ein Lager eingerichtet."

„Dylan?", fragte Emma.

„Er wurde von den Elfen geschickt.

Auf jeden Fall haben wir uns beim Schlafen abgewechselt. Als ich geschlafen hatte, wurde ich später von Dylan geweckt.

Eine Patrouille war in der Nähe. Wir packten schnell alles zusammen und versteckten uns, doch sie fanden uns.

Wir rannten weg, bis sie hinter uns auftauchten.

Dylan blieb und ermöglichte mir die Chance zu verschwinden, aber ich kam auch nicht weit.

Die Soldaten ergriffen mich und brachten mich zum Schloss." Emma und ich schlugen uns die Hände vor den Mund.

„Sven hatte etwas gebraucht, aber später erkannte er mich und war erfreut darüber, den Sohn von Kilian foltern zu können.

Sie sperrten mich für eine Nacht in eine Zelle.

Als sie mich am nächsten Morgen rausholten, schaffte ich es zu fliehen.

Das letzte, was er sagte, war, dass wir den Kampf nicht gewinnen werden." Daniel endete mit seiner Erzählung und wir waren baff.

„Ich glaube, wir sind erst einmal froh, dass du es wieder da raus geschafft hast", sagte Emma und legte ihre Hand auf die von Daniel.

Daniel lächelte sie an.

„Ja, darüber bin ich auch froh. Aber wie wollen wir jetzt vorgehen?" Alle schauten mich erwartungsvoll an.

„Wir werden angreifen, und zwar so schnell es geht.

Je länger wir warten, desto mehr kann er sich auf den Angriff vorbereiten."

„Ich bin derselben Meinung. Das heißt, wir ziehen morgen in den Kampf?", fragte Luca und ich nickte.

„Ja. Morgen werden wir ein für alle Male die Herrschaft von Sven beenden und Frieden über diese Welt bringen." Die anderen drei jubelten und ich musste einfach lächeln.

Das Lächeln hielt aber nicht lange.

Ich wusste ganz genau, dass wir diesen Kampf nicht ohne Verluste gewinnen konnten.

Wir redeten noch etwas miteinander, bevor die anderen schlafen gingen.

Ich konnte noch nicht schlafen und verließ daher das Haus.

Draußen setzte ich mich auf die Bank. Nur wenige Minuten später saß Silver neben mir.

„Findest du keinen Schlaf?" Ich schaute zu ihm und schüttelte meinen Kopf.

„Meine Gedanken sind nur bei morgen. Wir werden nicht ohne Verluste da rauskommen."

„Das ist allen klar, Elena, aber alle würden ihrer Königin in den Tod folgen." Ich seufzte. Das war genau das, was ich nicht verstehen konnte.

Warum folgten sie jemandem, den sie erst seit ein paar Wochen kannten?

Silver legte seinen Kopf auf meinen Schoß.

„Ich weiß, dass du Angst hast und nicht verstehen kannst, warum sie dir folgen.

Aber sie folgen dir und darüber können wir sehr froh sein." Ich wusste, dass er Recht hatte und seufzte.

„Es ist nun mal sehr gewöhnungsbedürftig. Vor ein paar Monaten war ich nur ein normales Mädchen."

„Du warst nie normal. Du bist schon immer etwas Besonderes gewesen."

„Ja." Ich hing meinen Gedanken nach. Sven hatte mir alles genommen und trotzdem dachte ich darüber nach, ob ich ihn töten könnte.

Zum Glück musste ich ihn nur in den Stein sperren. Dafür musste ich aber nah genug an ihn dran.

„Gemeinsam schaffen wir es, Sven zu besiegen. Ich kann dich verstehen, dass du in einem Gefühlschaos steckst, aber dafür bin ich ja da.

Gemeinsam werden wir es schaffen." Silver legte seinen Kopf an meine Stirn und wir schauten uns in die Augen.

„Ich kann das Brennen in deiner Seele erkennen. Du bist eine starke Drachenreiterin. Wahrscheinlich sogar die Stärkste." Ich lachte.

„Das werden wir ja dann morgen sehen." Silver nickte und legte seinen Kopf wieder auf meinen Schoß.

Ich fing an, ihn zu kraulen und sah dabei in den Himmel.

Es tat gut, noch einmal die Ruhe genießen zu können.

Morgen würde das reinste Chaos ausbrechen, da war ich mir sicher.

Nach einiger Zeit fielen mir meine Augen zu und irgendwann schlief ich ein.

25

Elena

„Guten Morgen, Elena." Jemand stupste mich an und ich schreckte aus meinen Träumen.

„Das tut mir leid. Ich wollte dich nicht erschrecken." Ich sah hoch und sofort in das Gesicht von Daniel.

Ich lachte und rieb mir verschlafen über die Augen.

„Schon gut, ist ja nichts passiert. Sind die anderen auch schon wach?" Daniel nickte.

„Ja. Sie sitzen am Tisch.

Wir haben erst Panik bekommen, als wir dich nicht im Zimmer vorgefunden haben." Ich lachte wieder und stand auf.

„Das kann ich mir sehr gut vorstellen. Lass uns frühstücken gehen." Ich legte einen Arm um die Schulter von Daniel und zusammen gingen wir rein.

„Guten Morgen, Elena. Jag uns nie wieder so einen Schrecken ein", begrüßte mich Luca sofort und grinste mich an.

Ich verdrehte meine Augen und setzte mich an den Tisch.

Beim Essen waren wir alle ruhig. Jeder hing seinen Gedanken nach.

Die Stimmung war nicht zum Aushalten.

„Daniel?" Er hob seinen Blick und sah mich an.

„Kannst du mit Red zu den Elfen fliegen und sie auf den neusten Stand bringen? Wir treffen uns dann wieder vor dem Schloss von Sven."

„Natürlich. Ich mach mich sofort auf den Weg." Daniel sprang auf und lief nach draußen. Wir anderen schauten ihm nach.

„Und was machen wir?", fragte Nick.

„Wir werden die Drachen fertigmachen und werden dann losfliegen. Wir dürfen Sven keine Chance geben, sich noch länger auf uns vorzubereiten." Die drei stimmten mir zu und wir aßen schnell auf, danach verließen wir das Haus.

Silver begrüßte uns draußen sofort.

„Guten Morgen, Elena. Die Drachen sind alle wach und bereit." Ich nickte.

„Gut. Lasst uns zur Schmiede und uns fertigmachen." Silver nickte und die anderen drei stimmten auch zu.

Wir verteilten uns auf zwei Drachen und sie flogen uns dann zur Schmiede.

An der Schmiede selbst war schon reges Treiben. Mehrere Drachen liefen umher und die meisten standen vor der Schmiede und warteten auf ihre Rüstung.

„Dann werden wir jetzt mal die Drachen ausrüsten", sagte Nick und sprang von dem Rücken des Drachens.

Luca und Emma folgten ihm.

„ Wir sind alle bereit für den Kampf, Königin", hörte ich einen Drachen sagen und musste schmunzeln.

Ich folgte Luca und Emma in die Höhle.

„Hey, Elena, kommst du mal mit?" Luca winkte nach mir und ich folgte ihm.

Er führte mich in die Höhle, in der die Rüstungen alle gelagert wurden.

„Was möchtest du denn von mir?" Luca hob einen Finger und deutete mir so, dass ich stehen bleiben sollte.

Er ging auf eine Rüstung zu. Ich erkannte sie als die von Silver.

Er holte etwas hervor und kam damit auf mich zu.

„Daniel hat uns gestern davon erzählt, als du nicht mehr im Haus warst.

Eigentlich wollte er es dir geben, aber er ist ja jetzt nicht hier." Luca überreichte mir einen silbernen Bogen.

Er hatte Verzierungen und sah einfach wunderschön aus. Ich nahm ihn entgegen und war überrascht, dass er so leicht war.

„Als wir weg waren, hat Daniel ihn aus der alten Rüstung von River und Sun geschmiedet. Mit dem Feuer von Silver.

Jeder Drachenreiter hat seine Waffe und das ist deine. Sie ist ganz auf dich angepasst, deswegen ist sie auch so leicht.

Für mich ist sie wesentlich schwerer.

Da sie in dem Feuer von Silver geschmiedet worden ist, hat sie auch noch eine ganz bestimmte Fähigkeit.

Schließ deine Augen und denk an ein Schwert."

Ich machte, was er mir sagte. Ich schloss meine Augen und in meinem Kopf tauchte das Bild eines Schwertes auf.

Als es in meiner Hand auf einmal etwas schwerer wurde, öffnete ich wieder meine Augen.

Überrascht stellte ich fest, dass aus dem Bogen ein Schwert geworden war und auch das sah einfach nur wunderschön aus.

„Wow. Ich kann es nicht glauben." Ich drehte es mehrmals in meiner Hand und sah es mir an.

„Glaub es ruhig. Aber jetzt sollten wir Silver die Rüstung anlegen." Er gab mir einen Köcher mit Pfeilen.

Ich dachte wieder an den Bogen und hatte diesen auch kurze Zeit später in der Hand.

Danach half ich Luca dabei, die Rüstung von Silver nach draußen zu tragen.

„Na endlich. Ich dachte schon, ich müsste ohne Rüstung kämpfen", sagte Silver belustigt. Ich streckte ihm die Zunge raus und legte ihm dann die Rüstung an.

Nachdem alle Drachen eine Rüstung hatten, setzte ich mich auf den Rücken von Silver.

Die Drachen waren in einem Halbkreis um mich versammelt und Nick, Luca und Emma standen auch dabei. Ich schaute zu Luca, der mir aufmunternd zunickte.

„Heute werden wir Sven endlich das Handwerk legen! Jahrelang hat er diese Welt terrorisiert und damit ist heute Schluss!" Die Drachen brüllten zustimmend.

„Mit euch an meiner Seite werden wir es schaffen und endlich Frieden in diese Welt bringen!"

„Auf unsere Königin!" Ich schaute zu Luca. Er hatte sein Schwert erhoben und brüllte, Nick und Emma stimmten mit ein.

Auch die Drachen ließen nicht lange auf sich warten.

„Auf unsere Königin!", brüllten sie alle gleichzeitig. Es zauberte mir einfach ein Lächeln ins Gesicht.

Silver drehte sich um, brüllte einmal und erhob sich dann in die Luft.

Die anderen Drachen folgten.

Luca, Emma und Nick hatten sich auf drei Drachen aufgeteilt.

So flogen wir alle zusammen in Richtung des Schlosses.

Auf der Hälfte des Weges trafen wir dann auch die Elfen und Daniel gesellte sich zu uns.

Nick, Luca und Emma setzten ihren Weg jetzt auf dem Boden fort.

„Ich sehe, Luca hat dir den Bogen gegeben", sagte Daniel und lächelte glücklich.

„Ja, das hat er. Ich danke dir." Er winkte ab.

„Ach, im Grunde war es eine Idee von Silver und nicht von mir. Ihm musst du eigentlich danken."
Ich sah auf meinen Drachen runter.

„Es ist eine Selbstverständlichkeit, dass der Drache für seinen Reiter eine Waffe schmiedet." Ich konnte sein Lächeln hören und schüttelte nur grinsend meinen Kopf.

Als ich langsam die Türme des Schlosses in der Ferne sah, verschwand mein Lächeln und ich wurde ernster.

„Jetzt geht es los." Daniel reagierte sofort und wurde auch ernster.

Unter uns machten sich die Elfen kampfbereit. Zogen ihre Schwerter und spannten den Bogen.

Wir erreichten die Mauer des Schlosses und sofort hielt ich alle an.

Wie erwartet standen seine Männer auf der Mauer und richteten ihre Bögen auf uns.

„Meine liebe Elena! Wer hätte damit gerechnet, dass du einen Angriff gegen mich führst." Sven tauchte zwischen seinen Männern auf und schaute zu mir hoch.

„Du hast mich so weit gebracht! Wir hätten das alles anders regeln können!"

„Ja. Indem du einfach mit mir gekommen wärst! Jetzt werden einige ihr Leben dafür lassen! Holt sie vom Himmel!" Das war der Startschuss.

Die Männer feuerten ihre Pfeile ab.

„Runter und dann Angriff!" Das Chaos brach aus. Silver flog mit mir über die Mauer, doch kurz darauf wurde ich von Silvers Rücken geholt.

Hart schlug ich auf dem Boden auf und kurz blieb mir die Luft weg.

„Elena, steh auf!" Nick packte sich meinen Arm und zog mich wieder hoch.

„Geht es?" Ich nickte und hatte auch nicht lange Zeit, mich zu bedanken.

Männer stürmten auf uns zu. Ich spannte meinen Bogen und die ersten Männer fielen zu Boden.

Ich verlor Nick aus den Augen, fand aber Silver schnell wieder. Ich kämpfte mich zu ihm durch.

„Silver, gemeinsam gegen Sven." Er nickte und ich sprang wieder auf seinen Rücken.

Zusammen kämpften wir uns bis Sven vor. Als Sven uns entdeckte, brachte er seinen Gegner sofort zu Boden.

Es war ein junger Elf. Schlechtes Gewissen machte sich in mir breit, aber Silver holte mich wieder daraus.

„Das ist unsere beste Chance, Elena!", knurrte er. Ich nickte und sprang von seinen Rücken und stand Sven jetzt gegenüber.

„So sehen wir uns wieder. Du hast immer noch die Chance das alles hier zu beenden."

„Ja. Indem ich dich mit diesem Stein gefangen nehmen werde." Svens Blick huschte zu dem Stein und kurz sah ich Angst auf seinem Gesicht. Es verschwand aber wieder so schnell, wie es gekommen war.

„Dafür solltest du erst einmal lange genug leben!" Sven hatte auf einmal einen Bogen in der Hand und spannte einen Pfeil.

„Elena!" Silver versuchte mich zur Seite zur schubsen, aber zu spät. Der Pfeil traf mich in der Schulter und ich schrie auf.

Ich zog den Pfeil raus, dabei wurde mir kurz schwarz vor Augen.

Als ich wieder etwas sehen konnte, hielt ich nach Sven Ausschau, aber er war wie verschwunden.

Plötzlich wurde ich von Silver zur Seite geschubst und ich sah gerade so einen Pfeil an mir vorbeisausen.

„Verdammte Echse!" Ich nutzte die Unaufmerksamkeit von Sven und spannte selbst einen Pfeil. Sven sah es nicht kommen und ich traf ihn am Bein. Er schrie vor Wut auf.

„Das wirst du bereuen!" Er hatte auf einmal ein Schwert in der Hand und stürmte auf mich zu.

Ich rollte mich unter seinem Schlag weg und dachte selbst an mein Schwert.

Gerade als ich es in der Hand hatte, setzte Sven wieder zum Angriff an und ich konnte den Schlag gerade so parieren.

„Du hättest ein erfülltes Leben habe können, E-lena! Jetzt werde ich dich wohl leider töten müssen." Er holte zum nächsten Schlag aus, doch er war zu stark und ich konnte ihn nicht parieren.

Tief schnitt sich das Schwert in mein Bein. Ich konnte einen Schrei gerade so unterdrücken.

Ich sah, wie Silver versuchte, zu mir zu kommen, doch er wurde von mehreren Männern aufgehalten.

„Du wirst das nicht überleben. Komm Elena. Denk noch einmal darüber nach und komm zurück zu mir."

„Niemals!" Ich stürmte auf ihn zu, doch er sah meinen Schlag kommen, wehrte ihn ab und schnitt mir in meinen Arm.

„Ahhh!" Sven lachte und ich sah ihn wütend an.

„Du kannst das nicht gewinnen. Sieh es endlich ein." Er traf mich wieder und ich sackte fast zusammen.

Ich verlor langsam mein Bewusstsein.

„Du musst an dich glauben, Elena. Du bist nicht nur eine Königin oder eine Drachenreiterin, nein. In dir schlummert viel mehr Drache als du glaubst.

Vertrau deinem inneren Drachen.

Mit dem Glauben wirst du es schaffen, denn du bist die Nichte von Kilian und mir", hörte ich dann eine weibliche Stimme in meinem Kopf. Savenas Stimme. Sofort erfüllte mich ein Licht und ich fühlte mich wieder stärker.

Ich erhob mich wieder und ging auf Sven los.

Er war überrascht, doch er schaffte, es meine Schläge zu parieren.

Ich wurde immer schneller und irgendwann schaffte ich es, dass Sven sein Schwert verlor.

Ich packte ihn am Arm und zog ihn zu mir.

„Jetzt wirst du für immer eingesperrt." Svens Augen wurden größer und er schaute auf meinen Stein.

In dem Moment fing er an zu glühen und Sven schaute sich noch panischer umher.

„Lass mich los! Was machst du da!?" Er versuchte sich aus meinem Griff zu befreien, doch er schaffte es nicht.

Ein blauer Schimmer fing an, ihn langsam zu umschließen.

„Es ist vorbei, Sven."

„Helft mir doch!", schrie er verzweifelt und ich fing an zu grinsen.

„Sie werden…" Ich fing an zu röcheln und hätte Sven beinahe losgelassen.

Einer seiner Männer hatte mir einen Dolch in den Rücken gerammt.

„*Elena, halt durch!*", vernahm ich sofort die besorgte Stimme von Silver.

Ich biss meine Zähne weiter zusammen und konzentrierte meinen Geist.

„Du wirst nicht gewinnen." Ich hielt Sven weiter fest. Er schrie, doch er verblasste auch immer mehr.

Ich wurde immer erschöpfter und als Sven ganz verschwunden war, verlor ich meinen Punkt, woran ich mich festgehalten hatte.

Ich verlor mein Gleichgewicht und fiel auf den Boden. Der Dolch bohrte sich weiter in meinen Rücken und ich konnte das Blut schon auf meiner Zunge schmecken.

„Halt durch, Elena! Ich bin auf dem Weg!" Ich nahm die Stimme von Silver nur noch durch einen Schleier war.

Die Schmerzensschreie der Leute wurden leiser und ich sah nur noch sehr wenig.

Ich spürte nur noch, wie jemand mich hochhob, dann verlor ich das Bewusstsein.

Epilog

Luca

„Pass auf, Luca! Hinter dir!", schrie Emma und ich konnte gerade so noch einem Schwert ausweichen.

Ich parierte den Schlag und brachte den Mann zu Boden. Ich sah mich um, doch ich hatte Elena und Nick aus den Augen verloren.

Plötzlich ertönte ein lauter Knall und wir alle hielten inne.

Weiter vorne auf dem Hof schoss eine Lichtsäule nach oben in den Himmel.

Als sie wieder verschwand, war ich mir sicher, dass Elena es geschafft hatte.

Dann fingen auch die Drachen an zu jubeln.

Ich richtete das Schwert auf den nächsten Mann, der vor mir stand und er hob sofort seine Hände.

„Lass die Waffe fallen und verschwinde", zischte ich wütend. Der Mann nickte und rannte dann ganz schnell weg.

„Elena muss es geschafft haben", sagte Emma. Sie stand neben mir und beobachtete die Leute, die jetzt alle verschwanden.

Die Elfen fingen schon an, die Waffen von ihnen einzusammeln.

„Ja. Wir sollten sie suchen. Sie wird wahrscheinlich sehr erschöpft sein." Emma und ich liefen in Richtung Innenhof.

Auf dem Weg trafen wir Nick und ich war erleichtert, ihn zu sehen.

„Nick, dir geht es gut."

„Ja. Aber wir müssen zu Elena." Er rannte voraus. Ob er ihr wohl jemals sagen wird, was er für sie empfindet?

Es war schwer, so etwas gegenüber meiner Schwester und Emma geheimzuhalten.

„Luca, kommst du?" Emma holte mich aus meinen Gedanken und ich nickte.

Wir liefen weiter, doch als wir im Innenhof ankamen, war von Elena nichts zu sehen.

Auf dem Boden war nur ein schwarzer Kreis zu sehen und in der Mitte schimmerte etwas.

Nick stand davor und hatte seinen Blick gesenkt.

Ich legte meine Hand auf seine Schulter.

„Ist alles in Ordnung bei dir?" Er sah mich an und ich konnte die Trauer in seinen Augen sehen.

„Nein. Wo ist Elena? Ist etwas mit ihr passiert? Ist sie mit Sven in diesen Stein gezogen worden?" Er zeigte auf die Mitte des Kreises.

Das, was dort schimmerte, schien der Stein zu sein.

Ich drehte mich von Nick weg und dann zu Dario, der neben uns aufgetaucht war.

„Dario, hol den Stein da weg und wir anderen suchen nach Elena. Irgendwo muss sie ja sein." Sie nickten und so machten wir uns auf die Suche.

Dabei konnte ich mir das Schlachtfeld mal genauer ansehen.

Überall lagen die Männer von Sven, aber auch ein paar Drachen und Elfen.

Manche fingen schon an, die Leichen zur Seite zu packen und für das Feuer vorzubereiten.

Die Männer von Sven wurden einfach nur auf einen Haufen geworfen.

Heute würde der Innenhof brennen und dann kann der Frieden beginnen, aber der Frieden war nichts, ohne ihre Königin.

Wir mussten Elena finden. Ich traf Emma und Nick wieder auf dem Innenhof. Sie sahen nicht sehr hoffnungsvoll aus.

So wie Nick aussah, tat er mir auch etwas leid.

Emma legte die Hand auf seine Schulter.

„Wir werden sie finden, Nick."

„Das wird nur sehr schwicrig." Sofort drehten wir uns zu Daniel um. Ich war erleichtert, dass er noch lebte.

„Was meinst du damit?", fragte Nick scharf. Auch ich schaute ihn fragend an.

„Silver hat sie mitgenommen. Er ist mit ihr weggeflogen. Sie war sehr stark verletzt.

Wenn der Reiter verletzt ist, nimmt der Drache ihn mit und gibt ihn erst wieder frei, wenn der Reiter gesund ist.

Elena aber war sehr stark verletzt, ich weiß…"

„Sei still! Sie wird es schaffen!", unterbrach ihn Nick und das war das erste Mal, dass ich sah, wie Nick zusammenbrach.

Er sank auf die Knie und vergrub sein Gesicht in seinen Händen.

Emma schaute mich erst verwirrt an, dann sank sie neben ihn.

„Wir werden sie finden, Nick, und zwar lebend. Komm, wir gehen ins Schloss. Du brauchst Ruhe." Sie zog Nick wieder auf die Beine und ging mit ihm zum Schloss zurück.

„Glaubt ihr wirklich daran?", fragte mich Daniel und ich drehte mich zu ihm.

„Natürlich. Sie ist meine Schwester und die stärkste Frau, die ich kenne."

„Und sie ist unsere Königin. Wir werden sie finden", sagte nun auch Dario, der neben uns auftauchte.

Daniel schaute erst skeptisch, doch dann nickte auch er.

„Ja. Wir werden sie finden. Egal, wie lange es dauert. Ich werde jetzt mal bei den Drachen schauen, wo ich helfen kann." Ich nickte und er verschwand.

Dario drehte sich zu mir.

„Du weißt aber, was das jetzt heißt?" Ich sah ihn verwirrt an.

„Du wirst auf den Thron müssen, solange Elena verschwunden bleibt." Ich atmete erschrocken aus. Auf den Thron?

„Dario, ich weiß nicht, ob ich das will." Dario legte seine Hand auf meine Schulter.

„Du wirst es aber müssen. Solange, wie Elena verschwunden bleibt. Du bist ihr Bruder.

Ohne einen König oder eine Königin ist diese Welt nicht sicher.

Sven hatte starke Verbündete, die sich wahrscheinlich gegen uns stellen werden." Ich sah ihn lange an und nickte dann.

„Ich habe im Grunde ja keine Wahl, als es zu machen. Aber wir werden nicht aufhören, Elena zu suchen." Dario nickte.

„Ach und am Tor warten ein paar Leute auf dich. Kannst du da mal gucken gehen?" Ich nickte und lief in Richtung Tor.

Als ich meine Eltern erkannte, lief ich schneller.

„Mum, Dad. Euch geht es gut. Ich bin so froh, euch zu sehen." Ich nahm die beiden nacheinander in den Arm.

„Wir auch, Luca. Wir haben uns sofort auf den Weg gemacht, als wir mitbekommen haben, dass ihr kämpfen wollt.

Jetzt sind wir hier und ihr habt diesen Kampf gewonnen", sagte meine Vater und klopfte mir auf die Schulter.

„Wo ist denn Elena?", fragte meine Mutter und schaute hinter mich.

Mein Blick wurde traurig und ich senkte ihn.

„Sie ist…" Meine Mutter schlug die Hände vor den Mund und ich beruhigte sie sofort wieder.

„Nein, sie ist nicht tot. Zumindest glauben wir daran.

Sie ist nur spurlos verschwunden." Meine Eltern schauten sich an.

In den Augen von Kate schimmerten Tränen.

„Wir werden sie finden. Wir haben sie einmal verloren, dass passiert uns nicht noch einmal", sagte Jan und schloss uns in seine Arme.

Nachdem wir uns wieder gelöst hatten, beschlossen wir, ins Schloss zu gehen.

Dario kam später am Abend auch rein, um zu berichten, dass der Hof wieder aufgeräumt war.

Die toten Elfen wurden zurück ins Dorf gebracht und die Leute von Sven brannte auf einem Haufen. Ich stand am Fenster und beobachtete das Schauspiel.

Meine Mutter war bei Emma und Nick. Den dreien setzte es zu, dass Elena verschwunden war.

Mein Vater tauchte neben mir auf.

„Du wirst den Thron hüten müssen, bis Elena wieder zurückkehrt." Ich nickte.

„Ich weiß, Vater und das werde ich auch tun. Elena ist meine Schwester." Er nickte und zusammen sahen wir still nach draußen.

Nach drei Tagen war die Krönung und jeder Mensch war glücklich. Sven war besiegt und es herrschte wieder Frieden.

Nur im Schloss herrschte jeden Tag eine bedrückte Stimmung.

Niemand verlor die Hoffnung, doch die Zeit rannte immer schneller.

Aber wir würden nicht aufgeben.

Wir würden meine Schwester wiederfinden und wenn es Jahre dauern sollte.

Danksagung

Mein zweites Buch. Ihr glaubt gar nicht, wie glücklich mich das macht.

Dieses Buch gibt es zwar schon länger als White Rose, aber ich hatte es nie überarbeitet.

Als dann mein Debütroman White Rose, auf den Markt kam, habe ich zu mir gesagt, dass Drachenfeuer das nächste Buch sein würde.

Meine erste Reihe, die aus drei Büchern besteht.

Wieder haben mir so viele Leute dabei geholfen dieses Buch zu überarbeiten.

Ein sehr großer Dank geht auch an die alte Deutschlehrerin meines Freundes und einem netten Deutschlehrer aus der Verwandtschaft meiner Oma, die mir sehr bei meiner Korrektur geholfen haben. Danke.

Auch meine Freundinnen haben sich wieder ins Zeug gelegt und ich weiß gar nicht, wie ich mich bei ihnen bedanken soll.

Ich bin so froh, euch zu haben und dass ihr mir bei meinen Büchern helft. Oft habe ich Angst, dass ich euch damit auf die Nerven gehe, aber ihr sagt mir immer wieder, dass ihr mir gerne helft und es auch weiterhin tun wollt.

Meine Kraft, weiter an meinen Büchern zu arbeiten, bekomme ich immer von euch.

Besonders von meiner Familie und meinem Freund, die mir immer wieder sagen, wie Stolz sie auf mich sind.

Vor allem mein Freund ist sehr stolz. Als White Rose rauskam, hat er immer jedem davon erzählt, wenn wir irgendwo waren. Wenn ich angefangen habe, davon zu erzählen, wurde ich von ihm unterbrochen und er hat es dann zu Ende erzählt.

Dabei hatte er immer ein Lächeln im Gesicht und seine Augen haben gestrahlt.

Das zeigte mir umso mehr, wie sehr er hinter mir steht und wie stolz er auf mich ist.

Ich bin auch immer wieder glücklich, wenn mir mein Vater sagt, wie stolz er ist. Das alles bedeutet mir sehr viel und ich freue mich darauf, noch viele weitere Bücher zu veröffentlichen.